宋慈洗冤笔记

3

巫童 著

四川文艺出版社

果麦文化 出品

慈四叨臬寄，他无寸长，独于狱案审之又审，不敢萌一毫慢易心……每念狱情之失，多起于发端之差，定验之误，皆原于历试之浅。遂博采近世所传诸书，自《内恕录》以下凡数家，会而粹之，厘而正之，增以己见，总为一编，名曰《洗冤集录》……如医师讨论古法，脉络表里，先已洞澈，一旦按此以施针砭，发无不中。则其洗冤泽物，当与起死回生同一功用矣。

——宋慈《洗冤集录》

目录

001　引子

005　第一章　太丞之死

　　刘鹊年过五十,长须已然花白,近半年来更是染上风疾,时不时便会头晕目眩,甚至突然晕厥过几次,此事刘太丞家众人都知道,他若是突然风疾发作暴病而亡,倒也没什么奇怪,可是他脸色青黑,嘴唇和指甲都呈青紫色,更像是被毒死的。

022　第二章　无名尸骨

　　他取出随身携带的手帕,用力撕开一道口子,从中抽出一缕棉线。他捏住棉线两头,在尸骨上来回揩擦,极其耐心地将所有骨头揩擦了一遍。倘若骨头有损伤之处,棉线必然会被卡住,难以活动,但最终没有。他起身道:"这具尸骨未见破折,也未见青荫或紫黑荫,应该不是死于外伤。"

082　第三章　红颜薄命

　　"奴婢自尽,主家须得报官,倘若隐瞒不报,私自处理尸体,那是要论罪处罚的。刘太丞家敢上报官府,韦应奎又只去过刘太丞家一次,看来紫草真是上吊自尽。"宋慈这么一想,问道:"紫草既是上吊自尽,那她脖子上应该有索痕吧,你可还记得那索痕是何模样?"

001

116 第四章 限期破案

乔行简直视着宋慈,就这么直视了好一阵子,见宋慈的目光始终坚定不移,他忽然脸色肃然,正声道:"宋慈,你乃本司干办公事,现我以浙西提点刑狱之名,正式许你两案并查!你受圣上破格擢拔,任期至上元节为止,眼下只剩三日。三日之内,你能否查清真相?"

142 第五章 牵机之毒

羌独活应道:"我拿它试用牵机药的药性,下药时用多了量,它便死了。"

"你有牵机药?"宋慈语气一奇,"我听说牵机药民间很少见,通常只在皇宫大内才有,你是从何得来的?"

175 第六章 起坟开棺

整具骸骨上,唯一生前所受的损伤,便是第一节颈骨上的银针扎刺之处。他唱报道:"脑后乘枕骨全;颈骨第一节出现血荫,血荫处发现针尖一截,米粒长短,嵌于骨中;脊下至尾蛆骨并全。"

191 第七章 穴位杀人

"别说刺穿,便是刺得稍微深一些,便没命可活了。"高良姜奇道,"大人,你问这个做什么?"

宋慈应道:"我查验刘鹊的尸体时,在其脑后发现了一枚银针,这枚银针深深扎入后颈,其所刺之处,正是高大夫所说的风池穴。"

第八章　蛤蟆附骨　212

三人先后凑近，透过骷髅头上的孔洞，朝内望了一眼，不约而同地露出惊讶又疑惑的神色。

"里面是……一只癞蛤蟆？"刘克庄看了好几眼，很确定骷髅头里面有一只比拳头还大的癞蛤蟆，但还是禁不住为之诧异。这只癞蛤蟆一动不动，看起来已经死去多时，只是时下天寒地冻，为何会有癞蛤蟆出现？

第九章　拨云见日　232

他明白过来，宋慈方才突然朝他扔出手帕，又叫他接住，原来是为了试探出他的惯用手。

"事到如今，你还有何话说？"

第十章　寻根究底　258

韩侂胄脚步一顿，道："案子已破，你还有何事？"

"谁说案子已经破了？"宋慈提高了说话声，"当初岳祠一案，存有不少疑点，太师却急着让我结案。如今这刘扁和刘鹊的案子，同样存有诸多疑点，太师也打算急着让我结案吗？"

尾声　275

引 子

落满枯叶的土坡下，虫氏姐妹的坟墓旁，当又一锹土被挖开后，一只已成白骨的手从泥土里露了出来。

"当……当真有冤……"围在一起的几人不约而同地后退了几步，手持铁锹之人声音发颤。

这几人是昨日受刘克庄的雇佣安葬了虫氏姐妹和袁晴的劳力，手持铁锹之人是其中带头的葛阿大。昨天夜里，葛阿大为了寻找丢失的行在会子，独自返回净慈报恩寺后山，却看见有一颗骷髅人头在爬坡，吓得他仓皇逃下山去。他一整夜提心吊胆，想起前日在侍郎桥撞见过无头鬼，如今又撞见了一颗爬坡的人头，二者合起来，不正好是一个完整的鬼吗？转过天来，他与几个劳力碰了头，说起此事，几个劳力都说他昨晚在青梅酒肆喝多了酒，看花了眼。他却深信自己是撞鬼了，又想起近来太过晦气，只要一去柜坊赌钱便赔个精光，越想越觉得邪门。他想找个算命先生替自己看看，想起苏堤上有个测字算卦的道士名叫薛一贯，对外宣称不灵验不收钱，心想自己先去算卦，灵不灵验都是自己说了算，到时候一口否认，钱便不用给了。于是去找薛一贯算了一卦。

薛一贯让葛阿大扔了铜钱，对着卦象掐指一算，眉头皱起老高，道："好心未必有好报，烧香也能惹鬼叫。贫道若没算错，你这是让冤鬼缠身了啊！"葛阿大忙追问究竟。薛一贯仔细道来，说葛阿大撞上了一只冤鬼，那冤鬼死于非命，有冤难伸，想借他的口诉冤，这才处处缠着他不放。葛阿大又问该如何化解。薛一贯说冤鬼现身之地，必有冤屈藏匿，让他去撞鬼的地方仔细寻找，非得找出冤屈所在，替那冤鬼诉了冤，那冤鬼才不会再纠缠他。

葛阿大对薛一贯的这番话深信不疑，拉上几个劳力去了侍郎桥，在桥上桥下仔细搜寻一番，没有任何发现，接着又赶去净慈报恩寺后山，在这片土坡下寻找了一番，仍是没有任何发现。

葛阿大不死心，心想今日若不将这冤屈找出来，岂不要被这只冤鬼缠上一辈子？薛一贯不是说有冤屈藏匿吗？这土坡下还能怎么藏，无非就是藏在泥土里。他找来铁锹，就在这片土坡下开挖，哪知刚挖了几锹土，便有尸骨从泥土里露了出来。

净慈报恩寺后山立有不少坟墓，算是一片坟地，可这片土坡下除了新立的虫氏姐妹和袁晴的坟墓，并没有其他坟墓，突然挖出来的这具尸骨，显然不是入土为安地葬在这里的，更像是被草草掩埋在此的。葛阿大自认为找到了冤屈所在，当即赶去府衙报案，找来了几个府衙差役。

随着府衙差役的到来，净慈报恩寺后山发现无名尸骨的消息不胫而走，不少好事的香客跟着来到后山，这片土坡下不一会儿便围聚了二三十人。

几个差役将泥土挖开，这具无名尸骨便完整地呈现在眼前。尸骨的上身和下身反向弯曲，状若角弓反张，死状甚为怪异，骨色惨白之中透着乌黑，尤以肋骨周围的乌黑色最重。

几个差役正打算将这具无名尸骨从土坑里抬出来，围观人群中忽然蹿出两人，拦在无名尸骨前。这两人一高一矮，高者身形壮硕，粗眉大眼，虽然长着一张憨实的脸，目光却凛凛生威；矮者身形瘦小，发髻齐整，肩上斜挎一个黑色包袱，一副精明干练的样子。在两人的身后，一个衣冠方正、看起来五十岁上下的文士步出人群，蹲在无名尸骨前查看起来，嘴里道："府衙司理何在？"声音中气十足，说话之时，目光一直盯在无名尸骨上。

那文士的口气隐隐带有责备之意，那一高一矮的两人看起来又是其随从，此人似乎甚有来头。府衙常有朝廷高官出入，几个差役也算见过不少世面，可打量那文士几眼，却压根不识得。

那矮个子随从道："大人问你们话呢！"

几个差役一听"大人"这称呼，面面相觑，虽不清楚那文士的底细，却不敢不答，其中一人应道："司理大人去城北刘太丞家了。"

"凶案发生之地，不见司理到场，却去什么刘太丞家？"

那文士此话责备之意更重，先前回话的差役忙道："刘太丞家今早来人报案，说刘太丞死于非命，司理大人一早去刘太丞家，是为了查案……"

那文士听了这话，两眼一扫。几个差役只觉那文士的目光中透着一股莫名的威严，竟不敢与之对视，纷纷低下了头。

一阵山风吹来，树枝轻响如低吟，枯叶翻飞似蝶舞。一片枯叶从那文士的眼前翻转飘下，不偏不倚地落在了无名尸骨左臂的尺骨上。那文士的目光随枯叶而动，也跟着落在了左臂尺骨上。在尺骨正中偏上之处，一道几近愈合的细微裂缝，映入了他的眼中。

第一章

太丞之死

正月十二一早,刘太丞死于医馆书房,整个刘太丞家闹得人仰马翻。

刘太丞家位于城北梅家桥东,临街一侧是看诊治病的医馆,背街一侧是生活起居的家宅,无论是医馆还是家宅,都足够开阔敞亮,其规模足以比肩临安城中不少富户宅邸。刘太丞名叫刘鹊,过去这些年里救死扶伤,活人无数,一直以医术精湛而闻名临安。往日天刚蒙蒙亮时,刘鹊便起床梳洗朝食,出现在医馆正堂,开始看诊。今日天色大亮,却一直不见他起床,药童远志和当归端去洗脸水和河祇粥,却始终等不到书房门开。远志和当归眼圈儿有些浮肿,脸色也有些发白,时不时地打个哈欠,就像一夜没怎么睡好,看起来颇为疲惫,但他俩不敢敲门,生怕打扰刘鹊熟睡,只能端着洗脸水和河祇粥,毕恭毕敬地等在书房门外。直到医馆后门"吱呀"一响，大弟子高良姜从家宅那边赶来书房，敲门没有反应，喊"师父"也没人应答，这才去推房门，哪知房门从里面上了闩，无法推开。

"师父，您答应今早去太师府看诊的，时候不早了。"高良姜隔着房门，有意提高了说话声，可房中仍是没有半点声响。

高良姜不由得心生怪异，想打开窗户瞧一瞧，却发现窗户也像房门那样，全都从里面上了闩。他只好在窗户纸上戳了个小洞，向内窥望。书房里甚是昏暗，他先朝卧床的方向看去，看见了叠得整整齐齐的被子，却不见人，接着目光一转，看向另一侧的书案。这次他看到了刘鹊。刘鹊坐在椅子里，上身伏在书案上。书案的里侧摆放着烛台，烛台上立着半支熄灭的蜡烛，外侧放着一摞书和一个圆形食盒，此外还有笔墨纸砚。高良姜知道近来刘鹊有深夜著书的习惯，以为刘鹊是昨晚忙得太累，直接伏在书案上睡着了。他叫了几声"师父"，还在窗棂上敲了敲，可刘鹊始终伏在书案上，不见丝毫动静。

高良姜想起刘鹊患有风疾，顿时觉得不对劲了。他想进入书房，但房门上了闩，只能破门而入。他用力地踢踹房门，好几脚后，门闩被踢断，房门"嘭"的一声开了。他冲入书房，奔向书案。

当归和远志紧随其后进入书房，一个将河祇粥轻轻搁在床边的方桌上，另一个将洗脸水放在书案外侧的面盆架上，两人的目光却是一直落在刘鹊身上。只见高良姜在刘鹊的后背上推了几下，不见刘鹊有丝毫反应，又将刘鹊的身子扶起来，这才发现刘鹊浑身冰冷僵直，脸色青黑，竟已死去多时。

高良姜惊得连退了好几步，好一阵才回过神来，吩咐当归和远志赶紧去叫人。待到两个药童的脚步声远去后，高良姜忽然凑近刘鹊身前的纸张看了起来。纸张铺开在书案上，其上字迹清瘦，乃是刘鹊的手笔，共写有三行字，第一行字是"辛，大温，治胃中冷逆，去风冷痹弱"；第二行字是"苦，甘，平，治风寒湿痹，去肾间风邪"；第三行字是"苦，涩，微温，治瘰疬，消痈肿"。他眉头一皱，未明其意。对于这三行字，他没有过多理会，围着书案搜寻了起来，像在寻找什么东西。

过不多时，一阵急促的脚步声响起，二弟子羌独活以最快的速度赶到了书房。在颇有些敌意地与高良姜对视了一眼后，羌独活也凑近书案上的纸张，朝那三行字看了一眼，随即也围着书案搜寻起来。两人搜寻了书案，又搜寻了房中各处，其间时不时地瞧对方一眼，最后将整个书房搜了个遍，却一无所获，似乎并未找到想要的东西。

随着当归和远志赶去叫人，刘鹊死了的消息很快在刘太丞家传开了。下一个赶来书房的，是睡在医馆偏屋的另一个药童黄杨皮，一见刘鹊死在书案上，他的神色显得甚是诧异。接着不少奴仆赶来了书房，然后是妾室莺桃。莺桃牵着儿子刘决明的小手，慌慌张张地来到书房，一见刘鹊当真死了，纤瘦的身子晃了几晃。"爹，你醒醒啊……"刘决明哭叫道，又抓住莺桃的手摇晃，"娘，你没事吧……"

在刘决明的哭泣声中，一阵拄拐声由远及近，正妻居白英身着缁衣，左手捏着佛珠，右手拄着拐杖，在管家石胆的搀扶下，最后一个来到了书房。

刘鹊年过五十，长须已然花白，近半年来更是染上风疾，时不时便会头晕目眩，甚至突然晕厥过几次，此事刘太丞家众人都知道，他若是突然风疾发作暴病而亡，倒也没什么奇怪，可是他脸色青黑，嘴唇和指甲都呈青紫色，更像是被毒死的。

"你个狐狸精，是不是你干的？"拐杖在地上重重一杵，居白英沉着一张老脸，转头瞪着莺桃。

莺桃花容失色，将刘决明紧紧揽在怀中，摇头道："夫人，不是我……"

"还愣着干什么？"居白英冲身边的石胆喝道，"还不快去报官！"

石胆扶居白英在凳子上坐下，随即奔出医馆，赶去了府衙。等到他再回来时，随同而来的有几个府衙差役，还有司理参军韦应奎。

韦应奎和几个差役刚一踏入医馆大门，一阵"汪汪汪"的狗叫声便在医馆偏屋里响起。一只小黑狗从偏屋里探出脑袋，冲着来人吠叫个不停。韦应奎朝偏屋斜了一眼，脸色不悦。

石胆瞪了远志一眼，只因这只小黑狗是不久前远志从外面捡回来的，一直养在偏屋里。远志生怕石胆责备，赶紧将小黑狗牵回偏屋，又将屋门关上，狗叫声这才断了。

韦应奎去到医馆书房，命所有人退出书房，只留下他和几个差役。他粗略地检查了一遍刘鹊的尸体。尸体肤色青黑，嘴唇和指甲青紫，身上长有不少小疱，捏开嘴巴，可以看见舌头上有裂纹，这明显是中毒而死的迹象。他走出书房，将所有人叫过来，问道："刘太丞昨天吃过什么？"

"师父的饭食，一直是黄杨皮在负责。"高良姜朝黄杨皮一指。

医馆里总共有三个药童，黄杨皮只有十五六岁，是其中年纪最小的一个。他是刘鹊的贴身药童，梳着单髻，面皮蜡黄，见韦应奎向自己看来，忙如实回答。说昨天刘鹊三餐都是在医馆里吃的，早晨吃的是河祇粥，中午是金玉羹，晚上是雕菰饭。饭食是火房统一做好的，医馆里其他人吃的都是同一锅饭食，没人出现异常。

韦应奎又问昨天的饭食可还有剩，火房的奴仆说昨天吃剩的饭食都倒入了泔水桶。泔水桶放在火房，眼下还没有清倒。

目光扫过众人，韦应奎转而问起了刘鹊的起居状况，得知近一个多月来，刘鹊一直忙于著医书，每晚都在医馆书房忙到深夜，常常不回家宅睡卧，而是直接睡在书房。昨天刘鹊白天在医馆大堂看诊，夜里医馆关门后，便回到了书房开始著书。此前刘鹊有过吩咐，他著书之时，除非有要紧之事，否则任何人不许打扰，又吩咐三个药童守在大堂里，他著书时若有什么差遣，方便有人使唤。书房与大堂相连，三个药童一抬头便能看见书房的窗户，可以随时听候刘鹊的吩咐，一直到书房灯火熄灭后，三人才能回偏屋休息。昨日医馆新进了一批药材，夜里刘鹊在书房里著书，三个药童便在大堂里分拣药材。黄杨皮说昨晚刘鹊著书期间曾有过三次差遣，第一次是吩咐他们去把高良姜叫来，第二次是去叫羌独活，第三次是去叫白首乌。

高良姜听到自己的名字被黄杨皮提及，人高马大的他立刻转过头去，盯着身材干瘦、脸黑眼小的羌独活，有意无意地露出一丝得意之色。然而，羌独活的名字紧跟着就被黄杨皮提到，高良姜得知昨晚刘鹊也曾单独见过羌独活，神色不由得一怔。紧接着白首乌的名字被提及，高良姜似乎大吃一惊，脸上流露出不解之色。

"白首乌是谁？"韦应奎问道。

高良姜应道："白首乌是已故师伯的弟子，一大早出去给病人看诊了，眼下还没有回来。"

"说吧，"韦应奎盯着高良姜道，"昨晚刘太丞为何叫你去书房？"

高良姜脑海中不禁翻涌起昨晚他走进书房时的那一幕。当时刘鹊坐在书案前，于烛光下执笔冥思，纸张上还未落墨。见他到来，刘鹊声音和缓地说道："良姜啊，为师所著《太丞验方》，凡五部十六篇，眼下只剩最后一篇还没完成。你身为首徒，这些日子起早贪黑，替为师打理医馆，为师一直都看在眼里。独活虽然精于医药，但他性情孤僻，不懂为人处世之道，实在不值得托付。为师打算书成之后，将《太丞验方》交由你来保管。"高良姜一听这话，知道刘鹊有意将衣钵传给自己，不由得欣喜若狂，当场跪谢师恩。此刻韦应奎问起，高良姜也不隐瞒，当着众人的面，将刘鹊昨晚说过的话，原原本本地复述了一遍。

一旁的羌独活听罢，鼻子里冷冷一哼。

高良姜冷眼瞧着羌独活，道："师弟，你大可不必如此，这可是师父他老人家的意思。"

"你这些话骗得了别人，骗不了我。"羌独活道，"师父明明要将《太丞验方》传给我。"

说这话时，羌独活的眼前也浮现出了昨晚进入书房见刘鹊时的场景。当时他轻步走入书房，见刘鹊坐在书案前，持笔着墨，纸张上已写有一行文字。见他到来，刘鹊搁下笔，道："独活，为师所著《太丞验方》，凡五部十六篇，还剩最后一篇没有完成。你平日里虽然少言寡语，但一直工于医术，医馆里的人都不懂你，为师却是懂你的。良姜虽是首徒，针灸之术也颇有独到之处，但他心有旁骛，沉迷世俗，这些年一直无法沉下心来研习医药，除了针灸，其他医术都差你太远，为师实在不放心将毕生心血托付给他。这部《太丞验方》书成之后，为师想把它托付给你。"羌独活听了这话，心中感激，当场跪谢师恩。哪知转天，刘鹊竟然死于非命，他又听高良姜当众颠倒黑白，大言不惭地说刘鹊要传其衣钵，于是当场反驳，将昨晚刘鹊所言一五一十地讲了出来，最后冲高良姜道："当众捏造师父遗言，你是何居心？"

"捏造师父遗言的分明是你，当着韦大人的面，你倒恶人先告起状来了。"高良姜反唇相讥。

韦应奎目光带着疑色，瞧了瞧高良姜，又瞧了瞧羌独活，道："你们二人所说的《太丞验方》，现在何处？"

高良姜与羌独活对视一眼，都摇了摇头，道："没找到。"原来二人确认刘鹊已死后，曾在书房里搜寻一通，要找的便是这部《太丞验方》。

"没找到？"韦应奎嘴角一挑，"这么说，你们二人在书房里找过，动过房中的东西？"

高良姜忙道："大人，我只是随处看了看，没有动过手。师父死在书房，房中的东西说不定都是证物，衙门没来人之前，我哪里敢碰？这些道理我还是懂的。至于羌师弟动没动过，那我可就不清楚了。"

羌独活道："你我明明是一起寻找的，你好意思说不清楚？书房里的东西，我也没动过。"

"做师父的死了，当弟子的却只关心他的医书。"居白英坐在大堂右侧的椅子里，冷声冷气地道，"你们两个真是好徒弟啊！"

高良姜忙低头顺眉道："师娘，一日为师，终身为父，师父死于非命，弟子痛心万分，恨不得立马揪出凶手，为他老人家报仇。师父曾说过，世上庸医太多，行医时乱开药方，非但无益于治病，反而害人不浅，他老人家要写一部医书，汇总生平所有验方，留之后世，造福后人。这部《太丞验方》乃师父毕生心血，书中的每一道验方都是他老人家的不传之秘，都是用最少的药材，治最疑难的病症，即便不懂医术的人，只要得到此书，按书中验方对症下药，亦可成为妙手良医。如今师父遭人所害，这部医书却不见了踪影，依弟子看，八成是凶手觊觎这部医书，这才害了师父，夺了医书。弟子心想，只要找到这部医书，或许便能抓到凶手。"

"刘鹊著书一事，外人并不知情，只有你们这些医馆里的人才知道，也只有你们这些学医的人才会觊觎医书。到底是谁干的，是谁夺了医书，自己心里清楚。"居白英的目光扫过大堂中各人，各人都低下了头，不敢与之对视。

韦应奎听居白英直呼刘鹊姓名，道："刘太丞死了，夫人似乎不怎么伤心啊？"

居白英朝依偎在一旁的莺桃和刘决明母子冷眼一瞧，取下手腕上的佛珠，盘捏在掌中，道："老身一大把年纪，半截身子已经入土，还有什么好伤心的。"言语间毫无悲伤之意，倒像是对刘鹊带有极大的怨恨。

正当这时，一阵轻快的脚步声响起，一个清瘦之人斜挎药箱，跨过门槛，踏入了医馆。来人长相斯文，看起来三十岁左右，头发却已全白，一见医馆中聚了这么多人，甚至还有衙门官差在场，不由得微微发愣，道："出什么事了？"

高良姜瞧见来人，冷哼一声道："白首乌，刚才还说你呢，你可算回来了。昨晚师父单独叫你到书房，所为何事？"

"你问这个做什么？"

"做什么？师父他老人家死了！你是师伯的弟子，对师父一向心存芥蒂，以为我不知道吗？你是师父死前最后见过的人，是不是你下的毒手？"

"你说什么？"白首乌皱眉道，"师叔死了？"

"少在这里装模作样。"高良姜将手一摊，"师父的《太丞验方》是不是你拿了？赶快交出来！"

白首乌没理会高良姜，见好几个府衙差役守在书房门口，当即走了过去。几个差役拦住他不让进。他就站在门口，朝书房里望了一眼，望见了伏在书案上一动不动的刘鹊。

"你就是白首乌？倒是名副其实啊。"韦应奎打量着白首乌的满头白发，"说吧，昨晚刘太丞为何见你？"

白首乌暗暗摇了摇头，似乎对刘鹊的死难以置信，愣了片刻才道："昨晚师叔叫我到书房，说他前些日子看诊过一个病人，他担心那病人的病情，本想今早上门回诊，但他临时受请，今早要去太师府看诊，抽不得空。师叔便让我代他回诊，看看那病人恢复得如何，还需不需要继续用药。"

"只是这样，没别的事？"

白首乌嘴唇微微一动，似乎想说什么，却欲言又止。

第一章　太丞之死　013

"事关刘太丞之死,在本司理面前,你休得隐瞒!"

白首乌朝高良姜和羌独活看了一眼,道:"师叔还说,良姜和独活虽是他的亲传弟子,却一直彼此不和,暗中钩心斗角。他的《太丞验方》即将完成,不想托付给两位弟子中的任何一人,他想……想把这部医书传给我……"

白首乌这话刚一出口,高良姜立马叫了起来:"胡说八道!师父怎会将《太丞验方》传给你一个外人?"一旁的羌独活虽未说话,但两只小眼直勾勾地盯着白首乌,脸色甚是阴沉。

韦应奎目光扫过三人,冷冷一笑,道:"有意思。"在他看来,昨晚见过刘鹊的三人各执一词,都说刘鹊要将《太丞验方》传给自己,其中必然有人在撒谎。"你们三人昨晚都见过刘太丞,都有行凶的嫌疑。来人,将这三人抓回衙门。"韦应奎手一招,几个差役一拥而上,将高良姜、羌独活和白首乌抓了起来。

高良姜连连摇头道:"大人,师父的死与我无关啊,是他们两个在撒谎……"羌独活只吐出三个字:"不是我。"白首乌则是静静地站在原地,不作任何辩解,任由差役抓了。

韦应奎吩咐两个差役留下来张贴封条,将作为凶案现场的书房封起来,再将刘鹊的尸体运至城南义庄停放,其余差役则押着高、羌、白三人,跟着他回府衙。

然而刚走到医馆大门,韦应奎还没来得及跨出门槛,迎面却来了三人,径直踏入医馆,迫得韦应奎身不由己地退了两步。

这三人当中,为首之人衣冠方正,是早前出现在净慈报恩寺后山的那个文士,另外两人一高一矮,是那文士的随从。韦应奎被这三人冲撞了去路,正要发怒,却听那文士道:"刘太丞死在何处?"

医馆中众人不知来者何人，大都疑惑不解地望着那文士，唯有黄杨皮情不自禁地转头向书房看去。那文士看在眼中，径直朝书房走了过去。

韦应奎一把拽住那文士的衣袖，道："你们是什么人？凶案现场，由不得你们乱闯！"

那文士朝韦应奎斜了一眼，道："你是府衙司理韦应奎？"

"知道我是谁，还敢……啊哟！疼疼疼！"

韦应奎的语气甚是得意，可他话还没说完，已被那高个子随从一把拧住了手腕。他的手腕如被铁钳夹住，骨头似要被捏碎一般，不得不松了手。那文士走入书房，矮个子随从斜挎着黑色包袱，紧随在后。

韦应奎又惊又怒，急忙喝令几个差役拿下那高个子随从。几个差役放开高、羌、白三人，奔那高个子随从而来。然而那高个子随从身手了得，一只手拿住韦应奎不放，只用另一只手对付几个差役，几个差役一拥而上，竟丝毫讨不到便宜，反而挨了不少拳脚。韦应奎被捏住了手腕，那高个子随从闪转腾挪之际，韦应奎也身不由己地跟着转圈，只觉得天旋地转，几欲作呕，"哎哟哟"的痛叫声中，又夹杂着"哇啊啊"的反呕声。

这时，矮个子随从出现在书房门口，道："韦应奎，大人叫你进来。"

高个子随从这才松开了韦应奎的手腕。几个差役吃了亏，知道那高个子随从厉害，不敢再贸然动手。

韦应奎偏偏倒倒，好不容易才扶住一把椅子，缓过神来。他原本又急又怒，然而那矮个子随从的话一直回响在耳边，令他心生忐恁。"大人？什么大人？"他暗暗嘀咕着，心想那文士有这么厉害的随从相护，只怕甚有来头，自己莫非又得罪了什么高官？可那文士面生得紧，两个随从也从没见过，实在不知对方是何来路。他没敢肆意发怒，见那矮个子随从等在书房门口，只好忍了口气，跟了过去。

"验过毒了吗？"韦应奎刚进入书房，那文士的声音立刻响起。

那文士说话之时，目光一直不离刘鹊，似在查验尸体。韦应奎见了这一幕，尤其是见那文士手上竟戴上了一副皮手套，心知那文士身份必然不凡。他心思转得极快，语气变得恭敬起来："下官尚未验过。"

"下官？"那文士抬起眼来，"你知道我是谁？"

"下官不敢……不敢过问。"

那矮个子随从道："大人是新任浙西提点刑狱乔公乔大人。"

韦应奎如闻惊雷，愣在了当场。元钦离任浙西提点刑狱后，韩侂胄调淮西提点刑狱乔行简接任，但他一直没听说乔行简已经到了临安。他反应极快，连忙躬身行礼，心下暗暗懊悔，自己有眼不识泰山，方才竟公然对乔行简无礼，得罪了这位新上任的提点刑狱，往后如何是好？

"银针和皂角水。"乔行简没理会躬身行礼的韦应奎，而是朝那矮个子随从伸出了手。韦应奎一直弯着腰，不敢直起身来。

矮个子随从取下肩上的黑色包袱，打开来。韦应奎抬眼望去，瞧见了包袱里的官凭文书、笔墨等物，还有卷起来的藤连纸、检尸格目和尸图。韦应奎瞧不见包袱更深处有什么，但从乔行简让随从随身携带检尸格目和尸图的行为来看，这位新上任的浙西提点刑狱,绝非那种可以轻易糊弄的人,心下不由更觉后悔。

那矮个子随从从包袱里取出一裹针囊和一只水袋,交给了乔行简。乔行简打开针囊,拈起一枚银针,擦拭干净后,探入刘鹊口中,再将刘鹊的嘴合上。一段时间后,他将银针取出,只见银针变成了黑色。他又将水袋里的水倒出来,那是用皂角煮制而成的皂角水。他将银针放入皂角水中揩洗,黑色的银针却无法恢复原状。他点了点头,经此一验,可确认刘鹊是死于中毒。

"初检当在现场,死者似有中毒迹象,你未验毒,毫无根据地确认死因,便公然抓人?"乔行简两眼一抬,朝韦应奎看去。

自己抓高、羌、白三人的一幕正好被乔行简撞见,韦应奎听乔行简话中之意,是在责备自己抓人草率,不由得咽了咽口水,道:"那三人是医馆中的弟子,昨晚只有他们三人进入这间书房见过刘太丞。下官问起昨晚之事,他们三人各执一词,言语彼此矛盾,其中必有人撒谎,真凶应……应在他们三人当中,下官这才抓人……"他弯着的腰早已发酸,但仍不敢直起。

"死者昨天吃过什么东西?"乔行简又问。

韦应奎如实说起,又道:"下官这就命人去把泔水桶取来,查验饭食是否有毒。"

韦应奎说着便要转身,乔行简却道:"那这盒糕点呢?"

韦应奎抬眼望去,见乔行简指着书案外侧摆放着的一个圆形食盒。那圆形食盒雕刻着梅花图案,盒盖已经掀起,盒内分为左右两格,一格是蜜糕,另一格是糖饼,摆放得满满当当。这个圆形食盒,韦应奎最初进入书房时便已瞧见,他也打开看过,见里面的糕点一个不少,码放得整整齐齐,显然没被人吃过,也就没有过多理会。他道："下官查看过这食盒，里面的糕点一个不少，刘太丞应该没有吃过。"

乔行简朝那矮个子随从看了一眼，道："文修，唤死者亲属进来。"

文修立刻走出书房，表明乔行简提点刑狱的身份，问清楚大堂里哪些人是死者亲属，然后将居白英、莺桃、刘决明、高良姜、羌独活和白首乌等人带入书房。

乔行简的目光从众人脸上一一扫过。众人知道他的身份，除了居白英外，全都不敢抬头直视。乔行简忽然道："刘太丞是不是不吃甜食？"

众人都点了点头。高良姜应道："回大人的话，师父不吃甜食已有好几年了。"

乔行简微微颔首。他之前见圆形食盒摆放在书案上，里面的蜜糕和糖饼却没吃过，又听说刘鹊昨日三餐分别吃了河祇粥、金玉羹和雕菰饭，其中河祇粥是在粥中加入鱼干、酱料和胡椒煮制而成，金玉羹是用羊肉和山药熬制的羹汤，雕菰饭是用黑色菰米蒸煮的饭食，都是咸口，没有一样是甜食，这才有此一问。在得到死者亲属肯定的答复后，他在食盒右侧的梅花图刻上轻轻一按，伴随着"咔嚓"一声轻响，食盒中的格子微微弹升了一截。原来这个圆形食盒做工精巧，内部分为上下两层，中间以隔板隔开，右侧的梅花图刻便是机关，只需轻轻一按，隔板便会抬升而起。乔行简揭开上层食盒，只见下层也分为左右两格，同样摆放着糕点，但不是甜口的蜜糕和糖饼，而是咸口的油酥饼和韭饼，摆放得虽然也很整齐，但明显有几处空位，显然曾有几个糕点被人吃过。乔行简最初看到这个食盒时，曾凑近细嗅，在蜜糖的甜味中，嗅到了一丝韭菜气味。他从食盒的高度判断，食盒内部应该不止一层，稍加寻找，便找到了机关所在。

韦应奎见食盒内藏乾坤，不由得愣住了。他来刘太丞家查案已有好一会儿了，却忽略了食盒中还有下层，而且下层糕点还明显被人吃过。这食盒就摆放在刘鹊的书案上，吃糕点的人，极大可能就是刘鹊。

乔行简在蜜糕、糖饼、油酥饼和韭饼之中各取一块，吩咐文修找来四只碗，将糕点放入碗中捣碎，又倒入清水拌匀，再将四枚银针分别放入四只碗中，最后用布封住碗口。如此静置片刻，乔行简揭开封布，取出四枚银针，只见银针全都变成了黑色。他用皂角水揩洗银针，依旧洗不回原样。

韦应奎见到这一幕，脸色灰败，腰弯得更低了，暗暗摇头，心想："今年可真是晦气，命案一桩接着一桩不说，还每次刚一接手便触霉头。太学岳祠案遇到个会验尸的宋慈，西湖沉尸案遇到个做过提刑官的金国使者，如今刚一接手刘太丞的案子，又突然冒出个提点刑狱来。韦应奎啊韦应奎，莫非你今年命犯太岁，要不然怎会这般倒霉？"

乔行简斜了韦应奎一眼，目光一转，问众人道："这盒糕点从何而来？"

"我记得这盒糕点，"高良姜认了出来，"是昨天一个病人送来的。"

"什么病人？"

"我只记得是个女的。黄杨皮是师父的贴身药童，他应该知道那病人是谁。"

黄杨皮、当归和远志都在大堂里候着，乔行简立刻吩咐文修去将黄杨皮带进来，问道："送这盒糕点的病人是谁？"

黄杨皮朝那圆形食盒瞧了瞧，答道："回大人的话，送糕点的是一个姓桑的哑女，住在竹竿巷的梅氏榻房，小人随先生看诊时去过。那姓桑的哑女倒是没病，是她爹患了重病，先生曾为她爹诊治。那姓桑的哑女昨天下午上门来道谢，送来了这盒糕点，说是她亲手做的，还在先生的书房里待了好长时间才离开。"

"这位桑姑娘进过书房？"

"是先生请她进来的。当时那姓桑的哑女来医馆后，给先生看了一张字条，先生便歇了诊，请她到书房相见，还关上了门，吩咐小人守在外面，不许任何人打扰。书房里一直静悄悄的，过了约莫半个时辰，门才打开，那姓桑的哑女才离开了医馆。"

一个哑女，一张字条，闭门相见半个时辰之久，乔行简想着这些，不由得面露疑色。他问道："你们有人吃过这盒糕点吗？"

众人都回以摇头。

"这么说，只有死者一个人吃过。"乔行简回头看了一眼死去的刘鹊。他略作思虑，吩咐道："文修，你留下来查封书房，查验死者昨日的餐食是否有毒，再想办法将尸体运回提刑司。武偃，你随我前去梅氏榻房。这位小兄弟，带路吧。"最后一句话是冲黄杨皮说的，说完便带着那名叫武偃的高个子随从朝医馆外走去。

黄杨皮当即应了，领路前往梅氏榻房。

没过多久，乔行简和武偃在黄杨皮的带领下来到了梅氏榻房，找到了桑氏父女落脚的那间通铺房。然而桑氏父女的床铺已空，此前搁在房角装有各种木作的货担也不见了踪影。乔行简唤来榻房伙计一问，才知今早桑氏父女已经退房离开了。

"那对父女也是不走运，像他们这种来临安做买卖的货郎，就指着上元节当天大赚一笔。"榻房伙计道，"如今上元节就在眼前，那老头却患了病，生意也做不成，只好雇了辆牛车，拉着货物走了。"

乔行简眉头一皱，道："那对父女走了多久？"

"有小半个时辰了吧。"

"往哪个方向走了？"

"看着是往城南那边去了。"

牛车不及马车迅速，又拉着货物，必然快不起来，但已走了小半个时辰，粗略算来，只怕已快出城了。乔行简立刻吩咐武偃："你即刻往城南去追，一路打听这辆牛车的下落，无论如何要把这对姓桑的父女追回来！"

武偃面色坚毅，领命而去。

第二章

无名尸骨

一整个上午，宋慈在射圃边席地而坐，看着以刘克庄为首的太学生和以辛铁柱为首的武学生隔墙斗射，眼前却总是时不时地浮现出昨晚与桑榆一起走过御街灯市时的场景。

原来昨天安葬好虫氏姐妹和袁晴后，宋慈与刘克庄结伴回太学，却在中门外遇见了桑榆。彼时天色已经暗了下来，在人来人往的前洋街上，桑榆远远地向宋慈招着手。

"你瞧，桑姑娘在那边。"刘克庄瞧见了桑榆。

宋慈只是点了点头，向桑榆打过招呼，埋头便要进太学。

刘克庄却一把拉住了宋慈，道："瞧那招手的意思，桑姑娘是在叫你过去呢。"

他强拽着宋慈，走到桑榆面前，道："桑姑娘，你是来找宋慈的吧？我把他带过来了。你们有什么话慢慢聊，我还有事，先回斋舍了。"说完微笑着将宋慈留在原地，独自走了。

桑榆手握一个钱袋，那是上次宋慈去梅氏榻房时，留给她付刘太丞诊金的。这是她第二次将这个钱袋物归原主了。宋慈问起桑老丈的病情，她比画了手势，意思是桑老丈按刘太丞开出的验方用药，这两天身子好了不少，已能下地行走了，她这才能放心地离开梅氏榻房来太学。

"桑姑娘不必这么客气，往后若有用得着宋慈的地方，尽管来太学找我。"宋慈知道桑老丈大病初愈，需要有人留在身边照看，桑榆为了归还钱袋，只怕已耽搁了不少时间，他这话一出，等同于是在向桑榆告别了。然而桑榆连连比画手势，想请他多留一会儿，陪她在街上走一走。

宋慈微微愣神之际，桑榆已转过身去，沿街慢行。

宋慈回头朝中门方向望了一眼，似乎怕被刘克庄瞧见似的，还好刘克庄是当真回了太学，并没有留下来等他。他稍作踟蹰，朝桑榆跟了上去。他不知桑榆是何意思，缓步走在桑榆身边。两人就这么往前走着，不多时走过整条前洋街，来到了众安桥。在这里，一条花灯如昼的宽阔大街纵贯南北，那是临安城中有名的十里御街。

御街乃是大宋皇帝每逢孟月，也就是春夏秋冬各季的第一个月时，离开皇宫去往城西北景灵宫祭祀的必经之路。此街南起皇宫和宁门，北抵观桥，纵贯临安全城，总长近十里，唤作十里御街。十里御街分为南北中三段，和宁门至朝天门为南段，乃三省六部、五寺六院聚集之地；朝天门至众安桥为中段，其间商铺林立，遍布瓦市，是全城最繁华热闹的去处；众安桥至观桥为北段，多为市井百姓居住之地，城中酒坊也大多集中于此，有着"千夫承糟万夫瓮，

第二章　无名尸骨

有酒如海糟如山"的说法。众安桥位于十里御街之上，附近一带又是临安城中有名的花市，一到夜间灯火如昼，尤其是上元佳节临近之时，更是火树星桥，车水马龙，热闹非凡。

宋慈默默跟在桑榆身边，行过了众安桥，又沿御街向南，穿行于花市之中，不多时来到了保康巷口。这里不但灯火璀璨，热闹喜庆的鼓乐更是此起彼伏。宋慈见往来行人大多成双成对，忽地想起才华堪比李清照的女词人朱淑真生前便是住在保康巷一带，心中一动，想到了朱淑真的词作《元夜》。眼前是"火树银花触目红，揭天鼓吹闹春风"的盛景，心中是"但愿暂成人缱绻，不妨常任月朦胧"的念想，最后化作"赏灯那得工夫醉，未必明年此会同"的感慨，宋慈此时此刻面对这如昼花市时的所思所想，一如当年的朱淑真。这是宋慈来临安后的第一个新岁正月，之前本想与刘克庄一同游街赏灯，但因牵涉命案未能成行，此时与桑榆并肩同行，倒是他头一次观赏临安城中的花市灯会，也是他生平第一次与年轻女子结伴赏灯。然而今年能与桑榆同行，明年却未必能再相见，他一念及此，不禁转头向桑榆看去。

一路慢步而行，桑榆面对着满街璀璨，脸上晕着流光，眼中映着灯火，却未顾盼欣赏，而是微低着头，似乎暗藏了什么心事。桑老丈大病初愈，桑榆不可能有外出游玩的心思，她之所以邀自己同行，必是有什么话想对自己说，可此话似乎甚是为难，一直不便开口。一想到此，他不禁又念及朱淑真那句"但愿暂成人缱绻"，心头微微一热。

忽然间，桑榆止住了脚步，转过身来。

宋慈忙收住脚，愣愣地立在原地，一向镇定自若的他，倒显得有些手足无措。

就在这时，桑榆牵起了他的手，指尖抵在他的掌心，一个字接一个字地写画起来。

宋慈渐渐定住了心神，眉头慢慢凝了起来，道："虫达在何处？"他诧异地看着桑榆，"你问的是……六年前叛国投金的将军虫达？"

桑榆轻轻点了一下头。

宋慈记得之前去梅氏榻房查西湖沉尸案时，曾向金国正使赵之杰问起虫达叛宋投金之事，当时桑榆就在一旁，想必她是那时知道他在追查虫达下落的。他好奇道："桑姑娘，你为何打听虫达的下落？"

桑榆似不愿说，摇了摇头。

换作是别人，宋慈必定寻根究底，但面对桑榆，他没再继续追问下去，道："我之前向金国正使赵之杰打听过，他和金国副使完颜良弼都没听说过虫达叛投金国一事。至于虫达身在何处，到底是不是投了金国，实不相瞒，我也不知。"

桑榆又在宋慈的掌心写下另一句问话："虫达会不会没在金国？"

宋慈略微想了一下，道："宋金之间向来势不两立，但凡有敌国将领来投，那都是大彰国威之事，势必会让朝野上下周知，更何况虫达并非普通将领，而是池州御前诸军副都统制。"大宋共设有御前军十支，布防于长江沿岸和川陕之地，专为防备金军南下。凡御前诸军，皆直达朝廷，不属三衙统辖，独立于禁军之外，每军设都统制和副都统制统兵坐镇。虫达身为其中一军副都统制，乃是坐镇一方的统兵大将，"虫达若投了金国，金国必定尽人皆知。既然金国正副使都没听说过，我认为虫达极有可能投金不成，或是根本没去过金国。"

桑榆微微一怔。她在原地立了片刻，忽然比画手势向宋慈告别，请宋慈留步，自行转身去了。她不再慢步而行，仿佛是为了急着逃避宋慈，快步走进了保康巷中，消失在了灯火阑珊处，只留下疑虑万千的宋慈，独自一人呆立在人流之中。

此时回忆起昨晚发生的种种，宋慈仍觉得万般不解，虫达是罪及全家的叛国将军，而且虫达叛国已是六年前的事了，桑榆只是建阳乡下一个卖木作的平民女子，怎会和虫达牵扯上关系呢？宋慈想着这些时，刘克庄的声音忽然传来："宋慈，到你了！"

宋慈抬眼望去，见刘克庄站在射圃东边的围墙下，左手持一支圆木箭，右手高举着一张弓，陆轻侯、寇有功等同斋全都聚在那里。就在那面围墙上，一根长杆高高挑起，杆头用细麻绳挂着一个馒头，长杆不停地左右摇动，馒头也跟着左晃右荡。与此同时，围墙的另一侧传来了报数声："一，二，三……"

原来每年开春之后，太学都会举行射艺比试，届时二十座斋舍之间会进行比拼，获胜斋舍的学子，会在当年的德行考查中获得加分。为了赢下这场射艺比试，身为习是斋斋长的刘克庄，决定今年比其他斋舍更早进行准备，今早带着所有同斋来到射圃，开始了习射。

三个标靶立在射圃正中，刘克庄带着所有同斋在射圃东边的围墙下站成一排，各自张弓搭箭，练习射艺。习射不会使用真的点钢箭，用的都是圆木箭，只要中靶便算得分。哪知众人刚开始习射不久，忽听王丹华"啊呀"一叫，他张弓搭箭时手指一滑，一支圆木箭冲天而起，竟越过围墙，掉到了围墙的另一侧，引得同斋们一阵哄笑。

刘克庄也跟着一笑，但旋即收起了笑容，只因圆木箭飞向了围墙的另一侧。他之所以让所有同斋站在围墙下习射，就是为了射箭时背对围墙，不让箭有机会飞过围墙。不仅习是斋如此，太学中其他斋舍的学子习射时，也都会选择这样的站位，只因围墙的另一侧是武学的马场。太学和武学素来不睦，过去就曾发生过学子习射时将箭射到对面，误伤对面学子后闹出争端的事。好在今早习射之时，没听见围墙对面传来人声，想必还没有武学学子到马场练习弓马，只需悄悄翻过围墙将圆木箭捡回来，那便没事了。

捡箭一事自然交给了始作俑者王丹华。他在陆轻侯和寇有功的托举下攀上围墙，悄悄下到对面马场，找到了掉落的圆木箭。陆轻侯和寇有功也跟着攀上墙头，双双递出了手，要将王丹华拉上围墙。哪知就在此时，一大片人声传来，辛铁柱带着一群武学生来到了马场，准备开始今日的弓马练习。

赵飞跟在辛铁柱的身边，原本在与其他武学生说笑，忽然瞧见有太学生在马场边攀爬围墙，当即飞奔上前，在王丹华半边身子即将攀过围墙之时，一把拽住王丹华的腿，将他拉了下来。

几个武学生将王丹华团团围住，不让王丹华离开，赵飞则单手叉腰，指着墙头上的陆轻侯和寇有功臭骂起来。陆轻侯和寇有功不甘示弱，还嘴回骂，还拿上次琼楼斗酒武学落败一事来奚落赵飞。赵飞在那场斗酒中数杯即倒，当众出了大丑，如此糗事被提及，还是当着其他武学生的面，他登时面红耳赤。

刘克庄知道今日之事错在己方，于是攀上墙头，制止陆轻侯和寇有功，向辛铁柱道了歉，请对方放了王丹华。赵飞正在气头上，说什么也不肯放人，当场提出要与太学再来一场比试，只要太学赢了便放人。刘克庄本不想与武学发生不必要的争端，可如今争端既然已经发生，还上升到了太学与武学比拼较量的层面上，那就不能示弱，应道："好啊，赵兄想比试什么，只管说来。"

赵飞一把夺过王丹华手中的圆木箭，道："你们不是在练习射箭吗？有本事就来斗射！"

弓马习射乃武学专长，赵飞以为刘克庄一定不敢答应，哪知刘克庄却笑道："别以为你们是武学生，就能小看了我们太学生的射艺。斗射便斗射，不过这斗射的规矩，需由我这边来定。"

赵飞没想到刘克庄竟敢答应，想着正好借此机会一雪斗酒落败之耻，道："有什么规矩，你尽管说。"

刘克庄知道弓马习射之于武学，便如"四书五经"之于太学，这是在拿自己的弱项去与对方的专长较量，倘若是单纯比拼准头的射标靶，自己这边必败无疑。他下了围墙，与同斋们悄声商议了一番，很快定下了一个法子，于是攀上围墙，对赵飞道："我这规矩倒也简单，你我两边各举一根长杆，杆头悬挂馒头作为标物，可以任意摇晃摆动，两边轮流射箭。射箭时不可拖延，十声之内必须放箭，谁先射中对面的标物，便算胜出。你敢吗？"

赵飞一听，心想馒头本就不大，作为标物后还可以任由对方摇晃摆动，不仅定靶射箭的本事用不上，而且引弓放箭之时，还无法判断标物下一步往何处移动，射中的概率便大大降低，可以说越是瞄准了放箭，越是射不中，反倒是射艺不精之人，射偏的箭说不定与标物移动方向恰好一致,反而能够射中。这样的规矩,很大程度是在比拼运气,可自己若不答应,反倒显得怕了太学,于是赵飞当场应了下来。

刘克庄回斋舍找来一根长杆,以及一个隔夜发硬的太学馒头,悬挂好后,交给了陆轻侯。武学生都精于射艺,有规律地晃动标物,会被对方预判标物的动向,以至于被射中,于是他叮嘱陆轻侯一开始缓慢地晃动长杆,然后看他的手势,只要他握掌为拳,便立刻加大晃动幅度。他攀上墙头,道:"太学一向以礼为先,让你们武学先来。"话一说完,不等赵飞应答,立刻冲所有同斋一挥手,所有同斋立马同声齐叫:"一、二、三……"

赵飞一惊,忙取来弓箭,张弓搭箭,试图对准悬在空中的太学馒头。

刘克庄盯着赵飞的一举一动,将右手垂在围墙下,让武学那边瞧不见。陆轻侯一边轻轻地晃动长杆,一边紧盯着刘克庄的右手。当看见赵飞将弓拉满时,刘克庄立刻变掌为拳。陆轻侯得到信号,立马疯狂地晃动长杆,太学馒头大幅度地胡乱摇摆起来,不仅左右乱晃,还带着上下抖动。赵飞难以瞄准馒头,加之对面提前报数,此时已数到了"七、八、九",逼得他不得不仓促放箭。他扣弦的手指一松,弦响箭出,却偏得厉害,这一箭没有射中馒头,越过围墙飞出老远,落在了射圃的西侧。赵飞脸皮涨红,"呸"地啐了一口唾沫,极不甘心地将弓箭交给了其他武学生。

接下来轮到武学举起标物,换太学这边射箭。武学那边也找来长杆,挂上馒头,由赵飞来擎举标物。武学那边倒是没耍花招,一声声地开始了报数,赵飞也只是高举长杆,用力地来回摇晃。寇有功的射艺是习是斋所有学子中最好的，由他第一个登场，然而他一箭射出，仍是偏了不少。

此后太学和武学各出学子，十多轮之后，始终无人射中标物。太学这边十多位同斋，包括刘克庄在内，已经全数登场，只剩下宋慈了。

宋慈暂且不去想桑榆一事，起身走到围墙下，接过了刘克庄递来的弓箭。

"我们习是斋除了寇有功，就数你射艺最精，看你的了。"刘克庄在宋慈的肩上用力一拍。

宋慈听见围墙另一侧的报数声已经数到"六、七、八"了。他将圆木箭搭在弦上，仰头望着空中摇晃的馒头，举起了弓箭。在馒头晃动至最高处即将下落之时，他对准馒头下方一两寸的位置，指尖一松。圆木箭直射而出，刘克庄和同斋们同声欢呼，旋即化作一片叹息，这一箭几乎是擦着馒头的边缘掠过，只差毫厘便能命中。

武学那边传来一阵惊呼，手举长杆的赵飞更是吓得抚了抚胸口。斗酒已经折了一阵，倘若比拼射艺再败，武学的众多学子往后面对太学生时，可就再也抬不起头来了。

接下来轮到武学射箭，该辛铁柱登场了。

刘克庄攀上墙头，见是辛铁柱上场，深知辛铁柱勇武非凡，射艺方面自然不容小觑。他没再给陆轻侯信号，而是让陆轻侯从一开始便疯狂地摇晃长杆，不让辛铁柱有瞄准标物的机会。辛铁柱大臂一抬，抓过了弓箭，随即挽弓如满月，在太学那边刚数到"二"时，骤然一箭射出。这一箭迅疾如风，去势如电，只见馒头陡然跳起，竟被一箭射中。圆木箭没有箭头，充其量只是一根打磨过的木棍，可辛铁柱的这一箭却将隔夜发硬的太学馒头射了个对穿，其势不衰，掠过射圃，击中一株大树，在干硬的树干上留下了一个凹槽。

武学那边顿时欢呼声大作，所有武学生围着辛铁柱又蹦又跳。太学这边众学子一惊之下，也不禁为之叹服。

刘克庄鼓起掌来，爽朗大笑道："铁柱兄膂力惊人，射术精湛，真是令我等大开眼界。今日斗射，是我太学输了。"

此言一出，众武学生欢呼雀跃更甚。辛铁柱放下长弓，朝刘克庄抱拳为礼。

赵飞积压许久的那口气，这一下出了个干干净净。他大喜之下，不再为难王丹华，当场放了人。

就在刘克庄递出手，助王丹华攀过围墙回到射圃时，一个太学生忽然急匆匆奔来，寻到了身在射圃的宋慈，喘着大气道："宋慈，可算是找着你了。中门那边有个叫黄五郎的人在找你，说是有十分要紧的事。"

"黄五郎？"宋慈记得此人，那是袁朗的同乡，此前追查西湖沉尸案时曾与之有过接触。他不知黄五郎能有什么十分要紧的事找自己，忽然心念一动，想到黄五郎与桑榆一样住在梅氏榻房，不知为何，心底陡然生出一种不好的预感，当即朝中门方向赶去。刘克庄在墙头瞧见了，不知发生了何事，跳下围墙，吩咐所有同斋继续习射，他自己则朝宋慈追了过去。

宋慈赶到太学中门，看见了等候在此的黄五郎。黄五郎一见到他，立马露出一口外突的黄牙，急声急气地告诉了他一个消息——

第二章　无名尸骨　031

桑老丈和桑榆牵连命案，已被官府抓了。

原来今早乔行简去梅氏榻房寻找桑氏父女时，黄五郎也在榻房之中。当时乔行简吩咐武偃去追拿桑氏父女，他本人则将榻房中所有住客召集到一起，查问了不少关于桑氏父女的事。后来乔行简结束了查问，武偃也赶回了梅氏榻房，禀报说人已抓回，乔行简便与武偃一道离开了。黄五郎入住梅氏榻房的这段日子，与桑氏父女一向交好，对桑氏父女多少有些了解，听说桑氏父女杀了人，总觉得不大信。他之前接受过宋慈的查问，后来私下问过桑榆，得知宋慈是提刑干办，与桑氏父女是同乡，又听说了宋慈接连查破多起疑案的事，这才赶来通知宋慈。他将这些事对宋慈说了，道："桑榆是个心地善良的女娃娃，前些日子，我只不过稍稍关心了一下她爹的病情，她便又是为我送饭，又是缝补衣裳的，这么知恩感恩的女娃娃，怎么可能杀人呢？还是杀的为她爹治病的刘太丞？我就想，会不会……会不会是官府弄错了？宋大人，你是他们的同乡，能不能想想法子帮帮他们……"

宋慈眉头一凝，道："查案之人叫乔行简？"

黄五郎连连点头。

刘克庄追来了太学中门，听到了黄五郎所言。他见宋慈锁着眉头，知道宋慈对此事甚是关心，道："我虽只见过桑姑娘几面，但我感觉，她不像是会杀人的人，此事只怕另有蹊跷。宋慈，半月期限未到，你眼下还是提刑干办，可不能坐视不理。"

宋慈摇了摇头，道："我奉旨查岳祠案与西湖沉尸案，对其他案子无权……"

刘克庄不等宋慈说完，拉了宋慈的手便走，道："有权无权，有时需要靠自己争取。乔行简不是新任浙西提刑吗？走，去提刑司！"

宋慈和刘克庄赶到提刑司时，已经接近午时，正遇上一批提刑司差役急匆匆地外出。这批差役中有许义，宋慈忙叫住了他，问道："许大哥，今早可有一对桑姓父女被抓入提刑司？"

许义应道："是有此事，那对父女眼下被关在大狱里。"

宋慈见许义神色匆忙，道："你们这是去做什么？"

"小的们奉命去净慈报恩寺一带查访。"

宋慈本以为刘太丞家发生命案，许义和众差役急匆匆外出，十有八九与刘太丞一案有关，没想到竟是去净慈报恩寺，奇道："查访什么？"

"宋大人有所不知，今早乔大人到任了，不只抓了那对桑姓父女，还运来了一具尸体和一具骸骨。那尸体是城北刘太丞家的刘鹊，骸骨却是在净慈报恩寺后山发现的。乔大人命小的们去净慈报恩寺一带查访无名尸骨一事，看能不能查出死者的身份。"许义朝走远的其他差役看了一眼，"宋大人，小的不跟你多说了。"向宋慈行了一礼，追着其他差役去了。

"净慈报恩寺后山？"刘克庄不无奇怪地道，"你我昨天傍晚才从那里离开，没听说有发现什么无名尸骨啊，难道是今早才发现的？"

宋慈没有说话，跨过门槛，走进了提刑司。

宋慈没有立刻赶去大狱见桑榆，而是去了提刑司大堂，想先见一见乔行简。大堂里空无一人，他又去到二堂，还是不见人影，只有一位年老的书吏在此。他一问书吏,得知乔行简眼下在偏厅,于是又赶往偏厅,却被守在偏厅门外的武偃拦住了。他出示了提刑干办腰牌,表明了自己的身份。

武偃入偏厅通传,很快出来,对宋慈道:"乔大人同意见你。"

宋慈当即走入偏厅。刘克庄跟着往里走,却被武偃拦住。

宋慈回头道:"他是我的书吏,我查案行事,一向有他在场。"

武偃打量了一下刘克庄,刘克庄也扬起目光盯着武偃。武偃没再强加阻拦,放下了手臂。

宋慈和刘克庄进入偏厅,立刻有一大股糟醋味扑面而来,好不刺鼻。两人抬眼望去,只见偏厅里烧着一只火炉,火炉上煮着一罐糟醋,旁边摆放着两张草席,分别停放着一具尸体和一具骸骨。偏厅中有两人,一人守在火炉边,正在试看糟醋的温度,另一人蹲在草席边,正在查验尸体。

宋慈听说过乔行简,其人在淮西提点刑狱任上断案洗冤无数,可谓声名远扬。他见那查验尸体之人戴着皮手套,想来便是乔行简,当即上前行礼,道:"提刑干办宋慈,见过乔大人。"行礼之时,他朝草席上的尸体看了一眼,辨认其五官长相,正是之前到过梅氏榻房为桑老丈看诊的刘太丞。

乔行简抬头瞧了宋慈一眼,旋即又低下头去,继续验看刘鹊的尸体。他凑近了刘鹊的右手,盯着指甲看了一阵,伸手道:"文修,小刀和白纸。"

原本在试看糟醋温度的文修,立刻取来小刀和白纸。乔行简接过小刀,拿起刘鹊的右手,示意文修把白纸伸到下方。他将刀尖伸入刘鹊的指甲缝里,又轻又细地刮动起来,很快有些许白色粉末从指甲缝里掉出，落在纸上。他刮完了右手的五根手指，又拿起刘鹊的左手看了看，没在指甲缝里发现异物。

"大人，这是……"文修看着纸上的白色粉末。

"是砒霜。"乔行简道，"包起来，当心别弄到手上。"

文修点了点头，把纸上的砒霜小心翼翼地包起来，作为证物收好，又取来检尸格目，将尸体右手指甲缝里发现砒霜一事记录了下来。

"糟醋好了吗？"乔行简又道。

文修再去查看糟醋的温度，道："大人，已经温热了。"说着将一罐子糟醋抱离炉火，放在乔行简的身边。

乔行简用热糟醋洗敷刘鹊全身，一连洗敷了三遍，仔细验看有无其他伤痕，最终没有任何发现。他慢慢地摘下皮手套，道："用热糟醋洗敷三遍，无其他伤痕显现，死者确是死于中毒，无须再用梅饼法验伤。"

文修执笔在手，依乔行简所言，在检尸格目上加以记录。

"你便是近来屡破奇案的宋慈？"乔行简将摘下来的皮手套放在一旁，把卷起的袖口放下，这才将目光投向宋慈。

"宋慈一介太学学子，才学难堪大任，只是侥幸得以破案。"宋慈见乔行简看向刘克庄，又道，"这位是刘克庄，是我在太学的同斋，我查案时请他代为书吏。"

一旁的文修听了这话，身为乔行简书吏的他，不由得朝刘克庄多打量了几眼。

刘克庄郑重地行了一礼，道："学生刘克庄，拜见乔大人。"

乔行简微微颔首，道："不必多礼。"目光回到宋慈身上，"我此次来临安上任，没少听说你的事，你若不来见我，我倒还要差人去请你。"说着，指了指草席上的无名尸骨，"你来得正好，这里有枯骨一具，你可验得出其死因？"

宋慈也不推辞，径直走到草席边，见那具枯骨反向弓弯，骨色发黑，尤以肋骨处的颜色最深。他蹲了下来，从尸骨的头部一直看到脚部，看得极为细致，除了在左臂尺骨上发现一道尤为细微的裂缝外，其他骨头上没有发现任何伤痕。骨伤有时微不可察，不能单凭目视，需要进一步验看。他取出随身携带的手帕，用力撕开一道口子，从中抽出一缕棉线。他捏住棉线两头，在尸骨上来回揩擦，极其耐心地将所有骨头揩擦了一遍。倘若骨头有损伤之处，棉线必然会被卡住，难以活动，但最终没有。他起身道："这具尸骨未见破折，也未见青荫或紫黑荫，应该不是死于外伤。"

乔行简道："可这具尸骨的左侧尺骨上，分明有骨裂存在。"

"左侧尺骨正中偏上之处，的确存在一处骨裂，但这处骨裂并无芒刺，而且甚为平整，还有愈合的迹象，应是生前的旧伤。"宋慈回头朝那具尸骨看了一眼，道，"粗略观之，其死因应是中毒。"

"何以见得？"

"服毒身死者，骨头多呈黑色。"

"骨头虽呈黑色，却未见得是中毒，也可能是长埋地底，泥污浸染所致。"

"那便取墓土验毒。"宋慈道，"服毒身死者，其体内的毒会在五脏六腑腐烂之后，浸入身下泥土之中。可在发现尸骨之地，取尸骨下方的泥土查验是否有毒，再取周边泥土查验，加以比对。倘若尸骨下方泥土有毒,周边泥土无毒,便可确认死者是死于中毒。"

乔行简颇为赞许地点了点头,道:"传闻果然不假,你的确精于验尸验骨。"话题忽然一转,"你身为太学学子,日常起居应该都是在太学吧?"

宋慈应了声"是"。

"那我倒要问问,我今早到任一事,眼下并无多少人知道,你既然身在太学,如何得知我已到任,这么快便赶来提刑司见我?"

宋慈如实说了黄五郎报信一事,道:"不瞒乔大人,我与那对桑姓父女都来自闽北建阳县,有乡曲之情。我此番求见大人,是为他父女二人而来。"

"原来如此。这对姓桑的父女此前住在梅氏榻房,曾请过刘鹊去看诊,那叫桑榆的女子昨日去刘太丞家,当面向刘鹊道谢,还送去了一盒亲手做的糕点。刘鹊吃过糕点后,当晚在医馆书房中伏案而死,尸体嘴唇青紫,舌有裂纹,肤色青黑,浑身遍布小疱,此乃中砒霜之毒而死之状。刘鹊一日三餐经查验无毒,书房门窗从里面上闩,不可能有外人进入,事后经我查验,桑榆送去的那盒糕点里有砒霜。这对姓桑的父女,本是来临安做货担生意,如今上元佳节将至,他们却突然从梅氏榻房退房,雇了牛车要离开临安,幸好我派武偃及时拦截,将他们在清波门追了回来。这对父女有极大嫌疑毒杀了刘鹊,你说是为他父女二人而来,难道是想求我网开一面,放了他们二人吗?"

宋慈听了这番话,才知桑氏父女是如何与刘鹊之死扯上了关系。他摇了摇头,以示自己绝无此意,道:"乔大人,你说刘太丞家的书房门窗从里面上闩,刘鹊是在房中伏案而死?"

"不错。"

宋慈略微一想,道:"敢问乔大人,桑榆送去的那盒糕点,事后是在什么地方发现的?"

"糕点摆放在书案上,就在刘鹊的身边。"

宋慈微微皱眉,道:"倘若真是桑榆姑娘下毒,此举未免太过明显了些。在自己送去的糕点里下毒,这糕点事后还留在现场,不是等同于告诉别人,下毒的是她自己吗?"

乔行简道:"查案最忌有先入之见,你这么说,岂不是先认定了下毒的不是桑榆?"

宋慈却道:"乔大人方才说了那么多,不也是持先入之见,认定下毒的便是桑榆姑娘吗?"语气之中透着刚直。

乔行简听了这话,神色微微一变,双眼直视着宋慈。宋慈不为所动,用同样的目光直视着乔行简。文修跟了乔行简多年,还从未见过有哪个下属官吏,敢用这等语气跟乔行简说话,敢用这般眼神与乔行简对视,不由得面露惊讶之色。

刘克庄赶紧挨近宋慈身边,偷偷拉扯宋慈的衣袖,心里暗道:"你个直葫芦,来的路上对你千叮咛万嘱咐,叫你见了乔行简好生说话,将查案之权争取过来,你明明答应得好好的,怎么突然又犯了直脾气,三言两语便把话说死了?"连连冲宋慈使眼色,示意宋慈赶紧服软道歉。

哪知宋慈却道:"圣上以上元节为限,破格擢我为提刑干办,眼下期限未到,我想接手刘太丞一案,望乔大人成全。"

乔行简听了这话,忽然大笑起来,笑声甚为直爽。

刘克庄将眼睛一闭,心道:"你刚把话说死,立马又去提要求,还是用这么强硬的口气，别人能答应吗？宋慈啊宋慈，有时你那么高深莫测，有时怎么又这般木讷？"乔行简这阵笑声虽然听起来直爽，可官场上笑里藏刀的人实在不少，宋慈言语冲撞了乔行简，刘克庄觉得乔行简必不会答应宋慈所求。

果不其然，乔行简笑声一顿，道："你这人很合我的脾气。不过查案讲究明公正道，不徇私情，你既与那父女二人是同乡，他们二人所牵涉的案子，自然不能由你来查。"

刘克庄忙道："乔大人，宋慈说话虽然直，可他行事一向不偏不倚，此前所查的岳祠案和西湖沉尸案，哪怕涉及当朝权贵，他也是公正不阿。刘太丞一案若是交给他查办，他必会持心公正，明辨是非，绝不会徇私废公的。"

"刘太丞一案，我自会秉公查处，桑氏父女若没杀人，我自会还他们清白。宋慈，我昨日便到了临安，城里城外走访了一日，市井百姓对你是交口称赞。倘若你当真有心查案，"乔行简朝停放枯骨的草席一指，"那这具无名尸骨的案子，便交由你来查，如何？"

宋慈看了看那具无名尸骨，几乎没有任何犹豫，拱手应道："宋慈领命。"又道，"不知我可否以同乡身份，去狱中探视桑氏父女？"

乔行简点头道："这个自然可以。"当即吩咐文修，带宋慈前去提刑司大狱，监督宋慈探视过程的同时，也将发现无名尸骨的经过讲给宋慈听，以便宋慈接手此案。他吩咐完后，独自离开了偏厅。

文修道："宋提刑，我叫文修，是乔大人的书吏，请吧。"说罢，领着宋慈和刘克庄离开偏厅，很快来到了提刑司大狱。

桑老丈和桑榆被关押在两间不相邻的牢狱中，宋慈先见到的是桑老丈。

桑老丈原本佝偻着脊背，蹲坐在牢狱的角落里，见宋慈和刘克庄来了，颤巍巍地起身，浑浊的老眼中泛出一丝亮光，道："宋公子，刘公子，是你们……"

宋慈道："老丈不必起身，你身子可还好？"

桑老丈叹道："一把老骨头了，好与不好，不打紧……只是可怜了榆儿，她真没有害过人，她是被冤枉的啊……"

"昨天桑姑娘去刘太丞家道谢，还送去了一盒亲手做的糕点，当真有此事？"

桑老丈听宋慈提起这事，不由得唉声叹气，道："都怪我，我用了刘太丞开的药，身子有所好转，便想着让榆儿上门去道谢。我们拿不出多余的钱财，榆儿便说做一些糕点送去。若不是我叫她上门道谢，她又如何会惹上这等祸事？都怪我啊……宋公子，听榆儿说你是提刑官。榆儿没有害过人，她是无辜的，我求求你，你救救她吧，我给你跪下了……"说着老泪纵横，颤巍巍地跪了下去。

宋慈忙道："使不得，老丈快请起。新任浙西提刑乔大人，一向秉公查案，只要桑姑娘是无辜的，乔大人必会还她清白。"

刘克庄也道："老丈赶紧起来吧。你放心，有宋慈和我在，桑榆姑娘一定会没事的。"

桑老丈连声道谢，扶着牢柱，吃力地站起身来。

宋慈离开了桑老丈所在的牢狱，转而来到了关押桑榆的牢狱外。

与桑老丈不同，桑榆看见宋慈后，并未起身，仍旧抱着膝盖，侧身坐在狱床上。

宋慈见了桑榆这般模样，不由得想起昨晚桑榆突然告别离开的事，道："桑姑娘，你昨晚在保康巷口同我告别，是打算离开临安，与我再也不见的意思吗？"

一旁的文修听了这话，有些诧异地瞧了宋慈一眼。他虽然知道宋慈与桑榆是同乡，却没想到两人昨晚竟见过面。

桑榆一动不动地坐在原处，没有回应宋慈，甚至没有转过头来看宋慈一眼。

宋慈有一种感觉，自打昨晚提起虫达后，桑榆整个人仿佛变了个模样，往日她身上洋溢的那份灵气，好似全然消失了一般。他道："桑姑娘，你这般样子，是因为刘太丞的案子，还是因为你昨晚问我的事？"

刘克庄想起昨晚留宋慈与桑榆独处的事，又想起今早斗射时宋慈心不在焉的样子，心想："这两人昨晚到底是怎么处的？定然又是宋慈的直脾气坏了事。"想到这里，暗暗摇了摇头。

桑榆仍旧没有回应。

文修忽然道："此女自打进了大狱，便一直这般默然坐着，不管乔大人问她什么，始终没有任何回应。宋提刑是她的同乡，我以为你来探视，她说不定会有所改变，想不到依然如此。试想她若是无辜的，面对你和乔大人的问话，怎么会是这般样子？"

宋慈也是不解，以往桑榆脸上常挂着笑容，对他比画各种手势，握着他的手掌写字交流，如何突然变成了这般模样？他见桑榆始终默然不应，自己问得再多也是无用，想了一想，道："桑姑娘，你既然不愿回应，我也不再勉强你。我只问你一件事，你到底有没有杀害刘太丞？有你便点头，没有你便摇头。"

宋慈说完这话，一动不动地站在牢狱外，就那样目不转睛地看着桑榆。他刚刚才说不勉强桑榆，可看他的样子，似乎桑榆不给出回应，他便不打算离开大狱。

过了好一阵子，桑榆终于给出了回应，摇了摇头。

宋慈得到了想要的回答，转身便走，离开了提刑司大狱。

宋慈没有忘记无名尸骨案，从大狱里出来后，向文修道："我听提刑司的差役说，偏厅里那具无名尸骨，是在净慈报恩寺后山发现的。个中详情，还请文书吏告知。"

文修记得乔行简的吩咐，即便宋慈不问，他也会说起无名尸骨的事，道："乔大人但凡调任一地，都是让家眷在后慢行，带着我和武偃先行一步，此次来临安赴任，其实昨日一早便已抵达，只是乔大人素来有一习惯，赶到当地后，先不去官署，而是就地走访，打听当地有哪些贪官污吏、穷凶极恶之徒，过往几年间有什么纠纷争端、冤假错案，心里有了底，这才去官署上任。此次亦不例外，乔大人昨日一到临安，便在城中四处走访，今早又去了西湖一带，路上遇到了几个府衙差役。那几个府衙差役行色匆匆，似乎出了什么事，乔大人便带着我和武偃跟了上去。原来是一个叫葛阿大的劳力，在净慈报恩寺后山挖出了一具无名尸骨，赶去府衙报了案，叫来了那几个差役。"

突然听到葛阿大的名字，宋慈和刘克庄忍不住对视一眼。两人都记得，此前雇佣挖土葬坟的几个劳力当中，便有此人。

"乔大人虽然官居高位，可但凡有命案发生，他总是亲至现场勘验，此前在淮西提点刑狱任上便是如此。他在现场初检了尸骨，命几个差役将尸骨运来提刑司停放,又听说刘太丞家发生了命案,便赶往刘太丞家,却发现韦应奎查案草率,于是当场接手了刘太丞一案。"文修说起乔行简,满脸皆是敬仰之色,"乔大人一到临安便遇上了两起命案,原本是打算两起命案一起查的,这也是他多年来的习惯,从不放心将案子交给他人查办,遇上再多的案子都是亲力亲为。昨日在城中走访时,乔大人听说了不少关于你的传闻,私下与我和武偃谈论时,曾多次提起你,如今他将其中一件案子交给了你,足可见他对你寄予厚望,还盼你不要让他失望。"

宋慈没有过多的表示,只是点了一下头,应道:"我会尽力而为。"说完便向文修告辞,与刘克庄一同离开了提刑司。

"我叫你来见乔行简,主动争取查案之权,争的是刘太丞一案,最后却争来了什么无名尸骨的案子。"一出提刑司,刘克庄忍不住道,"你那臭脾气啊,别说是乔大人,换了是我,我也会当场拒绝你的请求。"

宋慈默不作声。

"事已至此,光明正大地查案是行不通了。"刘克庄道,"既然乔大人不同意你查案,那我们便偷偷去刘太丞家,私下里查个水落石出,绝不能坐视桑姑娘受冤替罪。"

宋慈抬头看了看天,正午已过,天空却依旧阴着。他道:"走吧,去净慈报恩寺后山。"说罢向南而行。

刘克庄一愣,道:"桑姑娘还关在牢狱里呢,你是真不打算管了?喂,你等等我,你还真要去查那什么无名尸骨的案子啊?"他嘴上念叨个不停,脚下却追着宋慈去了。

出钱塘门，行经苏堤，宋慈提着一个布裹，来到了净慈报恩寺外。

在这里，他遇到了许义。许义和几个差役在寺门外奔来走去，逮住一个个香客打听询问，花了近半个时辰，仍是一无所获，不免有些垂头丧气。

宋慈将自己接手无名尸骨案的事告诉了许义，问许义是怎么打听走访的。许义应道："小的见人就问最近几年这一带有没有什么人失踪，得到的回答要么是没有，要么是不知道。"

"你不妨换一个问法。"宋慈道，"你就问，知不知道有谁断过左臂。"

"断过左臂？"许义不禁一奇。

无名尸骨的左臂尺骨存在一处骨裂，那处骨裂已有愈合迹象，显然死者生前曾断过左臂。断骨愈合，少说也要两三个月，那处骨裂尚未完全愈合，也就是说，死者左臂折断，应该是死前两三个月内的事。宋慈点了点头，道："你只管这么问就行。"

许义虽不明其意，但知道宋慈一向料事如神，于是应了声"是"，招呼其他差役，按宋慈所言向过往行人打听。

宋慈静静地等在净慈报恩寺门外，眼前烟气缭乱，人来人往。他不是在等许义，而是在等刘克庄。在来净慈报恩寺的路上，他让刘克庄再去把葛阿大找来。葛阿大是最早发现无名尸骨的人，他有一些疑问需要找葛阿大问个清楚。

宋慈等了约莫两炷香的时间，刘克庄终于领着葛阿大来了。

"见过宋大人。"葛阿大一见宋慈，连忙行礼。他今早挖出无名尸骨报案之后，心想这回依照薛一贯的指点破了霉运，总该走大运了吧,于是又去柜坊赌钱,不想仍是一通亏输。正烦闷之时,其他劳力找来了,说是刘克庄有请。他知道刘克庄是有钱的主,以为又有什么挣钱的活,急忙赶去见了刘克庄,随后便被刘克庄带来了净慈报恩寺。

宋慈道:"还请带路,一起去发现尸骨的地方瞧一瞧。"

葛阿大当先而行,领着宋慈和刘克庄绕过净慈报恩寺,上了后山,来到一处土坡下,指着地上一处土坑道:"宋大人,刘公子,就是这里了。"

宋慈瞧了瞧那土坑,又往四周看了看,这里离虫氏姐妹的坟墓很近。他道:"你今早为何到这里掘土?"

葛阿大将自己掘土的前因后果如实说了。

宋慈想了一想,道:"你看见骷髅头爬坡,是在何处?"

葛阿大朝前方的土坡一指,道:"就在那里。"

那处土坡下有挖掘的痕迹,是昨天安葬虫氏姐妹和袁晴时,几个劳力在此取土留下的。昨日取土之时,几个劳力曾挖出一块灰白色的石头,那块石头通体扁圆,被扔在了土坡下。宋慈见葛阿大所指,正是那石头所在之处。刘克庄顺着望去,也瞧见了那块石头。

"这里没你什么事了,你回去吧。"宋慈道,"往后查案若有需要,我会差人来找你。"

葛阿大见刘克庄没有打赏的意思,自己跑这一趟没讨着任何好处,便板着个脸,不大高兴地下山去了。

望着葛阿大远去的背影,刘克庄道:"这葛阿大成天赌钱亏输,便疑神疑鬼,喝酒喝得醉眼昏花,把好好一块石头,看作了什么骷髅头,还相信薛一贯那套冤鬼缠身的鬼话。"

宋慈将一直提在手中的布裹放在地上,打开来,里面是一只装满清水的水袋、一只碗和一个瓦罐,此外还有一把很小的铲子,以及几个皂角。他在附近找来几块石头,就地垒成一圈,将瓦罐放在上面,倒入一些清水,再放入掰碎的皂角。刘克庄拾来一些干柴,在瓦罐下生起了火。干柴噼里啪啦地燃烧着,如此煮制了一阵,一罐皂角水便煮好了,宋慈将皂角水倒入碗中放凉。

宋慈将瓦罐清洗干净,又倒入一些清水,然后在土坑周围选了几个位置,用铲子各取了一些土,一并放入瓦罐之中,搅拌均匀,好好一罐清水很快变成了泥浆。他从怀中摸出早就准备好的一支银针,将其放进泥浆之中,然后将瓦罐封了口。

如此静置了好一阵子,宋慈揭开封口,将瓦罐里的银针取出来。银针上裹满了泥浆,揩拭干净后,只见银针色泽依旧,并未变色。由此可见,土坑周围的泥土是没有毒的。

接下来就该查验土坑里的泥土了。

宋慈见土坑正中央的泥土是黑色的,于是将铲子插进那里,挖取了不少泥土。然而就在铲子拔出来时,他忽然微微一愣,将这一铲泥土倒在地上,拨弄了几下,里面露出了一段黑乎乎的东西。

"这是什么?"刘克庄凑了过来。

宋慈取来水袋,用清水将那段黑乎乎的东西清洗干净,拿起来辨认道:"是一段木头,看起来有烧过的痕迹。"

"有什么问题吗?"刘克庄见宋慈一直盯着那段木头看,不禁问道。

宋慈摇了摇头。他没觉得这段木头有何异样,只是这段木头是在土坑里发现的，说不定与无名尸骨存在什么关联，于是取出手帕，将这块烧过的木头包好收起。他依先前的法子，在瓦罐里倒入清水，再将取来的泥土倒入瓦罐搅匀，然后放入银针，封口静置。

这墓土验毒之法，是宋慈从建阳县的仵作行人那里学来的。时隔多年，他还记得那仵作行人是个姓卞的老头，曾瞒着宋巩，私下里教过他不少验尸的方法。如今以此法验毒，他不禁又想起当年背着父亲学习验尸的日子。只是卞老头要他不准对外提起教习一事，这些事一直是他心中的秘密，多年来从未对任何人提及。

在等待的过程中，宋慈拿起铲子，在土坑里拨弄起来。这土坑是挖出无名尸骨的地方，他想看看里面还有没有什么遗漏的东西。如此来来回回地拨弄了好几遍，除了方才发现的那段烧过的木头，土坑里再无任何发现。

宋慈把目光转向土坑旁，那里有一堆土，是最初府衙差役挖掘无名尸骨时，将挖出来的泥土堆在了那里。他拨弄起这堆土来，一些稍大一点的土块，也不忘一块块地掰开，以免其中有遗漏的线索。这一番寻找下来，果然又有发现，他找到了一些散碎的玉块。这些玉块很小，裹在泥土之中，便如寻常土块一般，若非他仔细拨弄，又将土块一一掰开，绝难发现。

宋慈用水袋中仅剩的一点清水，将这些玉块逐一清洗干净，发现这些玉块都带有裂纹，质地完全一样，似乎是由一块完整的玉碎裂而成。他尝试拼接，刘克庄也来帮忙，没用多长时间，所有玉块便被拼在了一起，凑成了一块完整的玉饰。

这玉饰约莫鸡蛋大小，通体呈兽形，看起来是雕刻的狮子，狮口中含着一颗黑色的珠子。整块玉饰没有光泽，又遍布裂纹，像是被火烧过。这玉饰是在挖出来的泥土中发现的，它与无名尸骨埋在同一个地方，说不定与其大有关联。宋慈要来刘克庄的手帕，将玉饰包好，揣入怀中。

这时时间差不多了，宋慈打开瓦罐封口，取出银针，将上面的泥浆揩拭干净，定睛看时，不由得眉头一皱。

那无名尸骨除了尺骨上的骨裂，从头到脚找不出任何损伤，骨色又透着乌黑，尤其是靠近肠胃的肋骨，乌黑色很深，他心中其实早已认定其死因是中毒，之所以用墓土验毒法加以查验，只是为了确保万全。他之前见土坑正中央的泥土是黑色的，更觉万无一失，银针必定会变黑，哪知此时取出银针一看，其色泽竟毫无变化。

"怎么会这样？"宋慈举起银针翻来覆去地查看，的的确确没有变色。

刘克庄凑了过来，道："这银针丝毫不见变色，那不就是说，今早发现的那具无名尸骨，不是死于中毒？"

宋慈想了想，将银针往怀里一揣，道："我们回提刑司去，再验一次骨。"

刘克庄立刻将没燃尽的柴火灭了，还不忘去虫氏姐妹的坟前拜了一拜，然后与宋慈一道下山，两人不多时便回到了净慈报恩寺外。

许义和几个差役还在这里寻人打听，这一次宋慈没有再去询问许义，而是朝苏堤方向走去。

可是没走出几步，宋慈忽然脚步一顿，回头望着人进人出的净慈报恩寺，紧跟着眉头一凝，掉头朝净慈报恩寺的大门走去。

刘克庄一见宋慈的神情举止，便知宋慈定是想到了什么。他也不多问，只管紧随在后。

宋慈进入净慈报恩寺后，径直去往大雄宝殿背后的灵坛，找到了正在对香客们一一还礼的居简和尚。此前曾在巫易墓前做过法事的几位僧人，一如往日那般守在灵坛的两侧。

宋慈合十一礼，道："居简大师，可否借一步说话？"

"阿弥陀佛，原来是宋施主。"居简和尚认得宋慈，宋慈此前曾来净慈报恩寺找过他两次，"不知宋施主此次前来，所为何事？"

宋慈抬手相请，将居简和尚请到一旁僻静之处，道："大师应该还记得，初五那天一早，我来找过你，问起过贵寺僧人弥苦之死。"

居简和尚点头道："记得。莫非宋施主仍怀疑弥苦未死？当年本寺僧众都曾见过弥苦的尸体，不会有假的。"

"我此次来，不是为了查问此事。"宋慈道，"弥苦死于一年前的大火，我是想知道当年那场大火是如何烧起来的。"

刘克庄听宋慈这么一问，一下子恍然大悟。宋慈在挖出无名尸骨的土坑之中，发现了一段烧过的木头和一块烧过的狮子玉饰，下山时恰好路过净慈报恩寺，看见只重修了一半的寺院，不禁想到一年前将整个净慈报恩寺烧毁的那场大火。烧过的木头和狮子玉饰，与无名尸骨是在同一个地方发现的，无名尸骨若不是死于中毒，那会不会是死于大火呢？无名尸骨掩埋在净慈报恩寺后山，而净慈报恩寺曾在一年前遭遇过大火，二者会不会有所关联？正因为想到了这些，宋慈这才突然入寺，寻居简和尚打听当年那场大火的事。

被问起一年前的大火，居简和尚忍不住低声诵道："阿弥陀

第二章　无名尸骨　049

佛。"他看了看不远处重建起的大雄宝殿，眼前浮现出了当年火光冲天、哭号四起的惨烈场景，脸上犹有惊怖之色，道："当年那场大火是在半夜里烧起来的，我记得最初起火的是本寺住持德辉禅师的禅房，很快蔓延至其他僧人居住的寮房，然后是厢房、偏殿、慧日阁、大雄宝殿和其他殿宇，最后整座寺院除了藏经阁外，全都被烧毁了。因是在半夜，寺中僧人都已入睡，不少僧人来不及逃离，被活活烧死在了房中，连德辉禅师也……"说到这里，摇了摇头，叹了口气。

"火是从德辉禅师的禅房烧起来的，那事后可有找到起火的原因？"宋慈问道。

居简和尚应道："禅房被烧成了废墟，连德辉禅师也圆寂了，照顾德辉禅师的道隐师叔也死于大火之中，哪里还找得到起火的原因？"顿了一下又道，"当时正值中秋，天干物燥，道隐师叔熬灯守夜地照料德辉禅师，兴许是火烛引起的吧。"

"熬灯守夜地照料？德辉禅师是病了吗？"

居简和尚点头道："那时德辉禅师身患重病，长期卧床难以下地，是道隐师叔不分日夜地守在禅房加以照料。我记得起火那晚，道隐师叔还特地差弥音去城北请来了刘太丞，为德辉禅师诊治……"

"刘太丞？"宋慈和刘克庄几乎是异口同声。宋慈追问道："你说的可是城北刘太丞家的刘鹊？"

"刘鹊施主那晚是来了，不只是他，还有刘扁施主。"

"刘扁是谁？"

"刘扁施主便是刘太丞。"

宋慈和刘克庄听得有些糊涂。居简和尚见二人似乎没太明白，道："刘扁施主是刘鹊施主的兄长，曾在宫中做过太丞，他开设的医馆便是刘太丞家。"

"我知道刘太丞家，"宋慈道，"可我没听说刘鹊还有一个叫刘扁的兄长。"

居简和尚叹道："刘扁施主那次来为德辉禅师看病，说病情太过严重，他不放心，便留宿于寺中，刘鹊施主也留了下来。那场大火烧起来后，刘鹊施主逃了出来，刘扁施主却没有……刘扁施主死了已有一年多，二位施主没听说过他，也不奇怪。"

宋慈原本只是因为烧过的木头和狮子玉饰，联想到净慈报恩寺曾有过一场大火，这才找居简和尚打听，哪知这场大火竟会与刘太丞家扯上关联。他稍加思虑，问道："大师，起火那晚，贵寺可有发生什么奇怪之事？有没有什么人举止可疑？"

"宋施主，那场大火已经过去一年多了，不知你为何要打听这些事？"居简和尚见宋慈不断地追问当年那场大火，不免心生好奇。

宋慈没有回答，只道："大师，此事关系重大，起火前贵寺究竟发生过什么事，但凡你知道的，都请详加告知。"

居简和尚犹豫了一下，见宋慈目光中透着坚毅，道："虽不明白宋施主为何打听此事，可我听说宋施主查案公允，持正不阿，我虽是佛门中人，却也心生敬佩。既然你执意要问，那我便把那一晚的事，但凡能想起来的，都说与你知道。"回想了一下，徐徐道来。"那是一年前中秋节的前一夜，不少香客留宿于本寺厢房之中。当晚月亮很圆很亮，留宿的香客们聚在厢房外的院子里，一边闲情赏月,一边吟诗作对。我当时住在东侧的寮房,与厢房只有一墙之隔,听着香客们的笑声传来,想到德辉禅师的病情,心里很不是滋味。道济师叔从寮房外路过,见我坐在门前烦闷,冲我笑了一笑。他去到厢房那边,我还当他是去阻止香客们吵闹,哪知他竟谈笑风生,与香客们共同吟诗赏月。道济师叔行事一贯如此,总是一反常态,以前他还在灵隐寺出家时,便不喜念经,还嗜好酒肉,成天嘻嘻哈哈,穿着破衣烂衫,游走于市井之间,被人当作颠僧,唤他作'济颠和尚'。四年前他来到本寺,拜德辉禅师为师,成为德辉禅师最后的入门弟子,但他仍是成天嬉笑,行事总是出人意料。德辉禅师重病之后,道济师叔前前后后只去看望过一次,不像道隐师叔那样守在禅房里照料,他非但不担心,反而在德辉禅师的病榻前嬉笑如常,我实在是想不明白。"说着摇了摇头,"我当时听着厢房那边道济师叔和香客们的笑声,心中实在烦乱,便关起门来抄写经文,过了许久,厢房那边才安静下来。后来我便睡下了,不知睡了多久,忽被一阵叫喊声惊醒,寮房里已是烟气弥漫。我捂住口鼻,冲出寮房,看到了冲天的大火,看到了奔走的人影,才知道寺中起了大火……唉,起火前我看到过的、听到过的,就是这些了。"

宋慈想了一想,问道:"当晚第一个发现寺中起火的人是谁?"

"是弥音。德辉禅师的禅房烧起来时,弥音正好起夜去茅房,瞧见了大火。他呼人救火,还冲进禅房试图救人,结果人没救到,反而把自己烧伤了。"居简和尚说这话时,扭头朝灵坛望去,此时弥音正守在那里。

宋慈也朝弥音望了一眼。当初在巫易墓前做法事时,杨菱从始至终一直注视着的僧人,便是这位弥音。方才居简和尚言语间提及，净慈报恩寺起火那晚，受道隐和尚的差遣去请刘扁和刘鹊来给德辉禅师看病的僧人，也是这位弥音。"看来一会儿要请这位弥音师父问一问话了。"宋慈这么想着，又向居简和尚道："火灭之后，贵寺又发生过什么事？"

居简和尚回忆道："我记得那场大火过后，本寺只剩残垣断壁，到处都是焦煳味。事后清点，共有十四人死难，除了刘扁施主外，其他都是本寺的僧人，其中德辉禅师和道隐师叔，还有四位居字辈僧人和七位弥字辈僧人，全都被大火烧焦，面目难辨，此外还有多人被烧伤。大火后的那天适逢中秋，原本寺中要举行皇家祈福大礼，圣上要驾临本寺祈福，前一夜之所以有那么多香客留宿本寺，便是为了第二天一早参加这场祈福大礼。本寺原名永明禅院，当年高宗皇帝为奉祀徽宗皇帝，下诏赐名为净慈报恩寺，后来高宗皇帝和孝宗皇帝都曾来本寺祈福，孝宗皇帝还曾手书'慧日阁'匾额赐予本寺。可是那场大火烧毁了一切，中秋当天的祈福大礼只能取消。圣上闻听本寺焚毁，下诏将所有死难者火化，在寺中筑坛祭祀。韩太师当天带着诏令来到本寺，在所有僧人的诵经声中，火化了死难之人。"

"你是说死难之人火化，是在中秋当天？"宋慈眉头一凝。

"是在中秋当天。"居简和尚应道，"当时寺中救治伤者，清理火场，搜寻尸体，甚为忙乱。一直到入夜之时，才火化了所有死难之人。"

宋慈暗暗觉得有些奇怪。僧人死后通常不行土葬，而是火化成灰，这在佛门中称为荼毗。皇帝下诏火化僧人，筑坛祭祀，这并不奇怪，奇怪的是火化似乎来得太快了些。大火焚毁寺院，死了十四个人，事后不是该追查起火原因，查清是意外失火还是人为纵火吗？按理说，尸体上可能会留有线索，比如岳祠案中的何太骥，可以通过查验死者是死于大火还是死后焚尸，进而追查起火原因。所以应该等所有疑问查明之后，再火化死难之人的尸体。可为何大火后不到一天时间，便将所有尸体火化了？这便等同于何太骥的尸体第二天便被火化成灰，那就什么痕迹都没留下，真相也就永远查不出来。他道："那场大火后，官府可有来人查验死难之人的尸体，追查起火的原因？"

居简和尚摇头道："知府大人随同韩太师来本寺看过，说是意外失火。"

宋慈皱起了眉，暗想了片刻，道："你先前说，刘扁和刘鹊当晚都留宿于寺中，刘扁死于大火，刘鹊却逃了出来。他们二人既是兄弟，为何一个逃出了火场，另一个却没有，难道他们二人没住在一起吗？"

"刘扁施主为了时刻照看德辉禅师的病情，留宿于德辉禅师的禅房中，刘鹊施主另住一间厢房，他们二人没住在一起。"

"那事后刘扁的尸体呢？是让刘鹊带回去安葬了吗？"

"刘扁施主的尸体，是与本寺死难僧人一起火化的。"

宋慈心中那种奇怪的感觉又强烈了一些，转头朝后山望了一眼，忽然道："那场大火中死去的十四个人，可有谁断过左臂？"

居简和尚回想了一下，应道："有的，我记得刘扁施主来看诊时，他的左臂绑着通木，听说是不小心摔断了。刘扁施主带着断臂之伤，还连夜赶来为德辉禅师诊治，真是仁心仁术，令人敬佩。"

宋慈听了这话，暗暗一惊，心想："后山上发现的那具无名尸骨，莫非是刘扁？"问道："大师，你确定当年刘扁的尸体火化了吗？"

"我记得当时在禅房的废墟前架了柴堆，所有死难之人的尸体被搬到柴堆上一起火化。只不过火化之时，却出了意外。"

"什么意外？"

"当时本寺全被大火烧毁，唯有藏经阁离其他殿宇较远，未被殃及，可是火化之时，藏经阁那边却突然着了火。藏经阁中收藏了许多佛经典籍，还有高宗皇帝御赐的各种珍贵经藏，能在之前那场大火中幸免于难，已是不幸中的万幸，哪知突然又起了火。寺中僧人大都聚在禅房附近诵经超度，见突然火起，有的吓得慌乱躲逃，有的匆忙赶去救火。可当时已经天黑，藏经阁藏书众多，烧起来很快，最终没能救着火，藏经阁烧了个精光，同时所有死难之人也在那场混乱中火化成了灰。"

"也就是说，尸体火化之时，不仅是天黑，而且现场一片混乱？"

居简和尚回忆着当时的场景，点了点头。

"藏经阁的火是怎么烧起来的？"宋慈又问。

居简和尚摇头道："那就不知道了，事后没有查出原因来。"

宋慈暗暗心想："前一夜的大火，也许是不小心失火，可刚刚经历了一场那么惨烈的大火，寺中僧人应该都会小心火烛，藏经阁再失火的可能性很小，极有可能是有人故意纵火。倘若后山上那具无名尸骨真是刘扁，会不会是有人故意在藏经阁纵火制造混乱，趁乱动了柴堆上的尸体，将刘扁的尸体藏匿起来，事后埋到了后山？果真如此的话，那纵火的人是谁？又为何要大费周折移尸掩埋呢？"

宋慈越想越是困惑，好一阵没有说话，最后从怀中摸出那块狮子玉饰，让居简和尚看了，问是否识得。居简和尚摇了摇头，他从没见过这样的狮子玉饰。宋慈向居简和尚道了谢，转身向灵坛走去。

"弥音师父，"宋慈径直来到弥音的身前，"我有些事，想问一问你。"

弥音身形高大，一张脸被烧毁了大半，看起来已有三十来岁，是所有弥字辈僧人中年龄最大的一位。他站在灵坛的左侧，祭拜灵坛的香客们从他身前络绎而过，他一直闭眼合十，低声诵经。听见宋慈的声音，他睁开眼道："阿弥陀佛，不知施主要问何事？"声音甚是低沉。

宋慈没有回答，只是抬手道："这边请。"

弥音转头向居简和尚看去，居简和尚点头道："宋施主既然有事问你，你便跟着去吧。"

"是，师伯。"弥音应了，这才随宋慈去到一旁僻静之处。

"弥音师父，你到净慈寺出家，有多久了？"宋慈开始了询问。

弥音答道："有五六年了。"

"一年前的中秋前夜，贵寺曾起了一场大火，你应该还记得吧？听说当时最先发现起火的人是你。"

弥音不由自主地摸了摸脸上的烧伤，道："那场大火，如何能忘？"

"那晚起火时是何情形？还请你原原本本道来。"

弥音点了点头，道："我那晚半夜醒来，肚子胀痛，去了一趟茅房，回来时见寮房的西边亮着光。寮房的西边是本寺住持德辉禅师的禅房，那时德辉禅师卧病在床，日夜都需要人照顾，禅房里常常半夜还点着灯火。可那光实在太亮了，不像是灯火，我走过去一瞧，竟是禅房燃起了大火，正往外冒着浓烟，还把邻近的寮房引燃了。我吓得大喊大叫，又撞开门冲进禅房救人，可里面火势太大，我试了几次都冲不进去，不得不退了出来。我又去附近担水救火，往返了好几趟，还是没用。那时寮房也已经引燃，火势烧得很快，连我居住的房间也着了火。与我同住的都是弥字辈的师兄弟们，大都逃了出来，只是不见弥苦师弟。我与弥苦师弟一向交好，不顾师兄弟们的阻拦，拿水淋湿身子，又冲进寮房试图救弥苦师弟，最后烧了自己一脸伤，还是没救着人。"说着低下头去，低声诵道，"阿弥陀佛。"

在巫易墓前做法事时，杨菱自始至终注视着弥音，此时得知弥音曾与弥苦同寮，又彼此交好，还曾奋不顾身地冲进火场救弥苦，宋慈这才明白杨菱为何对弥音另眼相看。他道："大火过后，韩太师带来圣上旨意，要将所有死难之人的尸体搬到一起火化，藏经阁却在那时突然着火，当时你也在场吗？"

弥音摇头道："我那时烧伤得不轻，敷了药，在临时搭的草棚里休息，后来才听说了藏经阁起火的事。"

宋慈怀疑有人在藏经阁起火之时，趁乱搬动过死难之人的尸体，本想向弥音打听此事，可当时弥音不在场，那就不必多问了。他想了想，没再打听起火之事，转而问起了刘扁和刘鹊，道："我听说贵寺起火那晚，刘太丞家的刘扁和刘鹊曾来为德辉禅师看病，当时是你去请他们来的。你可还记得刘扁那时的样子？他的左臂是不是断了，绑着通木？"

弥音点头道："刘扁施主是伤了左臂，我去请他看诊时，还怕他多有不便，可他说自己的左臂虽然摔断了，但早已接好，而且他替人诊脉都是用的右手，并不碍事。刘鹊施主担心刘扁施主手臂有伤，怕他看诊时不太方便，于是也带上药箱，一起跟了来。"

"这么说你只请了刘扁，刘鹊是不请自来的？"

弥音又点了点头，道："刘扁施主曾是宫中太丞，听说他过去专门替皇上看病，医术甚是精湛，去刘太丞家请大夫，自然是去请他。"

"刘扁和刘鹊关系如何？"

弥音微微皱眉，没听得太明白。

"比如来贵寺的路上，他们二人交谈多吗？彼此说话时可是和颜悦色？"

弥音回想了一下，道："我记得来的路上，二位施主没怎么说过话，好像心事重重的样子，有路人认得他们，跟他们打招呼，他们也都没应。"

宋慈想了一想，又问："你最初发现禅房起火时，可有在禅房附近看见过什么可疑之人？"

弥音摇头道："没有。"顿了一下，似乎突然想起了什么，"我在禅房附近没看见人，倒是之前去茅房时，遇到了刘鹊施主，他也起夜去上了茅房。"

"你看清了，当真是刘鹊？"

"虽然隔了一段距离，可那晚月光很亮，我认得刘鹊施主的样子。"

"能看见月光,这么说你不是在茅房里遇到的他?"

"我看见刘鹊施主时,他走在茅房外的小路上,往厢房那边去了。"

"那你怎么说他是起夜上了茅房?"

"那么晚起夜,又是在茅房外,不是去上茅房,还能是什么?"

宋慈若有所思地点了点头。他没再发问,拿出那块狮子玉饰请弥音辨认,然而弥音也不识得。宋慈向弥音道一声"叨扰了",又去到灵坛旁向居简和尚行礼告辞,随后离开了净慈报恩寺。

"你是在怀疑刘鹊吗?"从净慈报恩寺出来,刘克庄见宋慈一直凝着眉头。

宋慈点了点头,道:"按照居简大师和弥音师父所述,刘扁才是真正的刘太丞,刘太丞家也是刘扁开设的医馆,当晚明明只请了刘扁去寺里看病,刘鹊却要跟着去,大火发生时,偏偏刘鹊没在厢房睡觉,而是起了夜,最后刘扁死于大火,刘鹊却没事,后来还成了医馆的新主人,变成了新的刘太丞,这些难道不可疑吗?"

"可疑,"刘克庄接口道,"极其可疑!"

宋慈原打算回提刑司查验无名尸骨,可经过了净慈报恩寺这一番查问,他怀疑那具无名尸骨极有可能是刘扁,因此决定先走一趟刘太丞家,查清楚无名尸骨是不是刘扁后,再回提刑司查验其真正死因。

刘克庄跟随宋慈多次奔走查案,如今思路竟也渐渐跟上了宋慈,道:"现在是先回提刑司,还是先去刘太丞家?"

宋慈抬眼北望,不远处是水波浩渺、游人如织的西湖,更远处是鳞次栉比、恢宏壮丽的临安城,应道:"先去刘太丞家。"

一根短短的木棍不时伸进碗中，蘸上些许清水后，再在地上写写画画，"师""麻""辛""苦"等字，一个个歪歪扭扭地出现了，不一会儿又一个个地相继隐去。五岁的刘决明就这么在侧室门外的空地上蘸水写字，已经好一阵子了。

一门之隔的侧室房中，高良姜将说话声压得极低："师父当真没把《太丞验方》给你？"

"给我做甚？"莺桃声音娇脆，"我又不会医术。"

"师父那么喜爱决明，万一他想把毕生医术传给决明呢？"

"瞧你这脑袋，决明那么小，连字都不认识几个，怎么学得了医术？你就别管什么医书的事了，先替我想想办法。过去有老爷护着我，那悍妇还不敢对我怎么样，如今老爷没了，她立马给我甩脸色看，往后还不把我给生吞活剥了！"

"你就再多忍忍，等过上几年，决明长大些，这刘太丞家可是姓刘的，到时还由得师娘颐指气使？"

"你还叫她师娘呢！"莺桃哼了一声，"别说几年，便是几天我也不想忍，你又不是不知道那悍妇的脾气。"

"这家里不是还有我吗？我可是师父的大弟子，姓居的又不懂医术，往后医馆的事都是我说了算。这刘太丞家若是没有医馆赚钱，姓居的还不喝西北风去？放心吧，有我在，哪能舍得让你受苦……"

"哎呀，你快把嘴拿开。老爷才刚死，你……你别这么急……"

"能不急吗？我都多久没碰过你了？"

"不行呀……你快松开，门还没锁呢……外面来人了！"

一阵说话声忽然在侧室外响起，吓得搂抱在一起的两人赶紧分开。

"小少爷,你一个人在这里玩耍呀。"

"娘头疼,在屋里治病呢,叫我出来玩一会儿。"

"小少爷真乖。"

很快敲门声响起,门外传入声音道:"二夫人,您在里面吗?"

莺桃理了理有些散乱的发髻,扶正了珠钗,走过去拉开了房门,见门外是远志。

远志收起了敲门的左手,朝屋里看了一眼,见莺桃的身后还有一人,是高良姜。此刻高良姜正在收拾桌上铺开的针囊,嘴里道:"二夫人不必忧虑,你这是伤心过度,引发了头疼。我给你施了几针,你多休息休息,便不碍事了。"

"有劳大大夫了。"莺桃对高良姜说了这话,又看向远志,"找我有什么事?"

远志看起来十七八岁,脸上有不少痘印,高高的个子却躬着腰,说起话来柔声细气:"打扰二夫人了。提刑司来人查案,请您去医馆大堂。"说完又朝高良姜看了一眼,"也请大大夫去医馆大堂。"

高良姜收好了针囊,道:"怎么又来了人?凶手不是抓到了吗?还来查个什么劲?"说着走出侧室,来到远志的身前,低声道:"你跟着我一年多了,应该不用我再提醒你了吧。"

刘太丞家一共三个药童,其中黄杨皮是刘鹊的贴身药童,当归是羌独活的药童,远志则是高良姜的药童。远志低着头,小声应道:"大大夫,我什么都没看见。"

高良姜满意地点了点头,随手将针囊交给了远志,朝医馆大堂走去。远志左手拿着针囊，跟在高良姜的身后。莺桃掩上房门，拉上刘决明的小手，也随着一起去往医馆大堂。

与此同时，家宅后院的一间屋子里，门闩已经拉上，羌独活从床底下拖出一口箱子，打开来，里面装满了各种瓶瓶罐罐。他从中拿起一只黑色的小药瓶，拔掉塞口，小心翼翼地倒出一丁点黑乎乎的黏液。这黑乎乎的黏液被他倒入早就准备好的米饭里，揉搓成一个饭团。他把黑色药瓶放回箱子里，又把箱子塞回床底下，然后拉开门闩，拿着饭团去了后院。后院里养着一黑一黄、一小一大两只狗，分别被拴在后院的左右两侧。那只小黑狗是远志捡来的，此前被养在医馆偏屋里，只因今早韦应奎领着府衙差役进入医馆查案时吠叫不止，事后便被石胆牵到家宅后院，与看守家宅的大黄狗拴在一处，以免以后再有官员和差役出入医馆时，它又狂吠乱叫。

大黄狗原本在原地转圈，见羌独活来了，立刻扑了过来，将系绳拉得笔直，它涎水长流，眼睛有些发红，看起来极为兴奋。羌独活扭头看了看四周，确定没有其他人，这才将笼在袖中的手伸了出来，将饭团扔给了大黄狗。大黄狗一口叼住，飞快地吞进了肚里。另一边的小黑狗没得到吃食，"嘤嘤嘤"地乱叫，拼命地摇动尾巴。

羌独活在后院里站了一会儿，见大黄狗吃过饭团后，又在原地转起了圈，时不时拿爪子四处乱刨，发出一两下奇怪的叫声，像是有些疯疯癫癫。他点了点头，转身准备回自己的屋子。

正要推开房门，一声"二大夫"忽然传来。羌独活把手抵在门上，回过头去，看见了赶来的当归，道："何事？"

"提刑司来了人，请二大夫去医馆。"当归回答道。

羌独活把头一点，挥了挥手，让当归先去了。他回到屋子里，将沾有饭粒的手擦干净，这才关上房门，又上了锁，往医馆大堂而去。

医馆大堂里等着两人，都穿着一身青衿服，是宋慈和刘克庄。

高良姜和莺桃来到医馆大堂时，白首乌已经等在这里了，不多时羌独活也来了，最后是居白英。居白英仍是沉着一张脸，拄着拐杖，由石胆小心翼翼地搀扶而来。

眼见来查案的不是乔行简，而是两个面生之人，还是太学学子打扮，众人都是一愣。

高良姜问远志道："你不是说提刑司来了人吗？"

远志看着宋慈和刘克庄，道："大大夫，这二位便是。"

刘克庄笑道："各位不必奇怪，这位是浙西路提刑干办宋慈宋大人，你们应该都听说过吧。"

在场众人都是微微一惊，早就听说太学出了个奉旨查案的提刑官，姓宋名慈，先后破了岳祠案和西湖沉尸案，没想到来查案的竟是此人。

宋慈问清楚在场众人姓甚名谁，与刘鹊是何关系，道："诸位应该都知道刘扁吧？"

原以为宋慈是来查刘鹊被毒杀一案，哪知一上来问的却是刘扁，众人一愣之下，大都只是点了点头，唯有白首乌应了声"是"。

宋慈看向白首乌，道："你是刘鹊的师侄，那就是说，你是刘扁的弟子？"

白首乌又应了声"是"。

"听说这刘太丞家是你师父开设的？"

"这家医馆是先师十年前所开。"

"你师父是高是矮，胖瘦如何？"

"先师个子不高，身子一直很消瘦。"

宋慈回想无名尸骨的模样，从骨架来看既不高也不壮，这一点倒是与刘扁对应得上。他道："听说你师父一年前去净慈报恩寺出诊，因失火死于寺中。在那之前，他左臂是不是曾受过伤？"

白首乌面露诧异之色，道："宋大人怎么知道先师左臂受过伤？你认识先师吗？"

"你不必问这么多，只管回答我所问即可。"

"先师左臂是受过伤，他在药房搭梯取药时，不小心跌过一跤，折了左臂，当时还是我为他接的骨。"

"那是什么时候的事？"

白首乌回想了一下，道："应是先师遇难前两个多月的事。"

宋慈暗暗点了点头，刘扁是死前两个多月摔断了左臂，这与无名尸骨左臂尺骨的骨裂愈合程度对应得上。他道："你为你师父接骨时，可有绑上通木？"

"接骨正骨，自然需要绑上通木。"白首乌应道，"我记得通木是在药房里拿的，是医馆里最好的通木。"

"这种通木，眼下医馆里还有吗？"

"还有。"

"烦请你取来看看。"

白首乌当即走进一旁的药房，片刻即回，取来了一段色泽发红、带有黑色纹路的通木。

宋慈接过通木，又从怀中取出那段烧过的木头，凑在一起细看。

在场众人不明白宋慈在做什么，不由得面面相觑。

宋慈细看了一阵，将那段烧过的木头递给白首乌，道："白大夫，你看看这段木头，有没有可能是你们医馆的通木？"

白首乌接过去看了，那段烧过的木头残缺不全，遍布焦痕，与药房取来的通木在外形上已无法比对。他凑近细嗅其味，又朝宋慈手中那段红色通木看了一眼，道："这种最贵最好的通木，是用交趾出产的紫檀木制成，有消肿止痛、调节气血的功效。大人给的这段木头，虽然外形难以辨别，但闻着气味应是紫檀木，至于是不是医馆里的通木，我不敢妄下断言，只能说有可能是。"

宋慈点了点头，收回了那段烧过的木头，又拿出那块狮子玉饰，请白首乌辨认。

白首乌一见那玉饰，神情立刻一变，道："这……这不是先师的獐狮玉吗？"

"你可认清楚了？"宋慈道。

白首乌连连点头道："认不错的，先师将这块獐狮玉随身带着，我见过很多次，就是这个。"他面露诧异之色，"大人，这块玉怎会在你这里？"

"我再问你一遍，你可千万确认清楚，这当真是你师父的玉饰？"这块玉饰关系到无名尸骨的身份，必须确认无误才行。

白首乌又向狮子玉饰多看了几眼，道："错不了的，虽然这玉碎了，但的的确确是先师的獐狮玉。这块玉是十年前皇上御赐这座宅子时，一并赐给先师的。獐狮乃神农氏驯养的奇兽，周身透明，能吃百虫尝百草，种种药性能从它的脏腑和经络中看得明明白白。先师对这块獐狮玉极是珍惜，一直将它带在身边，我认不错的。"

如此一来，无名尸骨的身份几乎可以确认，就是刘太丞家的刘扁。宋慈环顾整个医馆，道："你方才说刘太丞家这座宅子，是圣上御赐给你师父的？"

白首乌应道："是的，这是先师十年前为皇上治病所受的赏。"

"赐下这么大一座宅子，看来你师父为圣上治好的病，不是什么小疾小痛吧？"

"这我不太清楚，皇上患了什么病，那是宫中绝密，先师从不对外提起。"

宋慈点了点头，皇帝患病乃国之大事，擅自对外传言泄露，那是要掉脑袋的。他正打算继续发问，医馆大门方向忽然传来一阵轻细的敲门声。

医馆大门敞开着，一只黑乎乎的手正在门上轻轻叩击，一张长着不少疮疤的黑脸探进来，似乎怕打扰了众人，带着抱歉的笑容，露出一口参差不齐的黄牙，道："各位东家都在啊。上元节的炭墼，小人给送来了。"

石胆见了来人，顿时露出一脸嫌恶之色，道："不是叫你明天才送来吗？"

那黑脸人道："这一批炭墼打得好，就想着给刘老爷先送来……小人刚到门外时，听过路之人说……说刘老爷他……"摇头叹气，"刘老爷对小人大恩大德，他那么好的人，怎么会……"

居白英忽然朝石胆使了个眼色，石胆立刻打断那黑脸人的话，道："祁老二，没看见官府来人查案吗？这里哪轮得到你说话？赶紧把炭墼搬进来，跟着我去领钱，领了赶紧走。"

祁老二唯唯诺诺地应道："是是是……"便从大门外的板车上搬下一大筐炭墼，背在身上，穿过医馆大堂，跟着石胆朝家宅那边去了。

宋慈看了一眼祁老二去远的背影，将目光转回到白首乌身上，道："白大夫，你师父在世时，与刘鹊关系如何？"

白首乌答道："先师与师叔本就是同族兄弟，从小一块儿学医。后来先师在宫中做了太丞，师叔则是做了随军郎中。十年前先师开设医馆后，师叔便从军中去职，来临安帮忙打理医馆。后来先师从太丞任上退了下来，才开始在这医馆中坐诊。这些年里，师叔帮了先师很多忙，他们的关系一向很好。"

"一扁一鹊，取这样的名字，看来他们二人是出自医道世家吧？"

白首乌却摇头道："我听先师说起过，他与师叔年幼时，村子里曾发生瘟疫，族中长辈先后亡故，只剩他们二人相依为命，后来是路过的师祖皇甫坦收留了他们二人，他们二人从此便跟随师祖学医。师祖虽为麻衣道士，但工于医术，曾在高宗、孝宗、光宗三朝多次应召入宫医疾问道，尤其是高宗时期，师祖为显仁皇太后治愈了目疾，那可是众多御医费时多年也没能治好的顽疾。高宗皇帝对师祖大加厚赏，还御赐'麻衣妙手'金匾，这块金匾至今还供奉在祖师堂里。先师和师叔的名字，是当年他们二人被师祖收留后，师祖给取的。"

宋慈没听说过皇甫坦的名头，但他知道显仁皇太后，那是高宗皇帝的生母，曾在靖康之变中被金军掳走，绍兴和议后才得以回銮临安，高宗皇帝对她倍加侍奉，皇甫坦能治好她的目疾，高宗皇帝自然是厚加赏赐。他道："你师父与刘鹊既然师出同源，那他们二人之间，不知谁的医术更高？"

白首乌朝高良姜和羌独活看了一眼，稍微犹豫了一下，道："若论医术，先师做过太丞，曾为光宗皇帝和当今圣上治过病，应是先师更胜一筹。"

"那可不见得。"高良姜忽然插嘴道，"前年韩太师溺血，师伯去了好几次都没能治好，最后还是我师父出的验方，以牛膝一两、乳香一钱，以水煎服，三两日便药到病除，为此韩太师还赏了师父不少金子。再说了，师父近来著述《太丞验方》的事，医馆里人人都知道。过去敢著医书留于后世的大夫，像张仲景、孙思邈等，哪个不是神医妙手？师父敢著医书传之后世，足可见他老人家的医术有多么高明。只是不知谁背地里眼红，不但将他老人家杀害，还将他即将完成的《太丞验方》给偷了去。"说罢朝白首乌冷眼一瞪。一旁的羌独活也朝白首乌斜去了目光。

白首乌平日里说话做事，常给人一种与世无争的感觉，可这番言论关乎先师医术的高低，他似乎不甘心退让，道："著述医书，并非只有师叔如此，师祖生前就曾著有医书，先师也曾著过医书，收录了许多独到的验方，只是先师将所著医书视若珍物，常带在身边，最后不幸毁于净慈报恩寺的那场大火，没能留存下来。再说给韩太师治病，师叔只是治好了那么一次，过去韩太师身子抱恙，一直都是请先师去看诊，先师已不知为韩太师治好过多少病痛了。"

高良姜道："好啊，师父刚死，你便硬气了，敢跟我这么说话了。你师父是给韩太师治过那么多次病痛，却把韩太师的身子越治越差，染病抱恙的次数越来越多。这两年换了我师父看诊，韩太师的身子却是日渐康健，再没有生过什么病。"

"可是韩太师昨天才派人来，说他患有背疾，请师叔今日去南园看诊。"白首乌言下之意，是说高良姜在睁着眼说瞎话。

高良姜正要还口，宋慈忽然道："韩太师病了？"上次去韩府拜见韩侂胄时，韩侂胄曾当着他的面舞过剑，两天前破西湖沉尸案时，韩侂胄也曾出现在临安府衙，看起来一切皆好，不像是有病痛的样子。

白首乌应道："昨天上午夏虞候来了医馆，说近来这段日子，韩太师后背不太舒服，时有刺痛之感，常常难以睡卧，请师叔今日一早去吴山南园看诊。"

宋慈道："韩太师既然病了，为何不……"

话未说完，医馆大门方向忽然传来声音道："宋慈，不是说过你不能查此案吗？"

这声音听着耳熟，是乔行简的声音。宋慈转头望去，果然是乔行简到了，随同而来的还有文修和武偃。他向乔行简行了一礼，道："是大人命我来查无名尸骨案的。"

"那你该去的是净慈报恩寺后山，而不是这刘太丞家。"乔行简来到宋慈身前。

这时石胆从家宅那边回来了，祁老二背着空筐，跟着石胆回到了医馆大堂。祁老二得了炭壑钱，向居白英躬身道谢。居白英沉着老脸，看起来大不耐烦。石胆赶紧挥手，打发走了祁老二。

宋慈看了看走出医馆的祁老二，在刘克庄耳边低语了几句。刘克庄点点头，趁医馆此刻人多，无人注意他，快步走向大门，追出了医馆。

刘克庄走后,宋慈将自己查案所得逐一向乔行简说了,最后道:"无名尸骨已能确认是刘扁,我来刘太丞家,是为了追查无名尸骨的案子。"他拿出那段烧过的木头和獐狮玉,还有刘太丞家的那段紫檀通木,一并呈给乔行简过目。在此期间,刘克庄已去而复返,回到了宋慈身边。

乔行简看过之后,道:"我还当是风马牛不相及的两起案子,想不到竟能牵扯上关系。"他将这些东西一一还给了宋慈,"泥土里还藏有线索,我身在现场却没能发现,当真是天大的疏漏。宋慈,你验得这些线索,这么快便查出无名尸骨的身份,实属难能可贵,值得好生嘉奖。"

乔行简贵为提点刑狱,面对身为属官的宋慈,还是当着这么多外人的面,竟能坦然承认自己的疏漏,不仅没为自己做任何辩解,反而毫不吝啬地夸赞宋慈,这让一旁的刘克庄颇感意外。之前刘克庄还将乔行简想成是那种笑里藏刀的官员,然而仅凭当众认错这一点,便可见乔行简绝非那样的人。刘克庄再看乔行简时,目光为之一变,眼神中大有敬意。

"乔大人过誉了。"宋慈道,"不知大人突然到此,所为何事?"

乔行简微微一笑,道:"不是你提醒我来的吗?"话音一落,便朝贴有封条的书房走了过去。文修快步上前,揭下封条,推开了房门。

乔行简步入书房,径直走到书案前。他朝书案上摆放的书册、烛台和笔墨纸砚看了看,在椅子上坐了下来,随后将上身慢慢地伏在书案上,一如刘鹊死后的样子,就此良久不动。

宋慈和刘克庄随后进入书房。宋慈进入书房时，脚步微微一顿，看了一眼门闩，又稍稍斜着身子，朝门框上的门闩插孔看了看，这才进入房中。见了乔行简的奇怪举动，刘克庄不明所以，宋慈却是了然于胸，道："看来大人已经察觉到刘鹊的死状不对了。"

听了这话，伏案好一阵子的乔行简站起身来，回头看着宋慈，道："死状有何不对？"

"今早大人提起刘鹊之死，曾说他是中了砒霜之毒，在书房里伏案而死。"宋慈应道，"可据我所知，砒霜中毒之人，往往伴有强烈的腹痛，有的甚至会头晕、呕吐，并不会一下子便毒发身亡。倘若刘鹊真是吃了糕点中毒身亡，那么毒发之时，他应该会喊叫，会呼救，即便疼痛太过强烈，痛到他无法做声，但他至少会有所挣扎，甚至是极为剧烈的挣扎，不可能就那么安安稳稳地坐在椅子里，伏在书案上死去。"

乔行简微微颔首。之前宋慈在提刑司偏厅见他之时，曾特意问过一句："乔大人，你说刘太丞家的书房门窗从里面上闩，刘鹊是在房中伏案而死？"后来宋慈离开后，乔行简独坐在提刑司大堂里凝思案情，忽然想起宋慈这一问，这才带着文修和武偃返回刘太丞家再行查验。他道："依你之见，刘鹊的死状为何会变成这样？"

"无非两种可能。"宋慈早就想过这个问题，此时被乔行简问起，当即回答，"一是刘鹊并非死于他杀，而是服毒自尽，且他死志已决，所以才没有太多挣扎的迹象。另一种可能，刘鹊不是自己吃下的砒霜，而是被凶手逼迫的，他毒发时被凶手制住，因此发不了声，也挣扎不得。"

"所以你才会认为桑榆不是凶手？"乔行简道。

宋慈点头应道："不错。"

乔行简在书案前来回踱了几步，道："刘鹊的《太丞验方》尚未完成，而且他昨晚还惦记着病人的病情，吩咐白首乌今早替他回诊，他应该不大可能自尽，你说的第一种可能，其实微乎其微。至于第二种可能，凶手强迫刘鹊吃下砒霜也好，毒发时制住刘鹊也罢，都需要进入书房才能完成。可书房的门窗都是从里面上了闩的，试问凶手如何能在不破坏门窗的情况下进出书房呢？"

"那也不难。"宋慈应道，"只需一根细绳，便能办到。"

"哦？"乔行简道，"如何办到？"

宋慈走到门闩旁。门闩在今早高良姜破门而入时被踢断了，但门闩插孔还是完好的。宋慈指着门闩插孔，道："乔大人，你过来看看。"

乔行简走了过去，弯下腰，朝门闩插孔里看去。门闩插孔是用一块拱形的限木钉在门框上制成，在限木与门框之间存在一丝夹缝，夹缝中卡着些许麻线。

宋慈方才走入书房时，便已注意到了卡在门闩插孔里的麻线。他道："取一根细麻绳，对折之后，在门闩上套一圈，再把两个绳头穿过门闩插孔，一起握在手中，此时只需从外面将门合上，隔着门缝拉拽绳头，多尝试几下，便可将门闩拖入插孔之中，从而做到从房外关门上闩。接着再松掉两个绳头中的一个，拉拽另一个，便可将整条麻绳抽出房外。"他把手伸进门闩插孔，将卡在里面的些许麻线取下，"只可惜百密一疏，麻绳被插孔里的夹缝卡住，虽说整条麻绳还是被抽出去了，但在夹缝中却留下了些许麻线。"

乔行简点头道："不错，凶手以此法子，的确能从房外关门上闩。你说的第二种可能，的确有可能存在。"说着招呼文修过来，从宋慈手中拿过这些麻线，作为证据收好。

"刘鹊死后，他所著的医书《太丞验方》不见了，极有可能是凶手进入过书房，拿走了这部医书。"宋慈说道，"所以我觉得，桑榆姑娘应该不是本案的凶手。"

"那倒未必。"乔行简道，"还有第三种可能，刘鹊吃了桑榆送来的糕点毒发身亡，只不过后来又有人偷偷进入过书房，拿走了他所著的《太丞验方》。"

宋慈却道："倘若如大人所言，此人偷偷进入书房，拿走《太丞验方》倒也说得通，可他为何要改变刘鹊的死状呢？"

"我知道你说这么多，无非是想证明桑榆的清白。"乔行简道，"可这位桑榆姑娘，身上处处透着嫌疑，我问她任何事情，她都不予回应。昨日她来刘太丞家上门道谢，曾与刘鹊在这书房中闭门相见长达半个时辰之久，我问起他们二人在书房里说过什么话、做过什么事，她始终不应。她若与刘鹊之死没有关系，何以要百般缄口加以遮掩呢？"

这番话说得宋慈无言可对。虽然他认为桑榆不是凶手，但对于桑榆的种种反常之举，他也无法给出合理的解释。

乔行简与宋慈辨析案情之时，刘太丞家众人全都聚在书房门外，被武偃拦住不得入内，只能探头向房中张望。这时乔行简走出书房，来到黄杨皮、当归和远志身前，指着医馆的后门，道："昨晚你三人睡觉之时，有没有闩上这道门？"

黄杨皮朝后门望了一眼,道:"回大人的话,小人每晚睡前,都不忘闩上大门,但后门连通家宅,只是掩上,不会上闩。"

"这么说,即便到了后半夜,家宅那边任何人也都可自由出入医馆?"

"是的。小人有时起夜上茅房,也要走后门出去。"

"那昨晚你们睡着后,家宅那边有没有人来过医馆?"

黄杨皮摇头道:"应该没人来过。后门前些日子松脱了,还没来得及修理,开门时会有很大的响声。小人一向睡得浅,昨晚又闹肚子,没怎么睡着过,便是睡着也迷迷糊糊的,后半夜家宅那边若有人来医馆,后门只要一响,小人应该是能听见的。就算小人听不见,远志近来养了一只小黑狗,就养在偏屋里,那只小黑狗一听见动静便会大叫,夜里如果后门有响动,小黑狗必会吠叫,可昨晚后半夜,小黑狗并未叫过。"

"你昨晚闹了肚子?"乔行简狐疑道。

黄杨皮应道:"昨晚小人在大堂里分拣药材时,肚子便开始不舒服,后来跑了好多趟茅房,一直到后半夜睡下后才有所好转。"

"你们二人呢?也有闹肚子吗?"乔行简看向远志和当归。

远志脸色发白,低头答道:"我与当归闹了一夜肚子,今早才稍微好些。"当归的年龄与远志相仿,也是十七八岁,身子比远志壮实一些,他脸色也有些发白,没有说话,只是跟着点了一下头。

乔行简今早初次来刘太丞家查案时,曾留意到远志和当归脸色不对,一开始他起过疑心,认为二人或许与刘鹊之死有关联,眼下看来,应该是腹泻了一夜的缘故。他道:"昨晚你三人有同时离开医馆去上茅房吗?"

黄杨皮答道:"先生著书期间,有时会有吩咐,比如去家宅那边叫人,或是找某样东西送去书房,小人们怕有差遣,不敢同时离开。昨晚我们三人都是轮流去茅房,一个人去时,另两人便留在大堂里,没同时去过。"

乔行简看向刘太丞家的其他人,道:"昨晚还有谁闹过肚子吗?"

众人都回以摇头。

乔行简暗暗起疑:"刘太丞家所有人的饭食都是一样的,闹肚子的却只有三个药童,莫非是有人故意给三个药童下了泻药,想趁三个药童上茅房时偷偷溜进医馆?刘鹊能保持伏案而死的死状,极大可能如宋慈所说,有人曾进入过书房。可据三个药童所言,后半夜没人进出过医馆,昨晚进过书房的,只有前半夜被刘鹊叫去的高良姜、羌独活和白首乌。可那时刘鹊分明还活着,还没有死……"他越想越有千头万绪的感觉,原本一桩简单明了的案子,隐隐然变得复杂了起来。他看向白首乌,道:"昨晚刘鹊叫你到书房见面,是什么时辰?"

白首乌答道:"当时二鼓已敲过很久,我原本准备睡下了,应该亥时已过了大半。"

乔行简又问三个药童:"昨晚刘鹊是什么时辰熄灯休息的?"

"约是子时吧。"黄杨皮应道,"书房灯火灭了后,小人回偏屋休息时,街上正好传来梆声,是敲的三鼓。"远志和当归跟着点了点头。

"见过白大夫后,到熄灯休息,其间将近半个时辰,刘鹊一直待在书房里，没有出来过吗？"乔行简问道。

黄杨皮应道："书房一直关着门，先生没出来过。"

宋慈听着乔行简的这番查问，眼睛却一直盯着书案。书案上摆放着笔墨纸砚，铺开的纸张上写着三行字，粗略读来，像是记录某种药材的性味。他又注意到了书案上的烛台，忽然问道："刘鹊用的蜡烛，为何这么粗？"烛台上剩余的半支蜡烛，粗如手腕，比普通蜡烛粗大了许多。

黄杨皮答道："先生每晚著书太久，有时要忙上一两个时辰，寻常蜡烛顶多能烧半个时辰，他不爱频繁更换蜡烛，便吩咐小人买了这种最粗长的蜡烛，一次能烧两个多时辰。"

"那书房里的烛火熄灭时，"宋慈看向黄杨皮，"窗户上可有刘鹊的影子？"

"影子？"黄杨皮摇了摇头，"好像没有。"

"你仔细想想，别说好像，到底有是没有？"宋慈问道。

黄杨皮想了一想，道："窗户一直很亮堂，小人没见到过影子。"

宋慈又问远志和当归："你们二人呢？"

远志应道："我也没见到影子。"当归也跟着摇了摇头。

乔行简听宋慈问起影子的事，转头向书案上的烛台看去，霎时间明白过来。烛台上剩有半支蜡烛，摆放于书案的里侧，再加上椅子和窗户，三者正好处在一条线上，倘若刘鹊坐在书案前著书，那么他的影子必定会被烛火投在外侧的窗户上。他立刻追问道："上一次有影子出现在窗户上，是什么时候的事，你们三人还记得吗？"

黄杨皮答道："小人记得大大夫、二大夫和白大夫来见先生时，窗户上都是有影子的。白大夫走后，窗户上就没影子了。自那以后，一直到书房里灯灭，小人都没见过窗户上有影子。"

当归没有说话，远志则是回想了一下，道："白大夫走时，我刚要分拣完一筐药材，等收拾好药材再抬头时，窗户上便没影子了。"

乔行简听了这话，顿觉迷雾拨开，眼前一亮。白首乌见过刘鹊后，刘鹊的影子便从窗户上消失了，很可能那时刘鹊便已遇害，所以他的影子才没有再出现。如此一来，白首乌的嫌疑大大增加。乔行简立刻吩咐武偃上前，将白首乌拿下。

白首乌的两只手被武偃反拧至身后，一脸茫然道："大人，这是为何？"

高良姜见到白首乌被抓，立刻叫了起来："好啊，姓白的，原来真是你杀害了师父！想当初师伯死后，师父没赶你走，把你留在刘太丞家，待你一直不薄，不想你却狼子野心，反过来恩将仇报。你把《太丞验方》藏在了何处？还不快点交出来！"

白首乌却道："我没有拿过《太丞验方》，我也没有害过师叔！"

乔行简道："若不是你，那为何昨晚你离开书房后，刘鹊的影子便从窗户上消失了，再也没有出现过？"

"这……这我如何知道？"白首乌的语气有些急了，"我走的时候，师叔明明还活着，他还是好好的……"

"乔大人，"宋慈忽然道，"窗户上的影子不见了，恰恰证明白大夫不是凶手。"

"哦？"乔行简道，"为何？"

"因为刘鹊的死状。"宋慈应道。

乔行简稍加琢磨，很快明白了宋慈的意思。刘鹊最终的死状是伏案而死，倘若是白首乌杀害了刘鹊，那刘鹊此后该是一直伏在书案上，其影子不应该消失，而应该一直投在窗户上才对，烛台上的蜡烛也该自行燃尽，而不是在子时前后熄灭，剩下半支没烧完的蜡烛。乔行简道："你所言是有道理，可是白首乌走后，长达半个时辰的时间，刘鹊的影子一直消失不见，按常理来讲，他应该是遇害了才对，否则他不可能不在书房中走动。"

"倘若那时刘鹊已经遇害，他的影子又一直没出现在窗户上，说明他整个人不在书案前，而是倒在地上，或是死在书房里的其他地方。但他最终却伏在书案上，可见他的尸体后来被人挪动过，凶手若真是白大夫，那白大夫事后必定返回过书房才对。"宋慈道，"可是据三个药童所言，自白大夫之后，昨晚再也没人进入过书房，直到今早发现刘鹊已死。"

乔行简道："既然自白首乌之后，再也没人进入过书房，那凶手不是白首乌，还能是谁？"

"倘若凶手不是后来进入的书房，而是早就在书房里了呢？"

宋慈此言一出，所有人都惊讶地向他望来。

乔行简语气一奇："早就在书房里？"

宋慈说道："昨晚除了三位大夫，没有其他人进出过书房，倘若刘鹊不是自尽，那么凶手只可能是提早藏在了书房里。书房虽然不大，但以我观之，床底下应该是可以藏人的。昨晚凶手或许是在白大夫离开后不久，便现身杀害了刘鹊。此后凶手在书房中等待，一直等到子时才灭掉蜡烛，然后将死去的刘鹊摆成伏案的样子。"

乔行简道："真如你说的这般，那凶手为何要等上半个时辰，到了子时才熄灭烛火？"

宋慈没有立刻回答乔行简这一问，而是看向三个药童，道："刘鹊平日里大概几时就寝？"

黄杨皮答道："回大人的话，先生最近一个多月忙于著书，每晚都会忙到深夜，很晚才休息，书房的灯火通常都是子时前后才熄灭的。"

"这便说得通了。"宋慈道，"凶手知道刘鹊近来忙于著书，知道刘鹊每晚就寝的大概时辰，为免露出破绽被药童察觉，这才故意等到子时才熄灭烛火。能熟知刘鹊的起居习惯，此人极大可能是刘太丞家里的人。"说罢看向刘太丞家众人。

面对宋慈投来的目光，居白英依旧沉着脸色，石胆垂手站在居白英身边，莺桃紧紧搂着刘决明，高良姜和羌独活彼此怀疑地互看一眼，又向白首乌投去怀疑的目光，白首乌则是望着宋慈。

"还是不对。"乔行简忽然摇头道，"凶手若是一刀捅死了刘鹊，你这番推想便有存在的可能，但刘鹊是死于砒霜中毒，如你之前所说，毒发身亡并非顷刻间的事，刘鹊必定会挣扎反抗，书房里不可能一点响动都没有。然而昨晚三个药童一直守在大堂里，并未听见书房里传出任何声响。"

宋慈直视着乔行简，道："倘若刘鹊不是死于中毒呢？"

乔行简此前已查验过尸体，确认刘鹊死于砒霜中毒，此时宋慈忽然说出这话，等同于是在质疑乔行简验尸的结果。文修甚是惊讶地看着宋慈，虽然他与宋慈照面还不到半日，但这已不是他第一次用这种目光打量宋慈了。

乔行简直视着宋慈，道："既然你这么说，那便回提刑司，改由你来查验刘鹊的尸体，亲自确认他的死因，如何？"

这话一出，刘克庄不免有些紧张地望着宋慈。一旦答应下来，若是验出相同的结果，那便是公然质疑上官；若是验出不同的结果，便会令上官颜面扫地。这种两面不讨好的事，换作他人，必定找出各种借口加以推脱。宋慈却是双手作揖，朗声应道："宋慈领命。"话音一落，立即走出医馆，仿佛怕乔行简改变主意似的，打算即刻前往提刑司。

"果然又是这样，你若不答应，那就不是宋慈了。"刘克庄如此暗想，面露苦笑，向乔行简行了一礼，跟了上去。

乔行简望着宋慈的背影，颇为赞许地点了点头。他吩咐文修将书房重新贴上封条，又吩咐武偃押着大有嫌疑的白首乌，一起往提刑司而回。

宋慈、乔行简等人刚走，石胆忽然道："我说今早茅房怎么臭气熏天，原来是你们两个闹肚子弄的，还不赶紧去把茅房打扫干净！"他这话是冲远志和当归说的，一边说着，一边伸手到鼻子前面，装模作样地扇了几下。

当归道："这些不该我们做。"家宅那边有专门负责洒扫的奴仆，他和远志身为药童，一向在医馆里做事，从不负责清扫茅房。

"有什么该不该的！"石胆喝道，"叫你们去，你们便去！"

当归黑着脸，站在原地不动。远志忙道："石管家说的是，我们这就去，这就去。"说着左手拉拽着当归，一起出了医馆后门，朝茅房去了。

黄杨皮昨晚也闹了肚子，可石胆却没有丝毫针对于他。他望着远志和当归的背影，很是得意地一笑。

居白英咳嗽了两声，拐杖往地上一点。石胆赶紧将居白英搀扶了起来。居白英瞪了搂在一起的莺桃和刘决明一眼，在石胆的搀扶下，慢慢离开了医馆大堂。

居白英刚一走，莺桃那副瑟瑟缩缩的样子立刻没了。她朝后门方向恨恨地瞪了一眼，又朝高良姜看了一眼，牵着刘决明回了侧室。

高良姜瞅了一眼羌独活，冷哼一声，道："我知道你做过什么，居然只抓了姓白的，没把你也抓走。"

羌独活则道："你做过什么，难道我就不知道吗？"撂下这句话，头也不回地走了。

高良姜冷笑道："好你个姓羌的……好，很好！"袖子一甩，跟着离开了医馆大堂。

第三章

红颜薄命

申酉之交，寒风渐起，新庄桥畔酒旗招展，进入琼楼的食客逐渐多了起来。

二楼之上，冬煦阁中，刘克庄就着一碟皂儿糕和一盘鲊脯，已经喝空了一瓶皇都春。他接过酒保送来的第二瓶皇都春，瞧着桌对面的宋慈，道："还在想刚才验尸的事？"

宋慈点了一下头。

"别想那么多了，你亲自也验过了，刘鹊就是吃了糕点，死于砒霜中毒，难不成你还能验错？"刘克庄道，"中午你就没吃饭了，赶紧吃点东西垫垫肚子吧。"

宋慈看着桌上的吃食，缓缓摇了摇头。自己再怎么精于验尸，也难免会有犯错的时候，但回想不久前在提刑司偏厅验尸的过程，自己验尸时的每一个步骤可谓慎之又慎，的确没有出现任何错漏。

当时他先用热糟醋仔细洗敷了尸体,再用梅饼法查验尸伤,没有在刘鹊的身上验出任何伤痕。然后他开始验毒。在验毒之前,他先仔细检查了刘鹊的唇齿,发现刘鹊长有两颗龋齿,龋齿洞中塞有食物残渣。他用银针将食物残渣挑了出来,在残渣中发现了韭菜碎末。刘鹊死前的一日三餐分别是河祇粥、金玉羹和雕菰饭,并没有韭菜,唯一能与韭菜挂上钩的,便是糕点中的韭饼。由此可见,刘鹊生前的确吃过韭饼,也就是说,刘鹊吃过桑榆送去的那盒糕点。宋慈将这一发现如实呈报出来,让刘克庄记录在检尸格目上。

宋慈查验之时,乔行简一直站在偏厅里,目不转睛地看着他验尸。见宋慈细致到连龋齿中的食物残渣都没放过,还发现了足以证明刘鹊吃过糕点的韭菜碎末,乔行简不由得微微颔首。

接下来就是验毒了。

为了确保万全,宋慈没有使用银器探喉法,而是改用了另一种验毒之法。他买来一升糯米,用炊布包好蒸熟,再拿一个鸡蛋,只取蛋清,加入糯米饭中抓拌均匀。他抓取些许糯米饭,搓成一个鸭蛋大小的饭团,趁饭热之时,掰开刘鹊的嘴巴,将饭团放在刘鹊的牙齿上,然后用藤连纸浸湿了水,封住刘鹊的嘴,又封住其耳道、鼻孔和谷道。他再取三升酽醋,用猛火煮得大滚,将几条新买来的棉絮浸在醋锅里煮了一阵,捞起来盖在刘鹊的身上。如此等候片刻,许多又臭又恶的黑汁从刘鹊的嘴里喷了出来,染黑了糯米饭团,还冲开了封口的藤连纸,喷在了棉絮上。此法名为糯米验毒法,只要死者口中喷出黑恶之汁,便证明死者生前吃下过毒药,若没有,便不是服毒而死。宋慈之所以采用此法验毒,是因为他知道有些凶手会在杀人之后,往死者喉咙里灌入毒药,伪造死者服毒自尽的假象，倘若验尸官只用银器探喉，银器自然变色，便会得出死者是中毒身亡的结果，从而铸成错案。但这糯米验毒法，是将死者胃中残留之物逼出来，得到的验毒结果更为准确。刘鹊的口中喷出了黑恶之汁，证明刘鹊生前的确吃下了毒药。

这一番验证下来，得出的结论对桑榆极为不利，但宋慈没有丝毫遮掩，让刘克庄如实加以记录。

查验完刘鹊的尸体后，宋慈向乔行简提出了请求，希望能取得桑榆送到刘太丞家的那盒糕点，他要亲自查验过才能放心。乔行简早就验过那盒糕点，并确认糕点有毒，宋慈的这一请求，无疑又引来了文修的诧异目光。乔行简吩咐文修将圆形食盒取来，交给了宋慈。

宋慈打开圆形食盒，从四种糕点中各取了一个。查验糕点是否下有砒霜，只需用银针一试便知，他知道以乔行简的本事，必定不会验错。他要查验的不是糕点有没有砒霜，而是砒霜位于何处，是在糕点的里面，还是在糕点的表皮上。他先拿起一个韭饼，将表皮剥下，置于一碗，剩余的韭饼置于另一碗，各加清水拌匀，放入银针，封住碗口静置一阵。等到揭开封口，发现放置表皮的碗中银针变黑，另一只碗中银针并未变色。他又依葫芦画瓢，查验了蜜糕、糖饼和油酥饼，同样如此。由此可见，四种糕点的砒霜都只涂抹在表面。这一点对于桑榆是否是凶手至关重要。糕点是桑榆亲手制作的，倘若砒霜在糕点内部，下毒的极大可能就是桑榆，倘若砒霜只是涂抹在表面，除了桑榆外，所有接触过这盒糕点的人都有可能下毒，凶手便可能另有其人。

乔行简看到这里，不由得轻抚胡须，又一次微微颔首。

查验完糕点后，宋慈紧接着又对刘扁的尸骨进行了检验。此前他用墓土验毒法，验明刘扁有可能不是死于中毒，而是另有死因。他取来笔墨，在尸骨上仔细地遍涂墨汁，晾干之后用清水洗净，倘若骨头上有损伤之处，哪怕损伤细微到肉眼难以观察，墨汁也会渗透进去，这样便会留下墨痕。可是他用了此法，除了左臂尺骨上的那道骨裂留下了墨痕，其他骨头上没有出现任何墨痕，由此可见不存在其他骨伤。

宋慈在提刑司偏厅花了大半个时辰进行查验，对比此前乔行简的查验，他除了验明糕点上的砒霜都是涂抹在表皮上之外，并没有取得更多的进展。他知道乔行简一直在偏厅里看着他查验，但他丝毫不在意，心中所想都在这两起案子上。刘扁的死因查不出来倒还正常，说明他很可能是被大火烧死的，至于骨色为何发黑，尸骨下方的泥土为何也发黑，有可能只是焦尸腐烂后浸染所致。但刘鹊之死却令他疑惑难解。刘鹊的的确确吃过糕点，的的确确死于中毒，那他毒发时必定有所挣扎，可书房里从始至终没有传出任何响动，说明当时书房里除了刘鹊，极可能还有其他人在，此人制住了刘鹊，令刘鹊发不出一点声音，弄不出一点响动。那此人是何时进入的书房，真是提早便藏在了书房里吗？

宋慈细想这两起案子，不知为何，他心中隐隐生出了一种感觉。刘扁死于净慈报恩寺大火，与刘鹊被毒杀在医馆书房，彼此虽然相隔一年，但似乎暗藏着某种联系，只是这种联系他目前还看不清道不明而已。他不是第一次有这种感觉了，过去追查虫娘与月娘的死时，他也曾有过类似的感觉。

此前在刘太丞家，宋慈与乔行简就刘鹊之死有过一番针锋相对的辨析。那一番辨析下来，宋慈对乔行简渐生敬佩之意，之前在岳祠案和西湖沉尸案中，无论是韦应奎、元钦还是赵之杰，很少有人能跟得上他的思路，可如今乔行简却能。以往不管对案情有什么感觉，他都是藏在心里，但这次他选择了说出来。他将这种感觉如实对乔行简说了，并再次提出请求，希望乔行简能同意他接手刘鹊的案子，与刘扁之死两案并查。

乔行简仍是摇头，以宋慈与桑氏父女有同乡情谊加以拒绝。但这一次乔行简没把话说死，道："刘扁与刘鹊既是同族兄弟，又曾同在一处屋檐下，案情免不了有所纠葛。若有需要，涉及刘鹊的一些事，你也可以追查。"

刘克庄深知宋慈的性子，知道乔行简若不松口，宋慈绝不会擅自追查刘鹊的案子。他明白乔行简这话意味着什么，生怕宋慈一不小心又把话说死，忙拉着宋慈向乔行简行礼，道："多谢乔大人！"

从提刑司出来后，宋慈随刘克庄一路来到了琼楼，二楼的四间雅阁只有冬煦阁没被客人预订，两人便在冬煦阁中坐了下来。刘克庄要来两瓶皇都春，自斟自饮。在此期间，宋慈一直凝着眉头，思考着案情。他回想方才验尸验骨的结果，感觉自己兜兜转转一大圈，似乎又回到了原地。他望向窗外，望着新庄桥上人来人往，怔怔出神了一阵，忽然道："来了。"

刘克庄探头一望，见新庄桥上一人拉着板车走来，笑道："答应了酉时见面，倒是准时。"他将酒盏一放，走出冬煦阁，去到楼梯处等候。

等了片刻，却一直不见有人上楼。刘克庄于是走下楼梯，走到琼楼的大门外，才见来人一直等在街边，并未入楼。来人身上又黑又脏，十几个大大小小的疮疤在黝黑的脸上极为扎眼，正是之前去刘太丞家送过炭墼的祁老二，他拉来的板车就停在街边，板车上用绳子捆着几个装过炭墼的空筐。

祁老二站在琼楼外不敢进门，脸上满是局促，只因他身上炭灰太多，长相又太过丑陋，生怕扰了楼中客人的兴致。他见了刘克庄，一声"公子"刚叫出口，胳膊便被刘克庄拉住了。他就这么被刘克庄拉着走进了琼楼，穿过一楼大堂，又走上了二楼。他步子小心翼翼，脸上堆着尴尬的笑容，不时朝周围食客躬身示歉。

刘克庄将祁老二领入冬煦阁，来到临窗的酒桌前，朝早就备好的一条长凳抬手，道："坐吧。"

"公子，这可使不得……"祁老二朝自己身上看了看，"小人这……太脏了些。"

刘克庄却是一笑，将祁老二摁坐在了长凳上，道："这位是奉当今圣上旨意查案洗冤的宋慈宋提刑，是他专门为你摆置了这桌酒菜，你可推托不得。"说着唤来酒保，吩咐再送几道下酒的热菜来。

宋慈看了刘克庄一眼，约祁老二见面的确是他的意思，但约在琼楼相见却是刘克庄定下的。原来之前祁老二去刘太丞家送炭墼时，曾提及刘鹊对自己有过大恩大德，当时居白英忽然朝石胆暗使眼色，让石胆打断了祁老二的话。宋慈瞧见了这一幕，心想祁老二是不是知道刘太丞家什么不便为外人道的事，于是在祁老二离开时吩咐刘克庄追出去，想办法留住他。但当时祁老二还有一大车炭墼要赶着送去城南的几家大户，又说全部送完要到酉时去了。刘克庄便约他酉时在琼楼相见，这才有了祁老二来琼楼赴约的事。

祁老二见宋慈年纪轻轻，竟是奉旨查案的提刑官，忙捣头道：

"宋大人太客气了，小人如何消受得起？您有什么差遣，只管吩咐就行……"

"没什么差遣，只是问你一些事。"宋慈道，"你平日里送的炭墼，都是自己打的吗？"

祁老二应道："小人送的炭墼，都是自个在城北皋亭山里伐的草木，烧成炭后，捣成炭灰，再一根根打出来的。"

"刘太丞家的炭墼，一直都是你在送吗？"

"小人送了有一年多了，每十天送一次。"

"之前在刘太丞家，你曾说刘鹊对你有过大恩大德，不知是何恩德？"

祁老二尴尬地笑了笑，道："这恩德嘛，是刘老爷给小人……给小人配了媳妇……"说完这话，似乎想起了什么，笑容迅速转变成了愁容。

"配了什么媳妇？"

"刘老爷家中有一婢女，名叫紫草，去年刘老爷把她配给了小人。"

宋慈仔细打量祁老二，其人看起来年过四十，满脸疮疤，容貌奇丑，又只是个卖炭的外人，刘鹊居然将家中婢女配给他做媳妇，倒是令宋慈颇觉好奇。他道："紫草？我怎么没听说刘太丞家有这样一个婢女？"

"紫草姑娘已经……不在人世了。"祁老二叹了口气。

"不在人世？"宋慈好奇更甚，"她是怎么死的？"

"这个嘛……"祁老二低垂着头，欲言又止。

刘克庄见状，递过去一盏酒，道："不急不急，有什么事，喝了这盏酒慢慢说。"

祁老二忙摆手道："公子使不得，小人怎配喝您的酒？"

"你不肯喝，那就是嫌我的酒脏，看不起我。"

"小人岂敢……"祁老二只好接过酒盏，慢慢地喝了。

刘克庄又接连满上三盏，劝祁老二饮下。祁老二推托不得，只好一盏接一盏地喝了。他喝得越来越快，最后一盏几乎是一仰头便入了喉。

刘克庄见祁老二四盏酒下肚，已微微有了醉意，于是再次问起紫草去世的事。这一次祁老二叹了口气，开口道："都是小人贪心不足，这才害了紫草姑娘的性命……"

"到底是怎么回事？"刘克庄道，"你仔细说来。"

祁老二晃了晃脑袋，脑海里浮现出了过去一年多的种种往事。一年多前的中秋节，他推着一车炭墼进城，路过刘太丞家时，被管家石胆叫住了。原来前一夜刘扁死在了净慈报恩寺的大火之中，刘太丞家赶着布置灵堂，请了不少人来办丧事，各种吃喝用度增加了不少，以至于很快将家中的炭烧尽了，石胆急着出门买炭时，正巧见到了他路过。石胆从他那里买了一大筐炭墼，用过后觉得紧实耐烧，此后便让他每十天给刘太丞家送一次炭墼。他每次去送炭墼时，都会将一大筐炭墼背进刘太丞家，一根根地堆放整齐了才离开。在此期间，他见过刘太丞家不少奴婢下人，其中有一个叫紫草的婢女，令他这辈子都忘不掉。

那是一年多前的冬月上旬，祁老二照例给刘太丞家送去炭墼，却在跨过门槛时绊了下脚，跌了一跤。他用尽全力护住背上的竹筐，只掉了几个炭墼出来，代价却是磕伤了自己的膝盖。他一点也不心疼膝盖，只心疼那几个摔坏的炭墼，在那里小心地捡拾。一个婢女恰巧来到医馆大堂，目睹这一幕，近前来挽起他的裤脚，取出洁白喷香的手帕，小心翼翼地揩去伤口周围的炭灰，又拿来跌打药膏，在伤处细细抹匀。他连连说使不得，可那婢女说什么也不许他乱动。他一动也不敢动，与其说是听那婢女的话，倒不如说是受宠若惊，愣在那里动不了。他从小就因长相奇丑，受尽他人的冷眼，活到四十多岁还没讨到媳妇，甚至连女人都没亲近过。他虽然给刘太丞家送炭墼，但那是因为他的炭墼打得好，刘太丞家的人，上到主家下到奴仆，见了他都是一脸嫌弃，远远地避开，唯独那婢女不是如此。那婢女只十七八岁，眼眸又清又亮，长长的睫毛如米穗细芽，脸蛋白皙柔嫩，如同捏出来的面娃娃，他只瞧了一眼，便自惭形秽，低下头不敢再看。后来过了十天，他再去刘太丞家送炭墼时，又一次遇上了那婢女。那婢女在医馆大堂里，正帮着白首乌为一摔断胳膊的老妇固定通木。那婢女竟还记得他伤过膝盖，近前来关心他的伤口有没有流脓，挽起他的裤脚，确认他膝盖上的伤口已经愈合，这才放心，紧接着又听从白首乌的吩咐，忙着煎药去了。当时刘鹊正好带着黄杨皮出外看诊归来，说煎药用药的活不是一个婢女该干的，叫那婢女回家宅那边干活，以后别再成天往医馆跑。

那婢女便是紫草，虽说是刘太丞家的婢女，过去却常在医馆里搭手，帮着做些煎药、上药的活。那时祁老二对紫草还不敢有任何非分之想，只是每次去刘太丞家送炭墼时，见到紫草心里就觉着高兴，见不到时心头就没个着落。就这么过了两个月，到了去年的正月间。这一次他送完炭墼后，石胆照例拿了炭钱给他，却没像往常一样打发他赶紧走，而是叫住了他，说老爷和夫人要见他。他惶恐不安地被石胆带到刘太丞家的后堂，在那里见到了一脸严肃的刘鹊和居白英。他以为是自己送的炭墼出了什么问题，还想着要挨上一顿责骂，哪知刘鹊竟对他说，打算将家中的婢女紫草贱卖与他为妻，问他答不答应。

祁老二将这些往事一五一十地讲了出来，讲到这里时，自行伸手拿起桌上的酒盏，一口喝了，摇摇头，往下说道："小人那时脑子里嗡嗡地响，刘老爷问了好几遍，小人才回过神来，连连摇头。紫草那么好一位姑娘，年纪轻轻，容貌又美，人又那么好，小人却长得这么丑，年岁又大，哪里配得上她？可刘老爷执意要这么做，夫人还说小人若不肯答应，便去外面随便找个腌臜泼皮，将紫草姑娘卖了。"

"刘鹊和居白英为何要这么做？"宋慈听到此处，不禁微微凝眉。

"刘老爷说紫草姑娘犯了大错，不听他的话擅自去医馆帮忙看诊，煎药时拿错了药材，害得病人服药后险些丢了性命，刘太丞家因此声誉大损，不能再容下她，准备将她贱卖了，要给她寻个去处。"

"那你答应买她了吗？"

"小人……小人答应了。"祁老二把头埋得更低了，"小人本就是讨不到媳妇的粗人，老早便断了这方面的念想，就想着这辈子多挣些钱，安安稳稳地给哥哥送了终，便再没什么遗憾了。小人怎配让紫草姑娘做妻子，紫草姑娘又怎会甘愿嫁给小人？小人原本不该答应的，可……可那时小人鬼迷心窍，当时刘老爷追问再三，小人竟点了头……"

第三章　红颜薄命　091

祁老二说这话时悔恨交加，可当年答应买紫草为妻时，他虽然也觉得惶恐，觉得不妥，但更多时候是大喜过望的。他那几天便跟做梦似的，有时半夜醒来，忍不住扇自己两耳光，掐自己几下，生怕这些都是假的。那时刘鹊催得急，要他三天之内将紫草娶过门。于是他拿出多年烧炭卖炭的积蓄，先向刘鹊付了买紫草的钱，然后在临安城里租了一处屋子，屋子虽然不大，却被他打扫得一尘不染，又找木匠铺买了一些现成的家具，将整个屋子布置得像模像样。他打定主意等紫草过了门，便让紫草住在城里，不让紫草跟着他去乡下，也不让紫草干任何脏活累活，自己只管更加卖力地干活，烧更多的炭，挣更多的钱，绝不能委屈了紫草。可他不知道，紫草嫁给他，便是最大的委屈。三天之后，过门之日，刘太丞家没有将紫草送来，送来的却是紫草离世的消息。

"消息是石管家捎来的，他说紫草姑娘不肯嫁给小人，说什么也不嫁，夜里竟在后院上吊自尽了⋯⋯"祁老二说起此事，痛悔万分，"紫草姑娘给小人治伤，不嫌弃小人，那是她心地善良，可是要她嫁给小人做媳妇，实在太过委屈了她，她又怎会心甘情愿？都怪小人贪念过了头，自己是一只癞蛤蟆，却还想着天鹅肉，答应了买她，这才害得她自尽。死的不该是紫草姑娘，该是小人才对⋯⋯"

"你得知紫草死了之后，"宋慈道，"有去刘太丞家亲眼瞧过吗？"

"小人去了，看见紫草姑娘的尸体用粗布盖着，放在后院的角落里。刘老爷因为紫草姑娘死在了自家，觉得晦气，原打算把钱退还给小人，再在城外随便找块地，将紫草姑娘草草葬了了事。可小人觉得愧疚，觉得对不起紫草姑娘，便去求刘老爷将紫草姑娘交给小人好生安葬，之前买紫草姑娘的钱，也不让刘老爷退还。刘老爷应允了。小人便买了棺材，将紫草姑娘带回乡下，安葬在了自家地里。紫草姑娘还未过门，她生前也不愿嫁给小人，小人不敢将她当成妻子来安葬，只是想让她死后有个着落，不成那孤魂野鬼，逢年过节时，能有人给她上上香，陪她说说话。"

宋慈听罢祁老二的讲述，略微想了一下，道："紫草上吊自尽后，刘太丞家有没有通报官府？"

"通报了的，府衙来了位司理大人，还有好些个官差。"

宋慈暗暗心道："府衙司理，那便是韦应奎了。"问道："这位司理大人，对紫草自尽一事怎么说？"

"小人不知道。"祁老二摇了摇头，"小人赶到刘太丞家时，司理大人正好带着官差离开，后来就没见过这位司理大人了。"

"这么说官府的人只来过一次，后面刘鹊将尸体交给你安葬，官府没再过问？"

祁老二点点头，应了声"是"。

"奴婢自尽，主家须得报官，倘若隐瞒不报，私自处理尸体，那是要论罪处罚的。刘太丞家敢上报官府，韦应奎又只去过刘太丞家一次，看来紫草真是上吊自尽。"宋慈这么一想，问道："紫草既是上吊自尽，那她脖子上应该有索痕吧，你可还记得那索痕是何模样？"

祁老二回想了一下，道："小人记得紫草姑娘的脖子上有两道索痕，又青又紫。"

"有两道索痕？"宋慈道，"除了索痕，脖子上可还有其他伤痕？"

"她的脖子上还有一些很小的伤痕，像是……像是抓破了皮。"

宋慈眉头一皱，道："那她死后可是张着嘴，睁着眼？"

"是的。"

"头发是不是很蓬乱？"

"是的。"

"这么说，她的舌头并没有伸出来？"

"是的。"

祁老二一连回答了三声"是的"，不禁抬起头来，有些诧异地看着宋慈。宋慈便如亲眼见过紫草的尸体般，竟问得分毫不差。

宋慈陷入一阵沉思，好一阵才问道："紫草上吊自尽，是去年的正月初几？"

"正月十二。"

"你没记错？"

"那天本是大喜的日子，最后却变成了紫草姑娘的忌日，小人如何记得错？"

宋慈听了这话，又陷入一阵沉思。他良久才开口，没再问紫草的事，转而问起了居白英："你去过刘太丞家那么多次，觉得居白英与丈夫刘鹊相处得怎样？"

"小人是去过刘太丞家很多次，可没怎么见过刘老爷和夫人。他们相处得怎样，小人说不上来。只是……小人只是听说过一些事。"

"什么事？"

"小人听说，刘老爷和夫人早年有过一个女儿，三岁时没了，说是刘老爷带去医馆玩耍，没照看好，结果让女儿误食毒药，给活活毒死了。夫人后来没再生出一儿半女，刘老爷便纳了妾，生了决明小少爷。夫人因为这两件事，一直生刘老爷的气，又因为女儿死在医馆，这些年从不踏足医馆半步。"

宋慈听了这话，算是明白了居白英为何在医馆里一直沉着脸，对刘鹊的死没有表现出丝毫悲痛之情。他道："刘鹊的女儿误食毒药而死，那是什么时候的事？"

"这个小人就不知道了，只听说是很多年前的事。"

宋慈若有所思了一阵，忽然道："你还有个兄长？"他记得方才祁老二言语之间，提及希望这辈子能安安稳稳地给哥哥送终。

"是的，小人还有个哥哥，在城南看管义庄。"

宋慈与刘克庄对视一眼，道："莫不是城南义庄的祁驼子？"

祁老二应道："原来大人知道小人的哥哥。"

"那驼子竟是你哥哥。"刘克庄说道，"之前宋大人去城南义庄查过案，与你这位哥哥打过交道。他平日里不见人影，听说常去柜坊赌钱，宋大人去找了他好几次，好不容易才见到了他。"

祁老二尴尬地笑了笑，道："小人的哥哥是爱赌钱，可他从前不是这样的，只是遭遇了一些变故，才变成了如今这般样子。"

宋慈想起祁驼子曾说出"芮草融醋掩伤，甘草调汁显伤"的话，似乎很懂验尸之道。他本就觉得祁驼子这人不简单，心中多少有些好奇，听祁老二这么一说，当即问道："你兄长遭遇了什么变故？"

祁老二长叹了口气，道："这事说来久远。小人的哥哥原是个仵作，在府衙里做事，帮着断过不少案子，那时候府衙的官老爷们都很器重他。他那时娶了媳妇，育有一个女儿，对邻里乡亲都很好，对小人也是照顾甚多。可是十多年前，他验尸出了错，府衙险些因此办错了一桩案子，官老爷们不让他再当仵作，赶他去看守义庄，后来又遇上家里失火，妻女全都……唉，他哭得死去活来，将一只眼睛给哭瞎了。他好几次寻死，是小人寸步不离地守着他，才没让他死成。后来他整个人就变了，成天去柜坊赌钱，没钱时就回乡下找小人拿钱，前些天初八下午，他还回来拿过钱。小人劝过他很多次，可他从不理会，每次拿了钱就走。小人的哥哥实在命苦，小人没别的念想，这辈子能照顾他到最后，好好给他送了终，也就无憾了。"

宋慈想起初八下午，他曾带着许义去城南义庄找祁老头，后来又将外城的柜坊找了个遍，始终没找到祁驼子，原来那天下午祁驼子没去赌钱，而是回乡下找弟弟拿钱去了。他问道："你兄长验尸出错，是什么案子？"

"小人听说是一桩杀妻案，好像是个进京赶考的举子，在客栈里杀了自己的妻子。"

"你说的客栈，是不是锦绣客舍？"宋慈语气一紧。

祁老二点点头，道："对，就是锦绣客舍，原来大人也知道这案子。"

宋慈一下子站了起来，双手紧紧抓着酒桌边沿，道："祁驼子他……他是如何验错了尸？"

祁老二被宋慈的反应惊到了，摇头道："小人不清楚。小人以前问过哥哥，但他从来不说，谁问他都不肯说。"

刘克庄听祁老二提起举子杀妻案时，心头一惊，不禁想起宋慈曾对他提到过的十五年前发生在锦绣客舍的那桩旧案。他绕过酒桌,来到宋慈身边,在宋慈的背上轻抚两下,道:"没事吧?"

宋慈摇了摇头,应了声:"没事。"便缓缓坐了下来。

"还要继续问吗?"刘克庄道。

宋慈摇摇头:"不用了。"

刘克庄向祁老二道:"你今天说的这些事,对宋大人查案颇有用处,倘若下次有事还需要找你,不知该去何处寻你?"说着从怀中摸出一张行在会子,要拿给祁老二。

祁老二急忙摆手,连说"使不得"。刘克庄却将行在会子硬塞进了他怀里。他推脱不得,只好收下,朝刘克庄和宋慈不断地躬身捣头,道:"小人家住城北泥溪村,出余杭门,沿着上塘河往北,有七八里地,公子若有事,差人到泥溪村知会一声,小人立刻便来城里见您。"

刘克庄亲自送祁老二出了琼楼,眼见他推着板车往城北余杭门去了,这才返身回到冬煦阁。宋慈仍旧坐在窗边,呆呆出神。他知道宋慈还在想刚才祁老二说过的话,道:"要不现在走一趟城南义庄,去找祁驼子问个清楚?"

宋慈却摇了摇头,忽然拿起刘克庄身前的酒盏,脖子一仰,将整盏酒一口饮尽。

刘克庄吃了一惊,来临安将近一年,他从没见过宋慈饮酒,这还是头一次。他还没回过神来,宋慈已一下子起身,道:"去提刑司大狱。"

天色已黑,宋慈和刘克庄赶到了提刑司大狱。

刘克庄本以为宋慈突然来提刑司大狱,是为了探望桑榆,可宋慈却径直从关押桑榆的牢狱外走过,去了狱道最里侧的一间牢狱。这间牢狱里关押的是白首乌,他下午时被武偃带回提刑司,一直关押在此。宋慈吩咐狱吏打开牢门,走进了牢狱之中。

"宋提刑。"白首乌原本坐在狱床上,见了宋慈,急忙起身。

"白大夫,乔大人有来审过你吗?"宋慈道。

白首乌应道:"乔大人来问过一些事,我但凡知道的,都如实向乔大人说了。师叔的死当真与我无关,我没有下过毒,更没有害过他……"

"刘鹊与居白英是不是有过一个女儿,在三岁时死了?"宋慈忽然打断了白首乌。

白首乌点了点头,道:"师叔师婶是有过一个女儿,名叫刘知母。"

"她是怎么死的?"

白首乌有些好奇,道:"宋提刑,这是十年前的事了,你为何突然问这个?"

"你只管回答就行。"

白首乌想了一下,慢慢说道:"我没记错的话,那是十年前师叔一家刚来医馆不久发生的事。那时先师还是太丞,常待在翰林医官局,少有来医馆,医馆便交给了师叔在打理,家宅那边也是师叔和师婶在住。那时知母刚满三岁,是师婶年近四十才得的女儿,听说师婶生她时难产,耗了半条命才把她生下来。师婶对知母疼爱得不得了,但师叔只想要儿子,见是女儿,便对知母没那么喜欢。有一天知母去医馆书房玩耍,师叔没看好她,她不知从何处翻出了一瓶牵机药,吃进了肚子里。那牵机药是剧毒之物,知母没能救得过来,死状很惨,小小的身子,疼得头朝后仰,脚向后翻,弯得像一张弓……"他想起当年刘知母的死状,讲到这里时不由得面露惨色。

宋慈听说过牵机药,据说那是历代皇帝专门赐死臣子所用的剧毒,相传南北朝时的北齐开国皇帝高洋,便常用此药赐死臣下,有一回高洋宴请群臣,席间大鱼大肉,觥筹交错,君臣相谈甚欢,眼见群臣吃饱喝足,高洋突然一翻脸,假言在酒里下了牵机药,将群臣给吓坏了,其中一位侍郎竟直接被吓到肝胆俱裂,当场给活活吓死了。还有传言说,大宋开国不久,南唐后主李煜暴毙而亡,便是被太宗皇帝赐了牵机药。宋慈听说过牵机药的名头,但从未见过此物,听着白首乌描述刘知母的死状,不禁一下子想起了刘扁尸骨的模样,也是头脚反弯,状若角弓反张,道:"牵机药是什么毒?"

白首乌应道:"牵机药用马钱子辅以多种毒物炼制而成,具体用了哪些毒物,我也不太清楚。我听先师提到过,这牵机药民间很是少见,通常是皇宫大内才有,是皇帝赐死臣子用的,服用之人会浑身抽搐,头足相就,状若牵机而死。"

"既是皇宫大内才有的毒药,"宋慈问道,"何以医馆里会有?"

"这……先师那时在宫中做太丞,他知晓牵机药的炼制之法,那是他自己私下里炼制的。"

"炼制这种剧毒来做什么?"

"先师曾说,牵机药虽是剧毒,但若极少量地服用,能有清明头目的功效,倘若外用,还能通络止痛,散结消肿。"

"是药三分毒",药有大毒、常毒、小毒、无毒之分,有"大毒治病,十去其六;常毒治病,十去其七;小毒治病,十去其八;无毒治病，十去其九"之说。牵机药虽是剧毒，但若少量使用，能有治病功效，这一点宋慈能理解得。他道："刘知母误食牵机药而死，居白英是何反应，刘鹊又是何反应？"

"师婶那时悲痛万分，哭晕了不知多少次，一醒来便哭晕过去，一连十几天都是如此。师叔倒是没那么伤心，每天该做什么便做什么。从那以后，师婶对师叔的态度大变，她恨师叔粗心大意，害得知母惨死，从此再不踏足医馆，尤其是医馆书房。后来师叔为了延续香火，买了歌女莺桃为妾，没两年便生下了决明小少爷。师叔很是高兴，对决明小少爷疼爱得不得了，可师婶因此更恨师叔，对莺桃和决明小少爷从没给过好脸色。这几年师婶就没怎么和师叔说过话，医馆不管发生什么事她都不管不问。她在正屋里供奉了知母的灵位，又设了一尊佛龛，平日里把自己关在里面吃斋念佛，很少出来，偶有露面时，脾气比以前还大，见了谁都骂，家里人都怕她。师叔也经常避着不见师婶，但凡回家宅那边，都是宿在莺桃房中。如今师叔死在医馆书房，还是被毒死的，师婶私下说……"

"说什么？"

"说这是报应，说师叔是该死。"

"你应该还记得紫草吧？"

宋慈原本一直在打听刘知母的死，关于紫草的这一问来得太过突然，白首乌嘴唇一抖，道："紫……紫草？记……记得。"

祁老二讲述紫草的事时，曾提及紫草在医馆大堂里帮白首乌给病人固定通木。宋慈虽然只去过刘太丞家一次，但刘太丞家众人给他的感觉，是压根没人在乎刘鹊的死，反而人人都是一副心怀鬼胎的样子，倘若他在刘太丞家查问，只怕人人都有所遮掩，不会完完全全地对他说实话。如今白首乌被抓进了提刑司大狱，等同于与刘太丞家众人分离开来，而且他是刘扁的弟子，在刘太丞家似乎是受到其他人排挤的，所以宋慈决定找白首乌单独查问。如今他已经知道居白英因为刘知母的死而与刘鹊闹僵，两人虽同居一处屋檐下，却有种至死不相往来的感觉，可是之前祁老二提及刘鹊将紫草贱卖给他为妻时，刘鹊和居白英是一同出现在后堂的，而且今天下午在刘太丞家，祁老二提及此事时，居白英暗使眼色，让石胆打断了祁老二的话，这令他觉得紫草的死似乎另有隐情，再加上紫草死在去年的正月十二，刘鹊则是死在一年后的同一天，这只是巧合，还是有所关联，必须查个清楚才行。他道："紫草在刘太丞家为婢，是活契还是死契？"

白首乌应道："紫草原是孤儿，早年被先师收留做了婢女，是签的死契。"

在大户人家为奴为婢，有活契、死契之分。活契是受雇佣的奴婢，到了年限便可离开，也可提前花钱赎身。死契是在主家终身为奴，婚丧买卖无权做主，一切听凭主家安排。紫草既是死契奴婢，刘鹊自然可以将她卖给祁老二为妻。宋慈道："当初刘鹊为何将紫草卖给卖炭的祁老二为妻，你身在刘太丞家，应该知道吧？"

白首乌道："我记得是……是紫草煎药时拿错了药材，险些害了病人的性命，师叔因此将她卖给了祁老二。"

"犯了这样的错，刘太丞家不想再留下她，将她卖给别人倒也说得过去，可为何非要把她贱卖给祁老二那样上了年纪、长相又丑的人呢？"宋慈道，"这么做，更像是有什么深仇大恨才对。"

白首乌没有回应宋慈的话。

第三章　红颜薄命　　101

"你可是有事瞒着我？"宋慈道。

白首乌低声道："我……我……"

"白大夫，你身陷囹圄，自身已经难保，还有什么好隐瞒的？"刘克庄忽然道，"宋提刑一贯查案公允，你应该是有所耳闻的。如今乔大人已经将你当成凶手关押起来，整个提刑司上下，能救你的便只有宋提刑。你若与刘鹊的死没有关系，那就不要对宋提刑有任何隐瞒，不然神仙也救不了你。"

"我知道宋大人查案公允，只是……"白首乌为难道，"这些事若是说了出来，只会加重我的嫌疑。"

"你只管说出来，是不是会加重嫌疑，我自会分辨清楚。"宋慈道。

白首乌点了点头，道："不瞒宋大人，其实先师去世之前，已经将……"停顿了一下，叹了口气，"已经将紫草许配给了我。"

宋慈眉头一凝，道："你继续说。"

白首乌往下道："紫草本是流落街头的孤儿，和当归、远志他们都是一样的。我记得那是六年前一天深夜，我在医馆里分拣药材，忽然听见很急的敲门声，打开门便看见了紫草。那晚下着大雨，紫草跪在医馆外磕头，浑身都被淋透了，远志背着当归，跟在她的身后，她说当归快不行了，求我救救当归的性命。他们都只有十二三岁，个子小小，面黄肌瘦，我见他们可怜，便让他们进了医馆。当时先师刚从太丞任上退下来，那晚正好在医馆书房里著书，还没有休息，他亲自给当归施针用药，救了当归的性命。先师见他们三人无家可归，便在问过他们的意愿后，将他们三人收留了下来。先师用药材的名字，分别给他们三人取了名，让紫草在家宅做了婢女，让当归和远志在医馆做了药童。紫草闲暇时常到医馆找当归和远志，有什么好吃的好玩的，总会与当归和远志分享。她对医术很感兴趣，在医馆里总是问这问那。先师见她颇有灵性，便让我教她一些医术上的学问。她学得很快，没几天便能熟练地分拣药材，还学会了掌控火候，给病人煎药用药。

"此后四五年，紫草一有空闲，便来医馆跟着我学医，她对看诊治病越来越熟练，用起各种器具和药材，甚至比做药童的当归和远志还要得心应手，有时当归和远志倒要反过来跟着她学。当归和远志若有出错，她总会当面指出，加以纠正，另一个药童黄杨皮学艺不精，也常被她指出各种错误。她总说看诊治病，稍有差池便会关乎人命，半点也马虎不得，当归和远志都肯听她的，黄杨皮却是屡教不改。黄杨皮跟着师叔，是师叔的贴身药童，连先师都不便说教，紫草却是不留情面，一见黄杨皮犯错便加以指正。她平时待人温柔可亲，却又有如此严格的一面，在医术上一丝不苟，先师对她是越来越喜欢。那时先师看诊病人，我常在旁边搭手，紫草也跟着帮忙，很多时候不用我提醒，她便知道先师要用到什么器具和药材，提早准备妥当，先师那时曾笑言，说我和紫草便是他的左膀右臂，有我和紫草在，他便可以放心地安享晚年了。

"我大紫草十岁，眼看着她长大，出落得亭亭玉立，几年朝夕相处下来，彼此渐渐相熟，越来越亲近。先师看在眼里，有一次把我和紫草一同叫去书房，说有意将紫草许配给我，问紫草愿不愿意，又问我肯不肯照顾紫草一辈子。我少年白头，医馆里人人拿这事说笑，来医馆求医的病人也常对我指指点点，背地里说三道四，说我年纪轻轻就老了，一看便活不长久。先师曾给我问过两门亲事，可人家听信谣言，都没答应。紫草却不在意，什么少年白头、命不久长，她根本不信这些。先师一问她，她便红着脸点了头，我也甘愿照顾她一辈子，先师便许下了这门亲事。"

白首乌讲到这里，想起紫草红着脸点头的那一幕，不觉露出微笑。可这微笑转瞬即逝，他摇头叹道："可是许下这门亲事没几天，先师便去净慈报恩寺看诊，在大火中遇难了……先师走得太过突然，没留下任何遗言，他一辈子无儿无女，师娘又去世得早，偌大一个刘太丞家，最后变成了师叔的家业。师叔做了家主，不认先师许下的这门亲事，我求了师叔几次，师叔都不答允，我也没有办法。再到后来，师叔常常因为各种小事对紫草责骂，不让她继续来医馆这边帮忙，只让她在家宅那边干各种粗活。紫草只能趁师叔、高大夫和羌大夫他们都外出看诊时，才敢悄悄地来医馆，陪着我看诊病人。又过了几个月，我记得是去年过完年后不久，有一天紫草突然变得不大对劲，帮着我看诊病人时心不在焉，煎药时竟拿错了药材，险些害病人丢了性命。她一向心细，从没有这样过，我问她怎么了，她什么也不说，一个人跑回了家宅那边，此后一连好几天躲着不见我。师叔得知紫草擅自来医馆帮忙，还险些害死了病人，勃然大怒，说紫草败坏了刘太丞家多年来的好名声，要将紫草赶出家门，后来便听说师叔将她卖给了送炭的祁老二为妻。我去师叔那里求情，师叔却说这不是他的意思，而是师婶的意思，我便又去找师婶，师婶直接让石管家把我轰走，不见我。我没有办法，只好去找紫草，想问问她的意愿，商量该如何是好。她一开始仍不肯见我，后来见了我便一直哭，说她对不起我，说她不是个干净的女人。我追问究竟，她却不肯再说。我苦思了一夜，想着该怎么办才好，想来想去，还是不愿眼睁睁地看着她嫁给祁老二，心想哪怕逃离刘太丞家，哪怕居无定所流落街头，我也要带她离开。我下定了决心，哪知转天，她竟在后院上吊自尽了……"

白首乌讲到这里，声音哽咽了起来。刘克庄不禁想到了惨死的虫娘，心中对白首乌甚是同情。宋慈却无丝毫同情之意，语气如常地道："紫草死后，府衙司理参军韦应奎是不是来查过她的死？"

"韦大人是来过。"

"韦司理怎么说？"

"我记得韦大人来了后，先检查了紫草的尸体，说紫草是死于自尽，又查问了紫草为何自尽。得知原因后，他说紫草虽不肯嫁人，但主家本就有权做主奴婢的婚嫁，这不算遭主家威逼胁迫而自尽。当天他便结了案，将紫草的尸体交给师叔处置，然后便走了。"

"你见过紫草的尸体吧？她的脖子上有几道索痕？"

白首乌仔细回想了一下，道："有两道。"

"除了索痕，是不是还有别的伤痕？"

"我没记错的话，她的脖子上好像还有一些抓伤。"

白首乌的这番回答算是与祁老二的话对应上了。宋慈暗暗心道："看来紫草的死是有蹊跷，要去见一见韦应奎才行。"嘴上问道："紫草死前一夜，曾说她对不起你，还说自己不是个干净的女人。你对这话怎么看？"

"紫草自尽后，我想了很久，尤其是她死前说过的这些话，还有此前她的种种反常之举。"白首乌迟疑道，"我怀疑会不会……会不会是师叔……对她做过什么不好的事……"

"你是想说，刘鹊有可能玷污了紫草？"宋慈直言不讳地道。

白首乌叹了口气,道:"紫草是家中婢女,她的一切都由家主做主。师叔身为家主,要她……要她服侍,她不从也得从……若不是如此,她那几天为何变得心不在焉,为何一直躲着不见我,还说那种话?师婶又为何要执意将她卖给祁老二为妻,那般糟践她呢?"

刘克庄听得直点头,这样的解释甚是合理。宋慈只是默然了一阵,道:"所以你觉得说出这些事,会让人怀疑你想为紫草报仇,有杀害刘鹊的动机,因而加重自己的嫌疑?"

白首乌点了点头,道:"宋大人说得对。可我当真没有杀害师叔。我昨晚离开书房时,师叔还是好好的,我此后再也没有去过书房。第二天一早我又按师叔的吩咐去回诊病人,直到再回到医馆时,才得知师叔已经死了……"

"你去回诊了什么病人?"宋慈打断了白首乌的话。

"是一个叫林遇仙的幻师,住在中瓦子街。"白首乌回答道,"昨晚师叔叫我去书房,说有意传我《太丞验方》,又吩咐我今早去给林遇仙回诊。他说林遇仙患有耳疾,嘱咐我带上香附和冰片,若是林遇仙耳疾未愈,耳道仍瘙痒流脓,便取香附一两、冰片一分,一起研磨成细面,以香油调和,均匀涂抹在耳道内。这一验方,其实我是知道的,之前太学司业来医馆治疗耳疾时,我就见师叔用过了。我今早赶去中瓦子街,见到了林遇仙,他的耳疾果然没痊愈,我便依验方用药……"

"你刚刚说什么?"宋慈忽然声音一紧,"太学司业?"

白首乌应道:"是太学司业。"

"你说的可是何太骥?"宋慈的声音又紧了几分。

"是何太骥。"白首乌应道,"我听说他不久前死了,他的案子好像还是宋大人你破的。"

"何司业到刘太丞家看诊,"宋慈追问道,"是什么时候的事?"

白首乌回想了一下,道:"过年之前吧,应该是腊月下旬。具体是哪些天,我记不清了。"

"哪些天?"宋慈道,"这么说,何司业到过刘太丞家不止一次?"

白首乌点头道:"我记得他来过三次,是连着三天来的,三次都是师叔给他看诊,亲自给他用的药。"

"何司业只是单纯来看诊,没做别的事?"

"我记得他每次来,除了看诊,还会与师叔在书房里单独见面,一见便是好长时间,师叔每次都会关上门,吩咐黄杨皮守在外面,不许任何人靠近打扰。"

"你可知他们二人关起门来说些什么?"

"这我就不知道了。"

宋慈的眉头紧皱起。他之前便觉得何太骥的死有一些疑点未能解开,此时听了白首乌所言,这种感觉就变得更为强烈。他陷入沉思之中,好长时间没有说话。

"写著一部医书,一部囊括毕生医术的医书,在你看来,需要多长时间?"宋慈再说话时,已然另起他问。

白首乌应道:"我医术尚浅,没写过医书,不敢说用时多久。但我见过先师著书,六年前先师从太丞任上退下来后,便开始著述医书,直到他去世,前后长达五年,他的医书仍没完成。医术本就没有止境,遇到的病症越多,积累的经验就越多,医术也就越高,所以我想，写著一部医书，应该是一辈子的事吧。"

刘扁著述医书，前后用时五年仍未完成，然而刘鹊著述《太丞验方》，只是最近一个多月的事，总计五部十六篇的内容，眼下竟只剩最后一篇还没完成。短短一个多月，刘鹊真能写完一部凝聚毕生心血的医书吗？宋慈暗暗摇了摇头。白首乌曾提及刘扁将自己所著的医书视若珍宝，常随身带着，最后毁于净慈报恩寺的大火，但若刘扁所著的医书并没有毁掉，而是被同去净慈报恩寺的刘鹊得到了呢？刘鹊著述《太丞验方》，倘若不是自己一边思考一边落笔，而是有现成的医书加以增删修改，所用时日如此之短，便能解释得通了。宋慈暗想至此，问道："之前在刘太丞家时，你曾提及刘扁著述过医书，但是毁于净慈报恩寺的大火，没能留存下来。据我所知，当初刘扁去净慈报恩寺时，只有刘鹊相随，你是没有跟着去的。那医书被毁一事，你又是如何知道的？"

白首乌应道："是师叔说的。"

宋慈又问："刘扁和刘鹊关系到底如何？此间没有别人，你大可实话实说。"他记得白首乌说过刘扁和刘鹊关系很好，但弥音曾提到，刘扁和刘鹊同去净慈报恩寺的路上，彼此什么话也不说，这实在不像是关系很好的样子。

"不瞒大人，师叔来医馆的头几年，先师一旦有空回了医馆，他们二人便常在一起谈论医道，斟酌验方。后来先师不做太丞，回到医馆常住，他们二人每天都能相见，聚在一起谈论医道的次数反而越来越少。先师去世的那年，几乎没再见他与师叔谈论过医道，他们二人平时也很少说话。"

"这么说，他们二人的关系其实并不好？"

白首乌点了点头，道："我身在医馆，当着师姊和高、羌二位师弟的面，这些话我实在不便说出来。"

宋慈稍稍想了一下，问道："刘鹊近来身体如何？"

"过去这半年里，师叔身体一直不大好。他染上了风疾，时常头晕目眩，好几次突然晕厥，试过了各种验方，都只能稍微缓解症状，但一直治不好。"

"那最近这段时日，"宋慈又问，"除了太学的何司业，刘鹊还见过哪些病人？"

"师叔白天通常都在医馆看诊，见过的病人着实不少，我一时也说不齐全。"

"有没有一些特别的病人？比如身份地位非比寻常，或是性情举止尤为怪异之人。"

"性情举止怪异的倒是没有，若说有身份地位的病人，太师府的夏虞候倒是来过，还有新安郡主也曾来过。"

"你说的是韩太师身边的夏震吧，"宋慈道，"他也患病了吗？"

"夏虞候患有甲癣，以前先师回到医馆坐诊时，他便每隔一段时间就来找先师医治，过去几年一直如此。那时夏虞候的脚指甲总是变色脱落，为此他甚是烦扰，我记得先师曾宽慰夏虞候，说他正中间的脚趾最长，乃是大富大贵的脚相，不必为此小疾担心。可这甲癣虽是小疾，却难以根治，夏虞候须得隔三岔五来医馆用汤药泡脚，趾甲才不至于脱落。那时因为夏虞候经常来，紫草不用先师吩咐，便知道该抓哪些药煎剂，倒在桶里给他泡脚。先师不在人世后，夏虞候一开始还来医馆泡脚，去年过完年后，就没见他来过了，我还以为他的甲癣已经好了。前些日子又见他来了医馆，请师叔给他医治甲癣,还隔三岔五地来了好几次,我才知他的甲癣仍没有好,还严重了不少。"

宋慈又问:"你说的新安郡主是谁?"他来临安近一年了,还是头一次听说新安郡主的名号。

白首乌应道:"新安郡主韩絮,是已故的韩皇后的亲妹妹,她患有心疾,过去先师刚从太丞任上退下来时,她来过医馆几次,后面这几年便没见她来过。前几日她突然来了,说是心口疼,来找师叔看诊。"

宋慈想起之前去锦绣客舍的行香子房查案时,房中的住客正是一位叫韩絮的姑娘。当今皇后是太尉杨次山的妹妹杨桂枝,但在杨桂枝之前,皇帝赵扩还曾有过一位韩皇后,这位韩皇后与韩侂胄是同族,论辈分是韩侂胄的侄孙女,在数年前因病崩逝。在大宋境内,通常只有太子和亲王之女才有资格获封郡主,还有一些特例,譬如公主之女,或是对国家有过大功的功臣之女,也有被封为郡主的资格。韩絮身为韩皇后的亲妹妹,又是当朝太师韩侂胄的侄孙女,赵扩破格封她为郡主,倒也没什么奇怪。只是贵为郡主,却无丫鬟、仆人随行伺候,反而独自一人出行,入住民间客舍,出入医馆看诊,这位韩絮倒是令宋慈暗暗称奇。

宋慈又想了一阵,道:"黄杨皮是什么时候来到刘太丞家的?"

"黄杨皮比紫草、远志和当归晚来两年,是四年前来的。"白首乌答道,"他好像与石管家沾亲带故,当初是石管家带他来的。黄杨皮是一味药材,也就是常见的祖师麻,先师因他脸皮蜡黄,便给他取名黄杨皮,让他跟了师叔,做师叔的贴身药童。"

"这个黄杨皮为人如何?"

"黄杨皮比远志和当归小上两三岁,但为人不怎么踏实,圆滑不少。他最初来的时候,医馆还是先师当家做主,远志和当归还是先师的药童,那时他对先师尊敬有加,对远志和当归也是客客气气,远志和当归有什么吩咐,他都麻利地去做。可是先师离世后,医馆改由师叔做主,一切就变了,黄杨皮仗着是师叔的贴身药童,反过来使唤远志和当归。那时师叔让远志跟了高大夫,让当归跟了羌大夫,如此一来,远志和当归伺候的是师叔的弟子,比起伺候师叔本人的黄杨皮,那可就差了一辈,别说远志和当归要听黄杨皮的,有时连高大夫和羌大夫都不敢轻视黄杨皮的话。我记得以前清扫医馆,一直是黄杨皮的活,后来变成了远志和当归在做,以前伺候师叔梳洗和朝食,也是黄杨皮的事,但他不愿那么早起床,也交给远志和当归去做。远志性子虽有些卑怯,当归虽有些沉默寡言,但他们二人都肯勤学苦练,以前跟在先师身边时,耳濡目染之下,学会了不少医术,不但能帮着抓药煎药,还能帮着给病人施针,如今却只能干些洒扫的杂活。他们二人也没法子,只能忍气吞声,不然便会被赶走,甚至被卖给他人为奴。"说到这里,想起自己身为刘扁的弟子,在刘太丞家的处境,其实比远志和当归好不到哪里去,不由得摇了摇头。

"最后问你一件事。"宋慈道,"'辛,大温,治胃中冷逆,去风冷痹弱',这话是什么意思?"

"这是药材的性味。"白首乌应道。

"什么药材?"

"先师在世时,让我背过各种药材的性味,我没记错的话,这应该是高良姜的性味。"

"那'苦，甘，平，治风寒湿痹，去肾间风邪'呢？"

"是羌独活的性味。"

"'苦，涩，微温，治瘰疬，消痈肿'呢？"

"是何首乌的性味。"白首乌奇道，"宋大人，你问的是师叔死前写的那三行字吧？"

宋慈点了点头，道："你，还有高大夫和羌大夫，名字是依这三种药材取的？"

白首乌点头称是。

宋慈暗暗皱眉，刘鹊遇害前没有写别的，而是特意写下了指代三位大夫的药材性味，似乎是意有所指，但所指的究竟是什么，他暂时还想不明白。该问的都已问完，他让白首乌好生待在狱中，倘若想起了什么，随时让狱吏来通知他。

天时已晚，该回太学了。宋慈和刘克庄离开时途经关押桑榆的牢狱。桑榆见宋慈和刘克庄来了，低下了头。刘克庄叫了声"桑姑娘"，桑榆一如白天那般，仍是默然不应。

宋慈什么也没说，只是看了桑榆一眼，离开了提刑司大狱。

就在宋慈和刘克庄走出提刑司大狱时，远在城南吴山的南园之中，一抬轿子穿廊过院，停在了畜养鹰雁的归耕之庄外。乔行简起帘下地，在夏震的引领下步入庄内，见到了等候在此的韩侂胄。

自打西湖沉尸案结案后，韩侂胄便正式搬离西湖岸边的韩府，入住了吴山南园。此时的他正在喝茶，将黑釉茶盏一搁，与乔行简简单寒暄了几句后，提起了韩珍杀人入狱一事，问道："乔提刑，珍儿的案子，你怎么看？"

乔行简一听此言，神色微微一紧。他知道自己能调任浙西提点刑狱，全凭韩侂胄的举荐。他此前与韩侂胄从无交集，是因为他认定金国有必亡之势，上奏备边四事，暗合韩侂胄主战的心思，这才受到韩侂胄的举荐。可他到底心思如何，是不是愿意站在韩侂胄这一边，韩侂胄并不清楚。如今他刚来临安上任，韩侂胄便获知消息，一抬轿子直接将他接至南园，一见面便问起韩玿的案子，那是在等他表态。他听韩侂胄称韩玿为"玿儿"，显然是有保韩玿的意思，于是稍加思索，说道："下官一到临安，便听说了韩公子的案子。太师无须为此案犯愁，大宋刑统有'主杀部曲奴婢'一律，凡奴婢有罪，其主不请官司而杀之，只杖一百，奴婢无罪而杀之，也只徒一年。"

"这么说，玿儿只需在狱中待上一年？"

"正是。"

韩玿获罪下狱后，临安府衙丝毫不敢怠慢，赵师睪命韦应奎翻查大宋刑统，找到了"主杀部曲奴婢"这一条律疏，呈报给了韩侂胄。虫惜只是太师府一婢女，韩玿身为主家，将她杀了，根本不用偿命，只需受一年徒刑即可。韩侂胄其实早已知道这一结果，此时拿来问乔行简，只是为了试探乔行简，看乔行简是否甘愿为他所用。他满意地点了点头，让乔行简在一旁的椅子上坐了，道："听说你今日刚到任，便接手了两起命案。"

"是，下官已在着手查办。"

"提刑司所查之案，向来关系重大，不知是何等命案，需要跳过府衙，直接由你接手？"

"城北刘太丞家的刘鹊昨夜在家中遇害，其兄长刘扁的尸骨则

第三章 红颜薄命 113

在净慈报恩寺后山被人发现。"乔行简道,"人命关天,只要是命案,都可谓关系重大,下官既然遇到了,自当接手查办,尽己所能,查明真相。"

韩侂胄端起黑釉茶盏吹了吹,道:"目下查得如何?"

"案子刚刚接手,虽有不少眉目,也抓了一二嫌凶,但真凶究竟是谁,尚无定论。下官会全力追查这两起案子,圣上破格擢用的干办公事宋慈,也在襄助下官查案,相信不日便可破案。"

"宋慈也在查这两起案子?"

"下官到任临安,听说了宋慈连破奇案的事,后来察其言行,确实可堪大用,因此命他襄助查案。"

"这个宋慈,的确有些能耐,当初还是我向圣上举荐他,圣上才破格擢他为提刑干办。他此前连破两案,在临安城里闹出了不小的动静,圣上得知他破第一案时,还多有嘉许,听说他破第二案时,却颇有些不悦,也未给他任何嘉奖,你可知为何?"

乔行简应道:"下官不敢揣测圣意。"

韩侂胄把弄着手中茶盏,道:"宋慈虽会验尸查案,可毕竟年纪轻轻,倘若什么案子都让他一个太学生来查,岂不是显得府衙和提刑司都是摆设?传出去了,异域番邦还当我大宋朝廷上上下下,连个能堪大用的官员都没有。"

"太师明察远见,是下官未考虑周详。"

"浙西提刑一职责任重大,我向圣上举荐你,是因你在淮西任上建树颇多。然京畿之地,非淮西所能比,朝野上下人人都看着你,如今你甫一到任,便遇上两起命案,务须亲自查明才行。如此一来,我才算没有举荐错人,圣上那里,我也能有个交代。"

乔行简站了起来，躬身行礼道："下官定不负太师所望，不负圣上所望。"

韩侂胄压了压手，示意乔行简坐下，道："你刚才说，这两起案子已抓了一二嫌凶？"

乔行简并未坐下，仍是站着，回答道："刘扁一案尚无太多进展，抓住嫌凶的是刘鹊一案。"

"有嫌凶就好，尽早定罪结案，才不负所望。"韩侂胄将茶盏凑近嘴边，轻轻品了一口。

乔行简应道："下官明白。"

"好茶。"韩侂胄晃了晃手中茶盏，轻捋长须，微微颔首。

第四章

限期破案

一夜天明,刘克庄在斋舍中早早醒来,第一眼便向宋慈的床铺望去,却见宋慈裹着被子,鼾声绵长,睡得甚是香甜。

"我真是佩服你,桑姑娘被下狱关押,你竟能睡得这般安稳。"刘克庄这么想着,起身来到宋慈的床铺前,将宋慈一把推醒,道:"昨晚回来的路上,你不是说今早要去府衙见韦应奎吗?日头都出来了,还不赶紧起来。"

宋慈朝窗户望了一眼,已然天光大亮。他立马将被子一卷,起床下地,胡乱抹了把脸,再将青衿服一披,东坡巾一戴,便要往斋舍外面走。

"我虽然催你,可你也不用走得这么急啊,饭还没吃……"刘克庄话说一半,已被宋慈拽着往外走。

两人出了太学,在街边的早点浮铺买了些馒头和饼子果腹,然后一路南行，不多时来到临安府衙，直入司理狱，找到了韦应奎。

"原来是宋提刑和刘公子。"韦应奎微微有些诧异，"这天儿这么早，我才刚到府衙，不知是什么风把二位吹来的？"

"城北刘太丞家有一婢女，名叫紫草，去年正月十二在家中后院上吊而死。"宋慈开门见山地道，"听说这案子是韦司理去查的？"

"刘太丞家？让我想想，好像是有这么个案子。"

"关于此案，想必韦司理还记得清楚吧？"

韦应奎却把头一摆，道："那可不巧，我记不大清了。"

刘克庄道："才过去了一年时间，你又不是老来多健忘，怎会记不清？"

韦应奎朝刘克庄斜了一眼，道："我平日里既要掌管司理狱，管理那么多囚犯，又要处理各种积案，公务繁多，一年前一桩上吊自尽的区区小案，说了记不清，便是记不清。"

刘克庄正要还口，却被宋慈拦下道："记不清也无妨，此案的案卷应该还在吧？"

韦应奎却道："又不是杀人放火的凶案，这种婢女自尽的小事，临安城里每年都会发生不少，连案子都算不上，哪里会有案卷留存。"

"紫草的脖子上有两道索痕，"宋慈问道，"你还记得这两道索痕是何形状，长短阔狭各是多少，彼此可有交叉重叠吗？"

"宋提刑，你这是审问我来了吗？"韦应奎口气一冷。

宋慈如没听见般，继续道："但凡上吊自尽，绳套无外乎活套头、死套头、单系十字、缠绕系这几种，只有用缠绕系上吊，将绳子在脖子上缠绕两遭，才会留下两道索痕。这两道索痕之中，上

第四章 限期破案 117

一道绕过耳后，斜向发际，在头枕部上方形成提空，呈八字不交状，下一道则平绕颈部一圈，乃是致命要害所在。遇此情形，查验尸体时，必须将两道索痕照实填入检尸格目，两道索痕重叠和分开之处，更是要分别量好，把长短阔狭对验清楚，韦司理却说记不清？"顿了一下又道，"紫草的脖子上除了两道索痕，还有一些细小的抓伤。按常理来讲，脖子上既有索痕又有抓伤，极大可能是死者被绳子勒住脖子时，为了自救伸手抓挠绳索，以至于在自己脖子上留下了抓伤。这样的案子，通常不是自尽，而是遭人勒杀。"

"索痕也好，抓伤也罢，我说过了，记不大清。不过单论你方才所言，未必便是对的。"韦应奎道，"上吊自尽之人，濒死时太过难受，又或是上吊后心生悔意，都会伸手去抓脖子上的绳索，留下些许抓伤，那是在所难免的事。单凭脖子上存在抓伤，便认定是遭人勒杀，岂不过于草率？"

"可是有抓伤存在，便意味着死者有可能挣扎自救过，也就意味着有他杀的可能。关乎人命的案子，但凡有些许存疑，便该查验到底，倘若轻易认定为自尽，那才是真的草率。"

韦应奎冷眼看着宋慈，道："宋提刑说的是，被勒死之人，伸手抓挠脖子上的绳索，是有可能在自己脖子上留下抓伤，这抓伤通常位于咽喉附近。可若这抓伤不在咽喉附近，而是在后颈上呢？"

"在后颈上？"宋慈微微一愣。

"两道索痕长短阔狭是多少，脖子上的抓伤又有多少，我是记不清了，但我记得一点，那婢女脖子上的抓伤，是在后颈上，她的指甲里还有皮屑，可见后颈的抓痕就是她自己抓出来的。那婢女若是遭人勒杀，挣扎间抓伤了脖子，抓伤应该位于咽喉附近，可她的抓伤位于后颈上，那只可能是她上吊之后，心生悔意，将手伸向颈后，抓挠吊在空中的绳索，试图自救，这才会在后颈上留下抓伤。"韦应奎白了宋慈一眼，"宋提刑懂验尸验骨，查起案来刨根究底，任何蛛丝马迹，有关的无关的，一概不放过，我韦某人深感佩服。可天底下的司理、推官，没有几千也有数百，不是人人都像你这般较真，也不是人人都如你这般身在太学，清闲无事。你是提刑干办，要翻我查过的案子，尽管去查便是。我韦某人还有公务在身，恕不奉陪了。"说罢将袖子一拂，不再搭理宋慈和刘克庄，转身走出了司理狱。

"这个姓韦的狗官，我真是一见就来气！"刘克庄望着韦应奎的背影，恨得牙痒痒。

宋慈却是一言不发地愣在原地。他之前向祁老二和白首乌查问时，得知紫草的脖子上有抓伤，想当然地以为抓伤是在前脖子上，却没想到抓伤竟是位于后颈上。一个人遭人勒杀，的确不大可能抓伤自己的后颈，韦应奎虽然查验草率，但方才这话倒是没有说错。

宋慈暗暗思索之时，刘克庄扭头朝狱道深处望去。他没有忘记被关押在司理狱中的叶籁，既然来了司理狱，那就必须见一见叶籁才行。他拉着宋慈沿狱道而行，很快找到了关押叶籁的牢狱。

叶籁因自认大盗"我来也"的身份，被关押在司理狱中，等候论罪处置。身陷囹圄，而且这一次很难再脱罪出狱，可叶籁依然神情轻松，见宋慈和刘克庄一脸担心，爽朗大笑道："克庄老弟，宋兄，几日不见，怎的这般愁容满面？"

叶籁戴着重枷，身上多了不少新伤，显然他这次入狱，又遭受

第四章 限期破案 119

了韦应奎不少折磨。刘克庄道："叶籁兄,让你受苦了!你只管放心,我爹在朝中还有不少旧交,我一定会想法子救你出去的。"

"老弟不必费心,我最初劫富济贫时,便知道会是这般后果,我从未有过半分后悔。我爹来探望过我,我也叫他不必费心,不用想办法救我出去。"叶籁顶着重枷,抬起头来看了看四周,"其实这里倒也不苦,只是没酒,总觉得缺了些滋味。"

"我这便去给你买酒!"

刘克庄正要转身,附近牢房中忽然传来狞笑声,随即一个熟悉的声音响起:"你想要酒,怎么不到我这里来拿?"

这声音一听便是韩㺝,他被关押在斜对面的牢房中,宋慈和刘克庄早就瞧见了,只是一直没有理会。

刘克庄转头望去,见韩㺝没有戴任何枷锁,高举着手臂,很是得意地摇晃着手中的酒瓶。比起周围肮脏潮湿的牢房,韩㺝的那间却收拾得极为干净,狱床上铺的不是干草,而是被褥,还特地摆了一张桌子,桌上摆放着只吃了几口的上好饭菜。

明明都是因罪入狱,府衙却专门给韩㺝安排这等待遇,刘克庄心中甚是不满,嘴上冷笑道:"韩㺝,睡得这么好,吃得也这么好,看来你是离掉脑袋不远了吧?"

"要掉脑袋,也是你和宋慈先掉。"韩㺝笑了起来,"等我明年出来,有你两个的好看!"

"你杀害虫惜一事,早就在临安城中传开了,你这案子休想糊弄过去,还想着明年出来?"刘克庄道,"你好好在这里面躺着,继续做你的春秋大梦吧!"

"看来你还不知道啊。"韩㺝笑得更加得意了,"虫惜是我韩家的奴婢，我这做主人的杀了她，只用关押一年，不是明年出来，那是什么时候？宋慈，你不是张口闭口大宋律法吗？难道你连这都不知道？"

刘克庄一脸难以置信，道："杀人偿命，不该是天经地义的事吗？他杀害虫惜，手段何等残忍，就因虫惜是个婢女，便只徒他一年，这……这是什么狗屁刑统？"

宋慈默然不语。他熟知大宋刑统，早就知道会是这样的结果，但能将韩㣉下狱收监一年，已属万分难得，要知道天底下的王公贵胄，杀人犯法而不受惩处的比比皆是，能将权倾朝野的韩太师独子治罪下狱，哪怕只是短短一年，那也是连想都不敢想的事，他甚至还要为此赌上身家性命，去吴山南园挖掘韩家的祖坟，才能换来这样的结果。他知道律法多有不妥，可大宋刑统就是这么规定的，他又能有何法？他不由得想到了紫草，紫草身为刘太丞家的婢女，一切只能听凭刘鹊做主，哪怕刘鹊逼得她自尽，也无须为此负任何罪责。想着这些，他无可奈何地摇了摇头。

刘克庄的胸口如被一块大石头堵住，想起自己为了定韩㣉的罪，不惜与辛铁柱擅闯太师府掘土寻尸，叶籁甚至为此甘愿认罪下狱。韩㣉的狞笑声一直响在耳边，那张狂妄无比的嘴脸一直出现在眼前，他越听越觉得受不了，越看越觉得恶心，片刻也不愿多待，忽然"啊"的一声大叫，转身奔出了司理狱。

"克庄！"宋慈望着刘克庄消失在狱道尽头，没有跟着追出去。

"宋慈，"韩㣉的声音在牢狱里响起，"我倒真有些佩服你，明知我这罪只关押一年，你还敢处处跟我作对，想尽法子将我定罪下狱。你就不怕我明年出来，与你新仇旧恨一并算吗？"

第四章　限期破案　121

宋慈回头看着韩㺖，道："你杀了人，还是一尸两命，至今竟没有一丝悔意？"

"谁说我没有一丝悔意？我可是后悔得要死。"韩㺖冷笑道，"我后悔处理虫惜的尸体不够干净，更后悔没有早点弄死你，居然让你能在这世上多苟活一年。"

宋慈好一阵没有说话，就那样站在牢狱外，目不转睛地看着韩㺖。

韩㺖高举酒瓶，灌了一大口酒，"噗"地喷在地上，骂道："驴球知府，送的什么酒，难喝得要死！"手一甩，将酒瓶朝宋慈的方向用力掷出，"啪"地砸碎在牢柱上。碎瓷片顿时四散飞溅，一部分溅到了宋慈的身上。宋慈右侧脸颊微微一痛，已被一块碎瓷片划破了一道细细的口子。

"啊哟，你杵在那里做什么？"韩㺖笑道，"一时失手，宋提刑大人大量，想必不会介意吧。"

一丝鲜血慢慢流出，伤口处泛起一阵阵的疼痛。宋慈任由鲜血下淌，立在原地一动不动，忽然道："你还记得虫达吧？"

"不就是虫惜那臭娘皮的爹吗？"韩㺖哼了一声，"一个叛投金国的走狗，我记他做什么？"

"我说的是十五年前，那个跟在你身边寸步不离的虫达。"宋慈声音一寒。

韩㺖脸色微变，冷笑一僵，道："原来你还记得？"

"父母之仇，不共戴天，从不敢忘。韩㺖，一年的时间，足够改变很多东西，你我后会有期。"宋慈留下这句话，转过身去，大步走出了司理狱。

从府衙里出来，四下里早已不见了刘克庄的影子，宋慈深知刘克庄的性子，每逢心烦意乱，总会借酒消愁，想是又去哪家酒楼了吧。韩㺸只徒一年的结果，对刘克庄的打击极大，只怕他这次会喝得一塌糊涂。宋慈叹了口气，打算先回太学。这时街北忽然急匆匆行来一人，远远望见了他，招手道："宋提刑！"

那人是文修。

宋慈在原地立住了脚步。

文修快步来到宋慈身前，道："宋提刑，你可让我好找。"他方才去太学寻找宋慈，听习是斋的同斋说宋慈和刘克庄一早去了府衙，于是又匆忙赶来府衙，正好在此遇到。

"文书吏找我何事？"

"桑老丈已经认罪，乔大人命你即刻去提刑司。"

"桑老丈认了罪？"宋慈心中一惊，立即随文修前往提刑司。一路上，他问起桑老丈认罪一事，文修只说三言两语难以说清，说宋慈去了提刑司，一切便知。

以最快的速度赶到提刑司，宋慈在提刑司大堂里见到了乔行简。

乔行简背负双手，已在堂中来回踱步多时。见宋慈到来，他从案桌上拿起一纸供状，递给了宋慈。宋慈接过供状，飞快地从头看到尾，上面是桑老丈招认的毒杀刘鹊的经过。

原来今早天刚亮，乔行简去到提刑司大狱，照例在刑房里提审了桑老丈。乔行简这些年提审犯人，除了穷凶极恶之徒，从不动用刑具，对桑老丈自然不会用刑，只是口头上的讯问。然而昨天问什么都说不知道的桑老丈，今天却招认是他在糕点中下了砒霜，想将

第四章 限期破案 123

刘鹊置于死地，还说他并非桑榆的亲生父亲，之所以毒杀刘鹊，是为了给桑榆的亲生父母报仇。

乔行简追问究竟。

桑老丈脸上皱纹颤动，两眼一闭，老泪流下，道："那是十年前，麻溪峒寇作乱时的事了……"

桑老丈的思绪回到了十年前，那时他在建安县东溪乡的桑家，是家中一个侍奉了三代人的老仆。桑家在十里八乡还算富足，家里都是良善之人，待他这个老仆亲如家人，知他年老体衰，很多重活累活都不让他做。桑家育有二子一女，桑榆是其中最小的女儿，时年六岁，活泼好动，两个哥哥都已十好几岁，平日里用功读书，少有陪她玩耍，桑父桑母忙于操持家业，处理日常琐碎，陪伴她的时间也很有限，年老多闲的桑老丈便成了她最好的玩伴。

那时桑榆最爱玩的游戏是捉迷藏，家中偏屋的房梁上铺架了一层木板，用于堆放一些不常用的杂物，算是一个小小的阁楼，那里成了桑榆最喜爱的躲藏之处。每次与桑老丈玩起捉迷藏来，她都会爬上梯子，躲在阁楼之上，桑老丈总是在偏屋里转来转去，假装怎么也找不到她。这时阁楼上会响起猫叫声，那是桑榆养的一只狸花猫，整日跟在她的身边。桑老丈听见猫叫声，这才爬上阁楼寻找，装作好不容易找着了她。她爱与桑老丈玩各种游戏，也常与桑老丈分享她的喜怒哀乐。遇到了什么开心的事，比如看见狸花猫捉住了一只大老鼠，又或是遇到了什么不开心的事，比如在两个哥哥那里受了气，桑榆总会缠着桑老丈说个不停。桑老丈很喜欢听她说，每次等她说完，都会变戏法似的拿出一些好吃的点心，桑榆开心时会更开心，不开心时也会立马高兴起来。

日子就这么无忧无虑地过着。可是桑家院墙之外，东溪乡并不安宁，整个建安县境内都不安宁，只因麻溪一带峒寇作乱，四处劫掠，已经闹腾了大半年。东溪乡虽然离麻溪较远，尚无贼寇侵扰至此，但时常有逃难的饥民路过。桑家人乐善好施，总是拿出存粮救助饥民。饥民们哭诉贼寇如何凶悍猖獗，如何劫财掠粮，如何害得他们家破人亡，桑家人听多了这些惨事，免不了担心贼寇随时会杀来，私下里商议要不要举家外出避祸。好在好消息很快传来，朝廷派出了大批官军进剿，说是不日便将荡灭麻溪贼巢，平息这场寇乱。

然而峒寇作乱，还只是贼过如梳，官军进剿，却是兵过如篦。入夏后的一天，一支官军分道进剿，从东溪乡路过，突然污蔑乡民暗资贼寇，在乡里大肆烧杀起来。桑家本就是乡里富户，首当其冲，乱兵一拨拨地冲进了家门，桑家人慌乱之下四散奔逃。桑母找到了两个儿子，却寻不见桑榆，四处哭喊，被赶来的桑父拉拽着，躲入了地窖之中。当时桑榆正与桑老丈玩捉迷藏，桑老丈知她躲在阁楼上，慌忙冲上阁楼，果然找到了她。这时乱兵冲了进来，见人就杀，见东西就抢，惨叫声、哭喊声响成一片。桑老丈慌忙将梯子抽上阁楼，抱着吓坏的桑榆躲在杂物堆中，捂住桑榆的嘴，不让她出声。

乱兵将桑家洗劫一通，很快发现了地窖，将桑榆的父母和两个哥哥抓了出来，逼问还有没有其他藏起来的财物。桑父将所有存放的财物都交出来了，跪在地上声泪俱下地求饶。可是乱兵没有放过他，一刀将他砍死，又将桑母和两个哥哥一一砍倒在地。

这一幕就发生在偏屋外的院子里，阁楼壁板上有接缝，桑老

第四章　限期破案　125

丈凑近接缝，紧张地看着外面的一切。接缝就在桑榆的眼前，她亲眼看见父母和两个哥哥被摁跪在地上，在求饶声中一一被杀害。她的嘴被桑老丈紧紧地捂住，发不出任何声音，浑身不住地颤抖。她瞪大了眼睛，乱兵手中沾满鲜血的刀口每砍下一次，她浑身便抽搐一下，脚尖不小心蹬到了堆放的杂物，杂物倒塌，发出了响声。院子里那伙乱兵听见了，一抬头瞧见了阁楼的入口，就举着刀挨了过来。桑老丈紧张万分，只能紧紧抱着桑榆一动不动，听天由命。

就在这伙乱兵聚到阁楼入口的正下方时，忽然几声猫叫响起，一只狸花猫从阁楼上跳下了地，蹿进了不远处的花丛里。这伙乱兵吓了一跳，有的骂骂咧咧，有的哈哈大笑。这时其他几伙乱兵抢走了财货，割下了首级，纷纷在各处屋子放起了火，陆续退出了桑家。军赏以计首论功，杀贼斩一首级，可赏绢三四、钱三贯，这伙乱兵又搬又扛地抢走了众多财物，临走时还不忘将桑榆父母和两个哥哥的脑袋割下。这时起火的里屋冲出来一个人，有乱兵笑道："刘二，你个治病救人的郎中，居然也来干这事。"乱兵所说的刘二，浑身挂满了财货，讪讪一笑，随着这伙乱兵一起去了。

乱兵走空后，桑老丈悄悄地放下梯子，小心翼翼地抱着桑榆下了阁楼。放眼望去，片刻前还是一片安宁祥和的家园，此时已是一片狼藉，桑榆的父母和两个哥哥横尸在地，脖子断口还在往外汨汨地冒血。桑老丈赶紧捂住桑榆的眼睛，可是她已经看见了，小小的身子不住地发抖。四处浓烟滚滚，大火翻腾，桑老丈来不及给桑家人收尸，只能抱着桑榆逃了出去。偌大一个东溪乡，被这支官军杀得没留下几个活口，一座座村舍也在大火中被夷为平地。钱粮被洗劫一空，留下来没有吃的，还会担心遭遇贼寇和官军，桑老丈只能带着桑榆背井离乡，如曾经那些饥民一样，踏上了流亡之路。

一路上与不少饥民为伍，饥民们大多来自东溪乡至麻溪一带，都是被这支分道进剿的官军祸害，沦落到了家破人亡的地步。桑老丈听饥民们谈及，这支官军的将首名叫虫达，所过之处烧杀抢掠，杀良冒功，鸡犬不留。桑老丈记下了这个名字，桑榆也记下了这个名字，后来听说虫达因为这次进剿杀贼众多，论功行赏，竟受到皇帝召见，还被封为了大官。

虫达是如何"杀贼立功"的，桑老丈比谁都清楚，可他清楚又有什么用？他需要尽快找到落脚之处，尽可能地照顾好年幼的桑榆。他牢记着桑家的恩德，在一处破庙宿夜时，他怀抱着满脸泪痕好不容易才睡着的桑榆，对着残破的佛像暗暗发誓，无论如何要将桑榆抚养长大，以报答桑家的大恩大德。他带着桑榆一路流亡，最终来到了还算太平的建阳县。桑老丈早年学过木工活，后来在桑家做了仆人，这门手艺便搁下了，没想到年老之后，靠着重拾这门手艺，先是给别的木匠打下手，后来自己揽活挣钱，好歹在建阳县立住了脚。桑榆渐渐长大，变得越来越懂事，她知道桑老丈年事已高，于是洗衣做饭，揽下所有能做的家务，闲暇时还帮着桑老丈做一些简单的木工活，两人以父女的名义相依为命，在建阳县过了几年还算安稳的日子。只是自从目睹父母和哥哥惨死之后，桑榆便不再说话了。从前她很爱说话的，总是缠着桑老丈问这问那，叽叽喳喳地说个不停，然而经历家破人亡的变故后，桑老丈再没听她出过一声，说过一字，哪怕桑老丈攒钱请人教她识字，她也只是跟着点头摇头，从不做声。桑榆平日里当着桑老丈的面，脸上常常笑着，可是背着桑老丈时，脸上的笑容便会消失，变得郁郁寡欢。桑老丈看在眼中,常常担心桑榆会想不开。他知道自己老了,没多少年可活,等他一死,这世上便没人照顾桑榆了。他趁着自己还有力气,拼了命地雕刻木作,到处挑担售卖,一来让桑榆跟着四处走动,也好散散心;二来多卖些钱,好给桑榆置办嫁妆,将来为桑榆找个好夫家。这样他才能死得安心,将来去阴曹地府见了桑家人,才能有个交代。

今年桑老丈带着桑榆来到临安售卖木作,这是他们二人初次踏足京城。京城的繁华热闹,远远超乎桑榆的想象,尤其到了夜里,灯市如昼,人流如织,宝马雕车,芳香满路,她毕竟只有十六七岁,置身其间,只觉目不暇接,这个年纪该有的天真烂漫,第一次出现在了她的身上。然而好景不长,桑老丈染病卧床,桑榆为之忧心,后来宋慈和刘克庄请来刘太丞为桑老丈看病。这本是好事,然而桑老丈一见刘太丞,立刻想起了十年前桑家家破人亡时,那个随乱兵进入桑家劫掠的刘二。当年透过阁楼的壁板接缝,他清清楚楚地看见了刘二的长相,这些年来从未淡忘过分毫。刘太丞与当年的刘二长得一模一样,只是多了些许白鬓和皱纹,再加上他记得当年有乱兵说刘二是郎中,这使得他更加确认无疑。

时隔十年,想不到当年参与劫掠桑家的仇人竟会出现在眼前,桑老丈虽躺在病榻之上接受刘鹊的诊治,却在那时暗下决心要杀了刘鹊,为桑家枉死之人报仇。待病情稍好一些,他让桑榆做了一些糕点,送去刘太丞家,以感谢刘太丞的救治之恩。在桑榆做糕点时,他偷偷将砒霜下在了里面。他知道刘鹊吃过糕点后必死无疑,打算即刻离开临安,这才连夜收拾好行李和货物,转天一早雇好牛车,带着桑榆一起离开,却不料在清波门被武偃追上,随后被带到提刑司，关入了大狱。

桑老丈将这些事原原本本地讲了出来，最后道："砒霜是我下在糕点里的，榆儿全不知情。当年桑家遭难时，榆儿只有六岁，她早已不记得刘二了，我却记得清清楚楚。桑家人待我恩重如山，我虽说抚养榆儿长大成人，但远不足以报答这份恩德。好在老天开眼，让我撞见了刘鹊。如今刘鹊已死，我也算为桑家人报过了仇，便是立马死了，也无憾了。"

桑老丈招认罪行后，乔行简回到提刑司大堂，从文修那里拿来所录的供状，翻来覆去地看了好几遍。他思虑了一阵，吩咐文修去把宋慈叫来，这才有了后面的事。

此时宋慈一边看着供状，一边暗暗摇起了头，尤其是看到刘鹊很可能是十年前参与劫掠桑家的刘二时，不由得想起白首乌曾提及刘鹊做过随军郎中的事，心想刘鹊面相慈祥，又是救死扶伤的大夫，想不到以前竟在军中干过这等丧尽天良的事。他看完供状后，觉得桑老丈认罪之事存有不少疑问，抬头道："乔大人……"

宋慈刚一开口，乔行简便打断了他，道："如今有了这份供状，桑氏父女的杀人动机便有了，难道你还觉得他父女二人不是凶手？"

"刘鹊若真是吃了糕点毒发身亡，他的死状绝不可能那么安稳。"宋慈摇头道，"刘鹊之死还有太多疑问，真相恐怕没这么简单。"

乔行简直视着宋慈，就这么直视了好一阵子，见宋慈的目光始终坚定不移，他忽然脸色肃然，正声道："宋慈，你乃本司干办公事，现我以浙西提点刑狱之名，正式许你两案并查！你受圣上破格擢拔，任期至上元节为止，眼下只剩三日。三日之内，你能否查清真相？"

这番话来得太过突然，宋慈不由得一愣。此前案情未明时，乔行简以他与桑氏父女是同乡为由，始终不许他接触刘鹊一案，哪怕有所松口，也不许他明面上调查此案，可如今桑老丈认了罪，乔行简反而正式命他接手刘鹊一案，实在令他始料未及。他身躯一震，朗声应道："三日之内，宋慈一定竭尽所能，查明两案真相！"

乔行简目光如炬，道："你能保证不管遇到什么阻力，都会追查到底，决不放弃吗？"

宋慈听出这话隐有所指，似乎刘扁和刘鹊的案子牵连甚广，会有意想不到的阻力出现。但他未加丝毫犹豫，道："纵然有天大的阻力，不查出真相，宋慈决不罢休。"

"好，但愿你能记住今天说过的话。"乔行简道，"查案期间若有所需，你尽管开口。"

"多谢乔大人成全！"宋慈双手作揖，向乔行简郑重一礼。

"不必多礼。"乔行简道，"文修，你把早前在刘太丞家查问的各种事，讲与宋慈知道。"

文修当即将昨天早上乔行简赶到刘太丞家后的事，事无巨细地讲了一遍。宋慈获知了一些新的情况，比如刘鹊死的那一晚见高良姜、羌独活和白首乌时，分别对三人说过什么话，又比如桑榆送糕点上门道谢时，曾给了刘鹊一张字条，刘鹊看过字条后便与桑榆在书房里闭门相见达半个时辰之久。宋慈向文修道了谢，转身走出提刑司大堂，打算拿着供状，即刻去见桑氏父女。

刚出大堂不远，身后忽然传来文修的声音："宋提刑请留步。"

文修从大堂里追了出来,来到停步等候的宋慈身边,伸手朝供状的末尾一指。

宋慈看向文修所指之处,不禁微微一愣。通常而言,嫌犯招认罪行,都会在供状的末尾签字画押,然而这份供状的画押处却一片空白。

文修微微一笑,道:"这是乔大人有意为之。"说完向宋慈行了一礼,转身回了大堂。

宋慈听了这话,霎时间明白过来。方才乔行简命他接手刘鹊一案,他虽然求之不得,但一直不明白乔行简为何突然有此转变。此时得知乔行简有意不让桑老丈在供状上画押,那意思再明显不过,是乔行简认为桑老丈认罪一事存在蹊跷,桑氏父女很可能不是凶手。他又想起方才乔行简变相提醒过他,追查此案会遇到极大的阻力,似乎乔行简知道一些他并不知道的内情,乔行简本人不便在明面上调查此案,这才命他接手。他手捧供状,在原地站了一阵。

此时已近午时,日头开始移向中天,身下的影子渐渐向脚下收拢。他微微侧着头,盯着自己的影子看了几眼,却见影子慢慢消失了。他抬头望了一眼天空,不知何时移来一大片阴云,将日头彻底遮住了。

临安这个天,已经许久没有放过晴了。

宋慈没有直接去大狱,而是去役房找到许义,请许义走一趟大狱,将桑老丈带到干办房相见。

许义行事利索,只消片刻时间,便将桑老丈带到。

宋慈让许义留守在干办房外,将门关上了,请桑老丈在凳子上坐了下来。他将供状展开,道:"老丈,这是今早乔大人提审你时,你亲口招认的罪行。乔大人提审时,可有对你用刑?"

桑老丈摇头道:"没有。"

"这么说,当真是你在糕点里下了砒霜,毒杀了刘鹊?"

桑老丈面如死灰,低头应道:"是我。"

宋慈盯着桑老丈看了一阵,忽然道:"事到如今,你还是不肯说实话吗?"

"我……我说的都是实话,是我下的毒……"

"那你说说,你是如何将砒霜下在糕点里的?"

桑老丈愣了一下,道:"我趁榆儿和面之时,将她支开,偷偷倒了砒霜在里面……"

"经我查验,砒霜只在糕点的表皮上,并不在糕点里面,分明是糕点做好之后,再撒上去的砒霜。"宋慈直视着桑老丈,"老丈,你为何要撒谎?"

桑老丈不敢与宋慈对视,道:"是我记错了……是榆儿做好糕点后,我再下的砒……"

宋慈打断了桑老丈的话:"你这么做,是想揽下一切罪责,好让桑榆脱罪吧?"

一条条皱纹颤抖了起来,满是褐色斑块的双手攥在一起,桑老丈嗫嚅道:"我……我……"

"你当真以为自己揽下一切,桑榆便能获释出狱吗?你这么做,非但害了你自己,桑榆也会受到牵连,还会让真正的凶手逍遥法外。"宋慈语气一变,变得极为严肃,"你不把一切说出来,还要有所遮掩,难道真想坐视桑榆被定罪论死?"

桑老丈忙道:"我宁愿死,也不愿榆儿有事啊……可是有些事说了出来，只会……"

"只会什么？"

"只会害了榆儿啊……"

宋慈肃声道："那你也得说！"

桑老丈嘴唇颤抖，欲言又止。

"只如何下毒这一点，便可知你是故意顶罪，你当真以为能瞒得过乔大人？你招供的这些事，只会让桑榆拥有杀人动机。有下毒的糕点在，那是物证；刘太丞家有人指认是桑榆送去的糕点，那是人证；如今又有了杀人动机。你即使遮掩隐瞒，单凭这些人证、物证，桑榆照样必死无疑。"宋慈道，"你把一切都说出来，还原事情的来龙去脉，桑榆或许还能有一线生机。"

桑老丈犹豫了一阵后，攥紧的双手终于一松，道："宋提刑，我……我说，我都说……"老眼一闭，叹道，"是我撒了谎，糕点里的砒霜，不是我下的……那日宋提刑与刘公子请来刘太丞为我治病，我一见刘太丞，觉得他很像当年劫掠桑家的刘二。榆儿也觉得像，当年其实她也看到了刘二的长相，她甚至记得比我还要清楚。她想确认刘太丞究竟是不是刘二，这才做了一盒糕点，送去了刘太丞家。我原本不想让她去的，可她长大了，不肯听我的劝，我实在是拗不过她……"

"这么说，你们还不确定刘鹊是否就是当年的刘二？"

"是啊。榆儿送去糕点上门道谢，就是为了确认是与不是。"

宋慈想想也是如此，十年的时间，人的模样多少会发生变化，哪有只见一面，便能确认是当年之人的道理？他道："既然尚未确认刘鹊的身份，那就不可能直接送去有毒的糕点。你为何不直说，反而要遮掩此事，自行认罪呢？"

桑老丈长叹了一口气，道："那天榆儿回到榻房时，变得心事重重，我问她，她什么也不肯透露。入夜时，她又出去了一趟，回来后便收拾起了行李，要离开临安回建阳去。我问她出了什么事，她示意是为了让我回家好好休养身子。转天她雇来牛车，拉上行李和货物，带着我出城。后来我们被提刑司的人抓了起来，又受了乔大人的审问，我才知道刘太丞死了……"

桑榆入夜时出去了一趟，是赶去太学见宋慈，至于桑榆为何突然变得心事重重，为何急着要离开临安，宋慈也困惑不解。他明白桑老丈为何要遮掩隐瞒这些事了，只因桑榆这种种反常之举，一旦说了出来，只会加重桑榆的嫌疑。他道："其实老丈心里也觉得，毒杀刘鹊的很可能就是桑榆，对吧？"

桑榆见过刘鹊后的反应，很难不让桑老丈起疑。但这些怀疑只在心头一掠而过，桑老丈很确信地道："不会的，榆儿不会杀人的。我知道她是什么样的人，她不会做出这种事的！"

宋慈点了点头，道："刘鹊的案子，乔大人已命我接手查办。桑榆是不是凶手，我会查个水落石出，只要她没有做过，我决不会让她无辜受罪。"

"多谢……多谢宋提刑！老朽给你叩头了……"桑老丈颤巍巍地离开凳子，就地跪了下去。

"使不得。"宋慈忙将桑老丈扶起，唤入许义，让他将桑老丈押回大狱，再将桑榆带来干办房。

过不多时，桑榆被带来了。

宋慈仍是让许义留守在外。他请桑榆坐了，拿出供状道："桑姑娘,这是今早乔大人提审时,桑老丈亲口招认的罪行,你看看吧。"

桑榆接过供状看了,这才知道桑老丈已经认罪。她明显有些急了,指着供状上的内容,连连摇头摆手,示意糕点是她亲手做的,桑老丈自始至终没有在里面下过毒。

宋慈不提桑老丈下毒之事,问道:"你去见刘鹊时,与他在医馆书房里闭门相见达半个时辰之久,一定说过不少事吧。你们到底说了什么?"

桑榆一听这话,低下了头,如昨日那般默不回应。

"哀哀父母,生我劬劳。欲报之德,昊天罔极!"宋慈忽然道,"以前我一直以为只有自己才明白丧母之痛,没想到你也是如此。"

听见"丧母之痛"四字,桑榆不禁抬起头来。她看宋慈的眼神微微一变,流露出哀怜之色。

"桑姑娘,你想不想知道,上次在梅氏榻房,我为何要向金国正副使打听虫达的下落?"宋慈没有追问见刘鹊的事,转而提起了虫达。不等桑榆回应,他径直往下说,"实不相瞒,其实我与你一样,也经历过痛失至亲之苦。太学东面有一家锦绣客舍,客舍一楼有一间行香子房,那里是我娘亲死难之处。十五年前,我娘亲就死在我的身边,杀害她的凶手是谁,至今不明。但当年锦绣客舍的十多位住客当中便有虫达。我娘亲死后,现场没有留下任何证据,只在她身上发现了三根血指印,而虫达的右手末尾二指已断,只余三根手指,他极大可能是杀害我娘亲的凶手。"

宋慈这番话说得很慢,语气也很淡然,可是说到最后,每一个字出口之时,声音都在微微颤抖。

"你前夜向我打听虫达的下落,是因为虫达是那支官军的将领,是害你家破人亡的罪魁祸首。我追查虫达的下落,是为了查明我娘亲的死,抓住真凶,替她昭雪冤屈,让她九泉之下能瞑目。"宋慈看着桑榆的眼睛,"桑姑娘,你与刘鹊闭门相见那么久,想必聊过不少事。当夜你来找我,问起虫达的下落,还猜测虫达会不会没去金国,我想你应该是从刘鹊那里得知一些虫达的事吧。倘若真是如此,还望你能告知于我。"他将早已准备好的纸笔拿出,放在了桑榆的面前。

这一次桑榆没有再默然不应。她慢慢拿起了笔,在纸上写下了"光孝寺"三字。

"报恩光孝禅寺?"宋慈眉头一凝。

桑榆点了一下头。

报恩光孝禅寺位于建安县境内,是闽北名气最盛的古刹大寺,如净慈报恩寺那般,是高宗皇帝为了超度徽宗皇帝而下诏更改的寺名。他之前怀疑虫达投金不成,或是根本没去金国,为了避罪隐姓埋名躲藏了起来,心想果真如此的话,虫达躲藏的地方必定很是偏僻隐秘,没想到竟是这么大有名气的地方。他道:"虫达在光孝寺,这是刘鹊告诉你的?"

桑榆又点了一下头。

"听说你上门拜访刘鹊时,曾给他看过一张字条。"宋慈问道,"不知那字条上写了什么?"

桑榆在"光孝寺"三个字的旁边,写下了"十年前,建安县,东溪乡"九个字。

"所以刘鹊一见到这几个字,"宋慈道,"便领你入书房闭门相见？"

桑榆回以点头。她想起那日刘鹊见过这几个字后，立马变了神色，请她进入书房相见，又吩咐黄杨皮守在书房外，不许任何人打扰。刘鹊关起门来，低声问她是谁，她没有隐瞒，直接表明了自己的身份。刘鹊面露悔色，连声向她道歉，说当年参与劫掠是他一时糊涂，虽说他没有残害过人命，只是跟着乱兵抢了些财物，但他身为救死扶伤的大夫，没有试图阻止乱兵残害无辜，那便是罪大恶极，他这些年时常痛悔万分。他问桑榆是不是来找他报仇的，桑榆心乱如麻，没有回应他。他说冤有头债有主，当年他虽没有害过人命，但毕竟闯入桑家抢了财物，也没有阻止乱兵的罪行，桑榆若是来报仇的，他愿意以死谢罪，只求他死之后，桑榆不要再伤害他的家人。

过去的十年里，桑榆从没有忘记过父母兄长之仇，无时无刻不在想着如何报仇，只是她将这些心思深藏了起来，从不让桑老丈知道。她清楚地记得当年那支乱军的将领名叫虫达，归根结底，虫达纵容乱兵烧杀抢掠，杀良冒功，才是害得她家破人亡的罪魁祸首。她随着桑老丈四处售卖木作时，背着桑老丈偷偷地打听虫达的消息，得知虫达早已叛宋投金。她以为虫达去了金国，自己这辈子只怕都报仇无望了，没想到竟会在临安城里撞见刘鹊。她虽然恨刘鹊参与了当年的劫掠，但刘鹊只是抢掠财物，没有害过人命，不是杀害她父母兄长的罪人。她问当年杀害她父母兄长的那伙乱兵身在何处，刘鹊摇头说不知道，她又打听虫达在哪里。出乎她意料的是，刘鹊竟没说虫达去了金国，而是说虫达隐姓埋名做了和尚，藏身在报恩光孝禅寺里。

桑榆不清楚刘鹊所说的是真是假，想起宋慈曾向金人查问虫达投金一事，心想宋慈说不定知道虫达的下落，便去太学找了宋慈打听，希望能得到印证，然而宋慈并不知情。她返回梅氏榻房，收拾好行李和货物，第二天一早雇车离开，想着先回建阳县，安顿好了桑老丈，再独自去报恩光孝禅寺一探究竟。桑老丈将她的安危看得比自个性命还重，一旦知道她要去寻虫达报仇，必会为此担惊受怕。桑老丈本就年事已高，加之又是大病初愈，她怕桑老丈经受不了，便没说实话，只说是带他回家好好休养。只是没想到刘鹊突然死于非命，她因为送去的糕点被验出有毒，被抓入提刑司关押了起来。她昨日之所以一直沉默不应，是因为这些事关系到她父母兄长之死，她本就不愿意提起，更重要的是一旦她说了出来，桑老丈便会知道她有寻虫达报仇之心，她实在不愿看到桑老丈为此担惊受恐。若不是今日桑老丈突然认罪招供，她仍是不打算说出这些事的。

桑榆时而在纸上写字，时而比画手势，将这些事告知了宋慈。她一再示意桑老丈没有在糕点里下过砒霜，示意桑老丈一定是担心她被治罪，为了保护她才这么做的。

宋慈凝着眉头，刘鹊对桑榆说出愿意以死谢罪的话，结果当晚他真的死在了医馆书房，难道他是自尽？可就因为一个素未谋面的女子找上门来说起当年之事，他会出于悔恨，或是害怕这女子报仇，当晚便决定以死谢罪吗？宋慈觉得换了任何人，都不可能这么做，更何况在他眼中，刘鹊并非一般人。他与刘鹊只在梅氏榻房有过一面之缘，其人长须花白、面色红润，看起来甚是面善，关于刘鹊的其他印象，则是从刘太丞家众人口中听来的，大都比较正面，但他隐隐觉得刘鹊这人没那么简单，尤其是刘鹊闭门见桑榆时说出的那些话，更让他确信自己的这种感觉。刘鹊说自己罪大恶极也好，说自己痛悔万分也罢，其实话里话外一再地在强调他没有残害过人命，只是跟着乱兵抢了一些财物，还说自己愿意以死谢罪，求桑榆不要找他的家人寻仇。面对一个十六七岁、涉世未深的女子，刘鹊这一通话说下来，桑榆即便有心寻他报仇，恐怕也下不去手。

宋慈这样想着，觉得刘鹊是个甚有心机的人，但这样的人居然在桑榆一问之下便透露了虫达的下落，这不得不令他起疑。他道："桑姑娘，你有没有想过，刘鹊为何要把虫达的下落告诉你？"

桑榆从没有想过这些，摇了摇头。

宋慈的眉头凝得更重了。虫达六年前判宋投金，此后再也没有他的消息，可见他藏身光孝寺一事应该是极其隐秘的。刘鹊参与劫掠桑家是在十年前，据白首乌所言，刘鹊到临安帮助刘扁打理医馆也是在十年前，也就是说，刘鹊很可能是在那之后，便从军中去职，离开了虫达麾下，那他后来又是如何知道虫达没有叛投金国，而是藏身光孝寺的？就算刘鹊真的知道虫达的下落，可他只不过初次与桑榆相见，为何如此轻易便说出这等隐秘之事？宋慈越想越觉得不合常理，道："桑姑娘，刘鹊能这么轻易地说出虫达的下落，极可能说的不是真话。"

桑榆比画手势，问虫达不在光孝寺，那在何处？

"我也不知道。"宋慈摇头道，"刘鹊或许当真知道虫达的下落，只可惜他本人已经死了，没办法找他查问。"

桑榆眼中透着不甘，盯着写在纸上的"光孝寺"三字。

宋慈一见桑榆的眼神，便知她不信自己所言，仍打算去报恩光孝禅寺探明究竟，寻虫达报仇。

宋慈是见过虫达的，虽然那是十五年前的事，虽然那时他只有五岁，可他清楚地记得虫达的性情有多么暴戾，下手有多么狠辣，也只有那等心狠手辣之人，才会纵容手下士兵烧杀抢掠，无恶不作。且不说虫达很可能不在报恩光孝禅寺，即便他真的在那里，桑榆一个十六七岁的弱女子，想寻那样的人报仇，无异于飞蛾扑火，到头来很可能报仇不成，反而害了自己。可桑榆报仇之志已决，桑老丈尚且拗不过她，宋慈又如何劝阻得了？不渡无边苦海，莫劝回头是岸，其实宋慈根本没打算劝桑榆放下，只因他自己便从未放下过。十五年来，他多少次噩梦惊魂，母亲浑身是血的场景，一遍又一遍地出现在眼前。虫达关乎他母亲之死，他无论如何要追查到底。他决定陪桑榆一起扑这个火，既是为了桑榆，也是为了他自己。他目光坚毅，道："桑姑娘，我已奉乔大人之命接手刘鹊一案，三日之内，我一定查明真相，还你和桑老丈的清白。我也会追查虫达的下落，一直追查到底，总有一天我会找出此人，还你我一个公道。"

桑榆抬头望着宋慈，眼睛里隐隐有泪花闪动。但她只望了这一眼，便低下头去，等到再抬起头时，她已收住了泪水。她竖起拇指，轻轻弯曲了两下，表示感谢。她指了一下供状，掌心贴在耳边，轻轻地点了一下头，以示相信之意。但寻虫达报仇，她示意这是她自己的事，无论将来是何结果，都不希望牵连宋慈进来。

"桑姑娘，我不是怕牵连……"

宋慈话未说出，桑榆已比画手势，示意她该说的都已经说了，希望宋慈能为她保密，暂且瞒着桑老丈，不要让桑老丈知道她决心报仇的事。

宋慈微微一呆,点了点头。他不再多说什么,唤入许义,将桑榆押回了大狱。

宋慈独自在干办房里坐了半晌,等许义回来后,他便站起身来,让许义随他走一趟刘太丞家。他此前已亲自查验过刘鹊的尸体,但作为凶案现场的医馆书房,他还没有亲自勘验过。

第五章

牵机之毒

刘克庄奔出司理狱，又奔出府衙，直到一口气奔出了清波门，脚步才有所放缓。沿着西湖东岸的城墙外道，他漫无目的地往前走着，过不多时，飞檐翘角的丰乐楼遥遥在望，鲜艳招展的酒旗映入了眼帘。一想到韩㺨只徒一年，他便觉得心头堵得厉害，不醉生梦死一场，如何解得胸中这口恶气？

刘克庄踏入丰乐楼，面对迎上来的侍者，留下一句"拿三五瓶皇都春来"，便上了楼去。他来到上次和宋慈一同坐过的中楼散座，很快侍者端来了五瓶皇都春，在他面前一字摆开。他抓起一个酒瓶，拔掉瓶塞，也不往酒盏里倒酒，直接高举起来，往嘴里灌了好大一口。

时当上午，丰乐楼才开楼不久，可中楼箫鼓齐鸣，歌伎舞姬献艺，已有两桌酒客在此宴饮。

刘克庄朝那两桌酒客瞧了瞧，其中一桌只有一个女子，身着浅黄衣裙，竟是之前在锦绣客舍行香子房遇见过的韩絮。他昨晚听白首乌提及，韩絮是韩侂胄的侄孙女，贵为新安郡主，没想到竟也会一大早独自来丰乐楼喝酒，他忍不住多看了两眼。

刘克庄对韩絮只是多看两眼，对另一桌酒客，他却是一边喝酒，一边恨恨地盯着。另一桌聚着六七个膏粱子弟，当中一人手把折扇，是之前追随韩㻝左右的史宽之，其他几个膏粱子弟，此前也常鞍前马后地簇拥着韩㻝，刘克庄都是见过的。想不到韩㻝刚下狱没几天，史宽之和这帮膏粱子弟便照常聚众宴饮，纵情声色。酒肉之交，不过尔尔。

刘克庄上楼之时，史宽之便已瞧见了他。与几个膏粱子弟推杯换盏之际，史宽之时不时地朝刘克庄瞥上一眼，时不时又朝楼梯方向望一望。过了片刻，他让几个膏粱子弟继续喝着，左手持折扇，右手持酒盏，起身来到刘克庄的散座前，道："我说是谁瞧着眼熟，原来是刘公子。"

刘克庄没好气地哼了一声。

"怎么只刘公子一人？"史宽之道，"宋公子没来吗？"

"宋慈来没来，与你何干？"刘克庄白了史宽之一眼，丝毫不掩饰眼神里的恨意。

史宽之并不着恼，面露微笑，道："上次熙春楼点花牌，那道十一字同偏旁的绝对，刘公子只消片刻便能对出，还能接连对出两联，当真令人大开眼界。正巧，今日我约了三五好友，在此间行酒对课，消闲为乐。适才我出了一联，几位好友轮番尝试，却无一人对出。"说着端起酒盏，向刘克庄递出，"闻听刘公子是以词赋第一

第五章 牵机之毒　143

考入的太学,何不过来与我等饮酒对课,一起亲近亲近?"

"你倒是把我的底细摸得一清二楚。"刘克庄没理会史宽之递来的酒盏,径自拿起酒瓶,灌了一口酒,"亲近就不必了,你若想考较我,尽管来。"

史宽之笑了笑,将酒盏放下了。他朝北楼一间雅阁望了一眼,唰地撑开折扇,拿在胸前轻摇慢晃,道:"我这一联不难,叫作'山羊上山,山碰山羊角,咩——'"

"你这一声羊叫,倒是惟妙惟肖极了。"刘克庄哼了一声,顺着史宽之的目光,朝北楼那间雅阁望了一眼,见那间雅阁的墙壁上绘有一幅壁画,画中高山流水,鸟飞猿腾,另有牛羊散布山水之间,题墨"猿鸟啼嘉景,牛羊傍晚晖"。他知道史宽之这一联是从壁画中出来的,随口应道:"水牛下水,水淹水牛鼻,哑!"

山羊是"咩咩"做声,水牛是"哞哞"而叫,就算淹了牛鼻子,鼻子里喷出水来,也该是"噗"的一声,刘克庄却故意来了一声"哑"。他这一联对得很是响亮,尤其是最后那一声"哑",惊得几个歌伎的鼓声箫声微微一顿,几个膏粱子弟也纷纷投来目光。另一桌的韩絮原本斜倚着身子自斟自饮,这时妙目一转,也朝刘克庄看了过来。

史宽之并不生气,道一声:"好对!"目光扫动,落在那几个敲鼓奏箫的歌伎身上,"那我再出一联:'金鼓动动动,实劝你不动不动不动。'刘公子,请吧。"

刘克庄见那几个歌伎所敲之鼓皆嵌有金边,动字又暗合鼓声,史宽之这一联倒是出得颇有妙处。几个歌伎除敲鼓外,还在奏箫,刘克庄不假思索,对道:"玉箫何何何,且看我如何如何如何。"

史宽之脱口道:"好对,更是好对!"猛地扇了几下折扇,目光转向他处,似在寻思下一联出什么。

刘克庄又自行灌了一口酒,道:"考较了两联,我看也差不多了。你有什么话就直说,不必在此拐弯抹角。"

史宽之将折扇一收,道:"刘公子果真是爽快人。"他在刘克庄的对侧落座,稍稍压低了声音,"听说宋公子近来又在查案,他没随你来,莫非是查案子去了?"

刘克庄原本举起酒瓶又要喝酒,闻听此言,将酒瓶往桌上一搁,冷冷地瞧着史宽之,道:"姓史的,你要替韩㑇出气,找我就行,别想着打宋慈的主意!"

史宽之微笑道:"刘公子会错意了,我若要为难你与宋公子,何必在此多费口舌?"又凑近了一些,声音压得更低了,"听说净慈寺后山发现了一具尸骨,是当年在宫中做过太丞的刘扁,宋公子正在查这起案子。"

刘克庄冷声冷气地道:"你耳目倒是通达。"

"耳目是有的,至于通达与否,那就另当别论了,否则宋公子查到何种程度,我就不必来向刘公子打听了。"

刘克庄冷哼一声,道:"你如此在意刘扁的案子,难不成是你杀了他?"

史宽之竖起折扇抵在唇前,嘘了一声,声音又压低了几分:"我与刘扁之死毫无瓜葛,与之相关的另有其人,此人可以说是大有来头。"

"你说的是谁?"刘克庄问道。

史宽之笑了笑,没有回答。他右手持扇,慢悠悠地拍打左掌,

第五章 牵机之毒 145

道："查得如何，刘公子当真不肯透露？"

刘克庄哼了一声，道："无可奉告！"拿起一瓶皇都春和一只酒盏，起身离开散座，不再理会史宽之，而是朝韩絮所在的那一桌走了过去。

史宽之也不生气，笑着回到几个膏粱子弟所在的酒桌，继续传杯弄盏，仿佛刚才的事从没发生过一般。

刘克庄来到韩絮身前，道："韩姑娘，这么巧，又见面了。"

韩絮仍是斜倚着身子，眼波在刘克庄脸上流转，道："我记得你。"

"上次蒙姑娘赏酒，在下犹是难忘。"刘克庄斟了一盏酒，"今日得见姑娘，足见缘分不浅，特来敬姑娘一盏。"

韩絮也不推辞，拿起自己的酒盏，一饮而尽。

刘克庄喝尽盏中之酒，旋又斟满，道："敢问姑娘，数日之前，是否到刘太丞家看过诊？"他记得韩絮去寻刘鹊看诊一事，心想若是宋慈在此，以宋慈不放过任何细枝末节的审慎态度，必定会找韩絮探问一番。他虽因韩玚的事而心烦意乱，可方才喝了几大口酒，又与史宽之唇舌相对一番，堵在胸口的那口恶气已出了大半，心思便又回到了查案上。

"你怎知我去过刘太丞家？"韩絮道。

"姑娘还记得上次到锦绣客舍查案的宋提刑吧？"刘克庄道，"刘太丞死于非命，宋提刑正在追查此案，什么事都瞒不过他。"

"我是去过刘太丞家。"韩絮道，"难不成宋提刑在怀疑我？"

"当然不是。"刘克庄应道，"只是姑娘数日前曾去刘太丞家看诊，如今好不容易见到了姑娘，总要问上一问，还望姑娘不要介意。"

"你想问什么？"

"姑娘去刘太丞家，当真是去看诊吗？"

"我素有心疾，去医馆不看病，还能看别的？"

"可是姑娘贵为郡主，直接请大夫上门即可，何必亲自走一趟医馆？"

韩絮微笑道："我离开临安已有五六年，如今才刚回来几日，你竟知道我是郡主？"

刘克庄整了整青衿服和东坡巾，行礼道："太学刘克庄，参见新安郡主。"

史宽之听见刘克庄的话，当即投来目光，看了韩絮好几眼，忽然起身来到韩絮面前，恭恭敬敬地行礼道："史宽之拜见新安郡主。"又朝那几个膏粱子弟招手，几个膏粱子弟纷纷过来，向韩絮行礼。

"你是谁？也识得我吗？"韩絮看着史宽之。

史弥远投靠韩侂胄是最近一两年的事，此前只是一个小小的司封郎中，根本没机会接触当朝权贵，史宽之身为其子，自然是没见过韩絮的。他道："家父是礼部侍郎兼刑部侍郎史弥远，曾提及恭淑皇后有一位妹妹，深受圣上喜爱，获封为新安郡主。史宽之虽未得见郡主尊容，但久仰郡主之名。"

韩絮挥了挥手，道："无须多礼。我好些年没来过这丰乐楼了，只是来此小酌几杯，你们请便。"说着手把酒盏，浅饮了一口。

史宽之应了声"是"，带着几个膏粱子弟回到了自己那一桌，只是再推杯换盏起来，不敢像刚才那样肆无忌惮。

第五章　牵机之毒　147

"刘公子,你还要问我什么吗?"韩絮将酒盏勾在指间,轻轻地摇晃,看着并未离开的刘克庄。

刘克庄应道:"我是想问,只是怕郡主不肯答。"

"有什么是我不肯答的?"韩絮微笑道,"你倒是说来听听。"

"那我就得罪了。"刘克庄道,"我听说郡主前些年也去过刘太丞家,那时刘太丞家的主人还是刘扁,他刚从太丞一职上退下来。刘扁不做太丞,是六年前的事。那一年可谓是多事之秋,不止有虫达叛投金国,恭淑皇后也染病崩逝了⋯⋯"

听到恭淑皇后染病崩逝,韩絮脸上的微笑顿时不见了,指间的酒盏也停止了摇晃。

"敢问郡主,恭淑皇后染病崩逝,和刘扁离任太丞,这两件事是哪个发生在前?"刘克庄问道。

韩絮几乎没怎么回想,应道:"恭淑皇后崩逝在前,刘扁离任在后。"

"刘扁是宫中太丞,圣上还曾御赐给他一座宅邸,可见他医术高明,甚得圣上信任,恭淑皇后染病之时,他既然还没离任,想必一定会参与诊治吧?"刘克庄道,"我是在想,是不是因为刘扁没医好恭淑皇后,这才去了职?"

韩絮道:"你说的不错,刘扁是没治好恭淑皇后的病,这才自领责罚,不再做太丞。"

"据我所知,恭淑皇后乃是郡主的亲姐姐,既然刘扁没能治好恭淑皇后的病,那为何郡主身体抱恙时,还要去刘太丞家找刘扁诊治呢?"

"恭淑皇后的病无人能治,此事怪不得刘扁。若非刘扁施针用药,恭淑皇后只怕早前几年便不在了。"

刘克庄点了点头,道:"原来如此。"正要继续发问,韩絮却道:"恭淑皇后的事,我实在不愿多提,你不必再问了。"她神色忧戚地起身,不再理会刘克庄,径自离开了中楼。

刘克庄也不强求,应了声"是",立在原地,恭送韩絮离开。

"宋大人,水来了。"

刘太丞家,医馆书房,许义遵照宋慈的吩咐,提来了一大桶清水。

宋慈站在书案前,拿出准备好的三块白手绢——那是来刘太丞家的路上,从街边店铺买来的——一并丢进了水桶里。三块手绢浸湿了水,很快沉至水桶底部。他挽起袖子,捞起其中一块手绢,拧干后,擦拭起了书案。他擦拭得很用力,尤其是刘鹊死后趴伏过的位置,来来回回反反复复地擦拭,直到将书案擦得明光可鉴。这时他停了下来,拿起手绢一看,原本纯白的手绢已染上了不少污秽。卧床边的桌子上摆放着三只碗,他走过去,将手绢放入其中一只碗里。

接下来,宋慈又从水桶里捞起第二块白手绢,同样是拧干后用力擦拭,只不过这一次擦拭的不再是书案,而是椅子。这张椅子摆放在书案前,刘鹊死时便是坐在这把椅子上。他同样擦拭得极为用力,扶手、靠背、椅面,每一处都反复擦拭了好几遍。这块白手绢同样染上了不少污秽,被他放入了第二只碗中。

还剩最后一块白手绢了。宋慈用同样的法子,用这块手绢擦拭起了地砖。地砖位于书案和椅子底下,那是刘鹊死后双脚踩踏过的地方。这一块白手绢沾染的污秽最多，被他放在了第三只碗里。

书房的门敞开着，刘太丞家的三个药童此刻都聚在门外围观。宋慈此次来刘太丞家查验现场，并未惊动其他人，也吩咐三个药童不用去把其他人叫来。三个药童不知宋慈在干什么，对宋慈的一举一动甚是好奇。

宋慈往三只碗里分别加入清水，没过了手绢。等手绢在碗中浸泡了一阵，他将三块手绢揉搓了几下再捞出，只见三只碗里的清水都变脏了不少。这时他取出三枚银针，分别放入三碗脏水之中，然后盖上手绢，封住碗口。他这么做，是为了查验书案、椅子和地砖上是否有毒。刘鹊是中砒霜而死，毒发时应该会吐血，或是呕吐，吐出来的污秽之物很可能会溅在附近。倘若书案、椅子和地砖上能验出毒来，那就证明刘鹊的确是死在书案前。倘若这些地方验不出毒，那刘鹊极有可能不是死在书案前，而是死在书房里的其他位置。刘鹊头晚见过白首乌后，影子便从窗户上消失了，此后再也没有出现过，这使得宋慈怀疑刘鹊很可能不是死在书案前。他需要查验清楚这一点，倘若真如他猜想的这样，那就要找出刘鹊毒发身亡时的真正位置，继而追查是否有遗漏的线索。

宋慈等了好一阵子，方才揭去手绢，将三只碗里的银针一一取出。果然如他所料，三枚银针的色泽没有任何变化。由此可见，刘鹊极大可能死在书房里的其他地方，死后才被人移尸至书案前。

有了这一发现，宋慈开始在书房里四处走动，仔细查找起来。他把书房里各处地方都查找了一遍，时而伸手触摸，时而凑近细闻，连犄角旮旯都没放过，却没有发现任何异常。直到最后，他的

150 宋慈洗冤笔记3

目光定住了，落在了书案的外侧。在那里，摆放着一个面盆架，与书案相隔了三四步的距离。他的目光落在面盆架的正中，那里有几道微不可察的刮痕。

宋慈伸出手指，轻轻地触摸这几道刮痕。刮痕比较新，应该是近几日留下的，但痕迹太细太浅，不像是硬物刮擦所致，倒像是指甲刮出来的。他暗想了一阵，忽然回头看向书房门外，示意许义将三个药童带进来。

三个药童来到了宋慈的身前。宋慈先看了一眼黄杨皮，道："上次在梅氏榻房，我们见过面的，还记得吗？"

黄杨皮应道："记得，梅氏榻房有个姓桑的哑女，小人随先生去给她爹看病，当时见过大人一面，没想到大人还记得小人。"

宋慈听黄杨皮称呼桑榆为姓桑的哑女，脸色不由得一沉。他指着面盆架，道："你以前伺候过刘鹊梳洗，这个面盆架，是一直摆放在这里吗？"

黄杨皮点头道："回大人的话，这个面盆架，一直是摆在这里的。"

"这些刮痕是什么时候有的？"宋慈指着面盆架上那几道细微刮痕。

黄杨皮上前瞧了几眼，摇了摇头："小人没留意过，不知道是什么时候有的。"

宋慈看向远志和当归，道："我听说昨天清晨发现刘鹊遇害时，你们二人都在场？"

远志和当归点了点头。

"当时是何情形？你们二人如实说来。"

远志不敢隐瞒，埋着头，将昨天早上发现刘鹊遇害的经过说了。

宋慈听罢，向远志道："你说昨天清晨，是你端来了洗脸水，那你有把洗脸水放在这个面盆架上吗？"

远志点了点头，应道："放了的。"

"你放下洗脸水时，可有看见这里的刮痕？"宋慈仍是指着面盆架正中那几道刮痕。

远志轻轻摇头，道："我当时只顾着瞧先生怎么了，没看过这面盆架，不知道有没有刮痕。"

"那你放洗脸水时，是平稳放在这面盆架上的吗？"宋慈又问。

远志应道："是平稳放上去的。"

宋慈微微皱眉，盯着面盆架上的刮痕瞧了一阵，忽然道："刘太丞家有卖砒霜吧？"

砒霜虽是剧毒之物，但也可以入药，有蚀疮去腐、劫痰截疟的功效，许多医馆都有售卖。黄杨皮应道："回大人，医馆里一直有卖砒霜。"

"医馆里的药材，多久清点一次？"

"每天都会清点。"黄杨皮答道，"这药材可是医馆的命根子，小人每天都会清点，以免有人私自多拿。"说这话时，有意无意地朝远志和当归斜了一眼。

"刘鹊死后，也就是昨天，你有清点过药材吗？"

"小人清点过。"

"那你昨天清点时，砒霜有没有少？"

黄杨皮答道："昨天傍晚医馆关门后，小人去药房清点药材，是发现砒霜少了一些。"

宋慈眉头微微一皱，道："是谁用过砒霜？"

黄杨皮摇头道："这小人就不知道了。昨天因为先生出事，医馆没对外看诊病人，没用过任何药材，小人本想着不用清点的，但还是去看了一眼，没想到砒霜却变少了，不知被谁拿走了一些。"

"医馆里每天清点药材，都是在傍晚关门后吗？"

"是的，傍晚时医馆关门，当天用了哪些药材，用了多少，都要清点清楚，方便后续补买药材。"

宋慈暗暗心想："那就是说，砒霜变少，是前天傍晚到昨天傍晚之间的事。刘鹊死于砒霜中毒，这些少了的砒霜，会不会是用于给刘鹊下毒？倘若真是这样，刘鹊死在前天夜里，那么凶手从药房取走砒霜，就发生在前天傍晚清点药材之后，到刘鹊死之前的那段时间。"想到这里，他问道："前天傍晚之后，到第二天天亮，有没有人去过药房？"

黄杨皮回想了一下，道："有的。"

"谁去过？"

"先生去过。"

"刘鹊？"宋慈微微一愣。

黄杨皮应道："前天傍晚清点完药材后，小人在大堂里分拣药材，先生当时去了一趟药房，然后便回书房著书去了。从那以后，再到第二天天亮，小人记得没人再去过药房了。后来再有人去药房，便是白大夫听大人的命令，去药房取通木的时候。"

"刘鹊傍晚时去药房，"宋慈看向远志和当归，"你们二人也看见了吗？"

第五章　牵机之毒　153

远志和当归回以点头，当时两人正在大堂里分拣药材，刘鹊去药房的那一幕，他们也瞧见了。

宋慈凝着眉头想了片刻，问黄杨皮道："你是刘鹊的贴身药童，想必经常跟在刘鹊的身边吧？"

黄杨皮应道："那是自然，做药童的，平日里都跟着各自的大夫，帮着整理器具，抓药煎药。远志跟着大大夫，当归跟着二大夫，小人则是跟着先生。"说到这里时，很是神气地瞧了远志和当归一眼，"平日里先生的起居都是小人在伺候，先生看诊时，小人便在旁搭手，备好所需的器具和药材，大多时候都是跟在先生身边的。"

"那刘鹊死前几日，"宋慈问道，"他言行举止可有什么异常？"

黄杨皮回想了一下，道："先生那几日照常看诊，没什么异常，只是前天夏虞候来过之后，先生再给病人看诊时，便时不时地叹一两声气。以前小人很少听见先生叹气的。那天结束看诊后，当时快吃晚饭了，先生去了一趟祖师堂，给祖师画像上了香，又关上门，独自在祖师堂里待了好一阵子才出来。以前先生只在逢年过节才去祖师堂祭拜，平日里可从没去过，再说过几日便是上元节，到时医馆里所有人都要去祭拜的。"

"夏虞候前天来医馆，是请刘鹊去给韩太师治病吧？"宋慈道。

黄杨皮应道："是的，夏虞候来请先生第二天一早去吴山南园，为韩太师诊治背疾。"

宋慈没再问刘鹊的事，暗自思虑了一阵，忽然道："你们三人都记得紫草吧？"

远志和当归有些诧异地点了点头，不明白宋慈为何会突然问起紫草。黄杨皮一听紫草的名字，眉头往中间挤了挤，蜡黄的脸上闪过一丝厌恶之色。

宋慈看向远志和当归，道："我听说你们二人与紫草是一同来到刘太丞家的，是吧？"

远志低头应道："我和当归原本流落街头，无家可归，是紫草领着我们二人来到刘太丞家的。"当归跟着点了一下头。

"紫草对你们二人应该很好吧？"

"紫草待我和当归，便如亲姐姐一般，她那时侍奉太丞，但凡得了什么好吃的好用的，自己不舍得吃、不舍得用，全都留给我们二人。若能早些认识她，我们二人也不至于流落街头那么多年，受那么多苦，遭那么多罪……"

"认识得不够早？"宋慈语气一奇，"你们二人以前不是与她一起相依为命吗？"

远志摇摇头，道："我打小没了父母，当归也是这样，我们二人流落街头时相识，相依为命了好些年，后来来刘太丞家的那一晚，才认识了紫草。"

宋慈想起白首乌讲过，六年前的一个大雨夜，紫草浑身被雨淋透，跪在刘太丞家的大门外，求医馆救治重病濒死的当归，他以为紫草与当归、远志原本就是在一起的，没想到是那晚才刚认识的。"你们二人是如何认识紫草的？"他道，"此事须仔细说来，不可遗漏分毫。"

远志朝当归看了看，道："我记得那晚下着很大的雨，当归额头发烫，身子没半点力气。我背着他，挨家挨户地敲门，四处寻人救助，找了好几家医馆，可人家一见我们二人是乞丐，不由分说便

第五章　牵机之毒　155

把我们二人轰走。那时我只有十二三岁，没经历过这种事，急得不知该怎么办，抱着当归在街边大哭。紫草当时从附近路过，听见哭声，寻了过来。她比我们二人稍大一些，浑身衣服有很多补丁，也是流落街头的乞儿。她摸了摸当归的额头，说当归很是危险，若不及时救治，只怕会没命，要我赶紧送医才行。我说送过医了，没哪家医馆肯救治。紫草说城北有家医馆，是刘太丞家，听说刘太丞经常对穷苦病人施药救济，分文不取，是个活菩萨，便让我背着当归，随她一起前往刘太丞家求医。她在前带路，我背着当归在后，冒着大雨赶到了刘太丞家。她跪在大雨里，不停地恳求，最终打动了刘太丞，刘太丞不仅救治了当归，还将我们三人收留了下来。"

宋慈问道："临安城里行乞之人不少，你们二人以前流落街头时，可有在众多行乞之人中见过紫草？"

远志摇摇头："我和当归在城里流浪了好些年，城里的乞丐大都是见过的，但是没见过紫草。"

宋慈若有所思，过了片刻，又问："以你们二人对紫草的了解，她会因为不愿嫁给祁老二而自尽吗？"

远志想了想，道："祁老二虽然年纪大，可为人本分老实，嫁给他，好歹是能过安稳日子的。我讨过饭，受过不少欺辱，能过上安稳日子，便是最大的愿望。可这只是我的想法。紫草生得那么美，让她嫁给祁老二，实在是委屈了她。可那是先生的意思，紫草也没法子。她定是百般不愿，才会选择自尽的吧。"

"紫草待你们二人那么好，她死之后，你们二人应该很伤心吧？"

"我一直将紫草当作亲姐姐看待，当归也是如此，他的性命还是紫草救回来的，紫草死了，我们二人自然伤心。那时祁老二将紫草运去泥溪村安葬，我们二人一路哭着送葬，亲手挖土填土，安葬了紫草。紫草死后，逢上一些节日，我们二人谁得了空，便去她的坟前祭拜。只可惜她去得早，我们二人再也报答不了她的恩情……"

"你们三人身为药童，想必医馆里的各种药，你们都是见过的吧？"宋慈忽然话题一转。

远志和当归点了点头。黄杨皮道："但凡是医馆里有的药，小人都是见过的。"

"那你们知道牵机药吗？"

"牵机药？"黄杨皮摆了摆头，"小人还没听说过。"远志和当归都是一愣，不知道牵机药是什么东西。

"牵机药是一种剧毒，凡中此毒之人，会头足相就，状若牵机而死。以前刘鹊的女儿便是吃了这种药，死在了这间书房之中，你们不知道吗？"

黄杨皮道："先生是死过一个女儿，这事小人听说过，小人只知道是误食了毒药，却不知是误食了什么毒药。"

黄杨皮说话之时，一旁的当归眉头微微一颤。

宋慈注意到了，立刻向当归问道："你是不是想到了什么？"

当归愣了一下，摇了摇头。

一旁的许义看出了当归的不对劲，喝道："事关人命案子，在宋大人面前，你休得隐瞒！"

宋慈朝许义看了一眼，轻轻摇头，示意许义不必如此。

但许义这一喝似乎起到了作用，当归开口了："大人说的头足相就，状若牵机，我见过……"

"你在哪里见过？"宋慈问道。

"在后院。"当归答道，"以前后院养过一只小狗，只养了一两个月便死了。那只小狗死的时候我瞧见了，正是大人刚才说的那样。我还瞧见……"

当归欲言又止，宋慈问道："你还瞧见了什么？"

"那只小狗死时，我还瞧见二大夫守在旁边。"当归道，"二大夫拿衣服裹了那只小狗，在墙角挖坑埋了，还搬去一个花盆，压在了上面。"

"这是什么时候的事？"

"有一年多了。"

远志瞧着当归，道："你说的是前年大黄差点死了，石管家弄来准备替换大黄的那只小花狗？"

当归点了一下头。

"那只狗埋在何处？"宋慈道，"带我去看看。"

当归应了，领着宋慈出了医馆后门，穿过家宅，去往后院。

就在穿过家宅正堂时，宋慈注意到东侧有一间单独的小屋子，屋子门楣上题有"祖师堂"三字。宋慈立马停下脚步，转头走向祖师堂。他想进祖师堂看看。祖师堂的门关着，但没有上锁，他一推即开，走了进去。

祖师堂内不大，甚至说得上逼仄，里面摆放着一方红布垂遮的供桌，供桌上立着一只香炉，香炉里插着三根烧过的香头。在香炉的背后，是一尊立着的牌位，上书"先师知宫皇甫先生之灵位"。

在牌位后面的墙壁上挂着一幅画像，画中是个瘦骨嶙峋的道士，题字为"丹经万卷，不如守一，皇甫坦自题"，乃是皇甫坦的自画像。在画像的上方，悬有一块金匾，上有"麻衣妙手"四个金字，已沾染了不少灰尘，是当年高宗皇帝御赐的金匾。除此之外，整个祖师堂内空空荡荡，再不见其他东西。

宋慈在祖师堂里来回走了几遍，没发现什么异常，于是退了出来，道："走吧，去后院。"

当归继续领路，宋慈跟在后面，一起去往后院的还有许义、远志和黄杨皮。

刚一来到后院，一阵犬吠声立刻响起，拴在后院左侧的小黑狗见了生人，冲着宋慈和许义一个劲地狂吠。这只小黑狗是远志养的，远志赶紧上前，伸出左手抚摸小黑狗的头，脸上带着笑，嘴里发出"嘘"声。小黑狗很听远志的话，立刻止住了狂吠，一个劲地摆动尾巴。拴在另一侧的大黄狗没有吠叫，流着涎水，在原地没头没脑地转着圈。

这一阵犬吠声太过响亮，管家石胆被吸引了过来，随同赶来的还有家宅里的几个奴仆和高良姜。

"埋在哪里？"宋慈问当归道。

当归走向后院的西北角，向墙角摆放的花盆一指。

宋慈道："石管家，你来得正好，烦请你取把锄头来。"

石胆不知宋慈要干什么。他身边跟着几个奴仆，却不加以使唤，反而冲远志道："远志，没听见大人说的吗？快去找把锄头来。"远志不敢违拗，埋着头去了，不多时返回，左手握着一把锄头，交给了宋慈。

第五章 牵机之毒　159

宋慈吩咐许义移开花盆，又把锄头交给许义，让许义挖起了墙角下的泥土。

高良姜是听见狗叫声才赶来的，奇道："这是在挖什么呢？"

黄杨皮应道："回大大夫的话，这是在挖死掉的狗。"

"挖什么？"高良姜很是诧异，"狗？"

黄杨皮将羌独活埋狗一事说了。高良姜道："你说的是那只小花狗？它不是绳子没拴紧，自己跑掉了吗？"

黄杨皮道："当归说他亲眼瞧见，二大夫把狗埋在了这里。"

正当这时，许义的声音忽然响起："宋大人，挖到了！"他没挖几下，泥土里便露出了衣物。他将衣物周围的泥土小心翼翼地刨开，一团裹在一起的衣物出现在眼前。

宋慈示意许义停下。他没有将这团衣物直接取出，生怕稍微一动，便会破坏衣物里尸骨的形状。他蹲了下来，将裹成一团的衣物慢慢地展开，一具白惨惨的尸骨出现了。

这具尸骨如当归所言，尺寸不大，看形状是一只小狗。尸骨头仰腿翘，反弯成了弓状，骨色惨白之中透着乌黑，像是中毒而死的样子。

眼前的这一幕，令宋慈一下子想起了刘扁的尸骨。虽说人与狗差异太大，本不该拿来进行比较，但这只小狗的尸骨，的确与刘扁的尸骨存在不少相似之处——既骨色发黑，又状若牵机。"羌大夫在哪里？"宋慈问道，"怎的一直不见他人？"

黄杨皮应道："小人今天还没见过二大夫呢。"

"羌大夫住在何处？"宋慈又问。

黄杨皮朝旁边一指，道："二大夫就住在那间屋子。"

宋慈顺其所指望去，只见那屋子紧挨着后院，门窗紧闭，后院里这么大动静，却一直没人出来，问道："羌大夫是外出了吗？"

黄杨皮应道："二大夫不常露面，小人一向跟着先生，不清楚二大夫的行踪。当归，你不是二大夫的药童吗？他去了哪里，你倒是说说。"说着斜眼瞧着当归。

当归摇头道："我也不知道。"

高良姜忽然道："羌师弟每次外出，都会把门锁上。"他注意到羌独活的屋子虽然门窗皆闭，但并未上锁，"师父出事后这两天，医馆里没接诊病人，他能外出去哪里？"说着走向那间屋子，用力地拍打房门，大声叫道："羌师弟，我知道你在里面。宋大人有事找你，你还不赶紧开门！"

就这么重重地拍打了一阵，忽然传出门闩被拔掉的声音，紧接着"吱呀"一响，房门一下子被拉开了，羌独活出现在了门内。

宋慈微微有些诧异。羌独活的住处紧挨着后院，后院里又是狗叫，又是人声，这么大的响动，把身在更远处的石胆和高良姜都吸引了过来，羌独活离得这么近，竟一直闭门不出。

"羌师弟，大白天把自己关在屋子里，不敢出来见人，莫不是做了什么亏心事？"高良姜的目光越过羌独活，朝屋子里瞧了一眼。

羌独活斜了高良姜一眼，从屋子里走了出来，不忘将房门关上，向宋慈道："大人找我何事？"

"羌大夫，这是你埋的吗？"宋慈朝墙角挖出来的小狗尸骨一指。

羌独活瞧了一眼，道："是我埋的。"

第五章 牵机之毒　　161

"这只狗是怎么死的？"

"我不知道。"羌独活道，"我看见它死了，便把它埋了。"

"羌师弟，"高良姜忽然冷言冷语地道，"我看这只狗是被你药死的吧。"

羌独活转过头去，盯着高良姜。

"盯着我做什么？要想人不知，除非己莫为。"高良姜有意提高了声音，"宋大人有所不知，我这位师弟，入门比我晚上一年半载。他虽说有学医的天分，却没用在医术上，反而迷上了毒药。那时他瞒着师父，私自养了一堆家禽，给那些家禽偷偷地试用各种毒药，药死了一大批。这事被我发现了，禀告了师父，师父将他狠狠骂了一顿，他才有所收敛，没再那么做。"又朝那只小狗的尸骨看了一眼，"这只狗骨色发黑，我看八成是中毒而死，只怕是羌师弟死性不改，又偷偷试用起了毒药，让他给药死的吧。若非如此，他埋了这只狗，为何不敢公开说出来？我们还当这只狗是挣脱了系绳，自己跑掉了。"

羌独活哼了一声，没有应声。

"你不吭声，看来是让我说准了。"高良姜冷眼瞧着羌独活，"你以前经常把自己关在屋子里，偷偷摸摸地摆弄毒药，刚才你鬼鬼祟祟地躲在屋子里不出来，我看又是在摆弄毒药了吧。我这便进你屋子瞧一瞧，是与不是，一搜便知。"话音一落，一把推开房门，抢先进了羌独活的屋子。

羌独活脸色一变，叫道："你出来！"就追了进去。

宋慈和其他人紧跟着进入屋内，只见高良姜从床底下拖出一口箱子，一把掀了开来，羌独活想要上前阻止，却慢了一步。箱子里满是各种瓶瓶罐罐，五颜六色，大小不一。

"啊哈！"高良姜的声音很是得意，"你以前总是把各种毒药塞在箱子里，藏在床底下，这么多年过去了，你还是这样，真是一点长进也没有！"

羌独活脸色阴沉，一把推开高良姜，要关上箱子。

宋慈道一声："许大哥。"

许义会意，立刻上前，捕刀往箱子上一横，瞪眼盯着羌独活。羌独活已经把手伸到了箱盖上，却不得不缩回了手。

高良姜被羌独活一推，摔倒在了地上。但他并不生气，爬起身来，拍了拍身上的尘土，道："羌师弟，恼羞成怒了吧？我还以为当年师父骂你一顿，你会痛改前非，想不到还是恶习不改。你说，师父是不是被你毒死的？"

"我没有。"羌独活怒道。

"《太丞验方》也是被你偷走的吧？"高良姜将手一伸，"赶紧交出来！"

"我没有害过师父，"羌独活阴着脸道，"更没有拿过师父的医书！"

高良姜还要咄咄相逼，宋慈却把手一摆，道："羌大夫，这箱子里装的，可是毒药？"

羌独活低头看着那箱子里的瓶瓶罐罐，迟疑了一下，点了一下头。

"这么说，刚才挖出来的那只狗，真是被你毒死的？"宋慈道。

这一下羌独活没再迟疑，也没加以否认，道："是我药死的。"

"刚才问你时，你为何不说？"

第五章 牵机之毒 163

"我……我怕大人怀疑我给师父下毒。"

"毒分明就是你下的,还用得着怀疑?"高良姜冷冷地插了一嘴,立刻引来羌独活的怒目瞪视。

"那只狗是你用什么药毒死的?"宋慈问道,"又为何要毒死它?"

羌独活应道:"我拿它试用牵机药的药性,下药时用多了量,它便死了。"

"你有牵机药?"宋慈语气一奇,"我听说牵机药民间很少见,通常只在皇宫大内才有,你是从何得来的?"

羌独活没说话。

"到底从何处得来的?"宋慈又问一遍,加重了语气。

羌独活朝屋内众人看了看,尤其朝高良姜多看了几眼,道:"此事我只能说与大人一人知道。"

宋慈手一挥,道:"许大哥,带所有人出去。"

许义挨近道:"宋大人,此人举止怪异,只怕不怀好意。"

"无妨,"宋慈却道,"你只管照我说的做。"

许义点头领命,招呼石胆和三个药童退出屋外。高良姜不大情愿,但在许义的催促下,还是退出了屋子。

宋慈关上房门,又拉上了门闩,回头道:"现在可以说了吧。"

羌独活微微低着头,道:"不瞒大人,牵机药是……是我偷来的。"

"从何处偷来的?"宋慈道,"你仔细说来。"

羌独活说道:"那是一年多前,有一回太师府来人,说韩太师病了,请师父去看诊,师父当时走得太急,忘了带药箱。我担心师父要用到药箱，想着给师父送去。我拿药箱时，怕里面的器具和药物不够，便清点了一下。师父的药箱有一处暗格，我很早便知道，那暗格一直是空的，可当天我清点药物时，却发现暗格里藏了一个小药瓶。我知道师父藏起来的药，必不是寻常药物，便……便偷偷倒出来一些，私藏了起来。我正打算把药箱给师父送去，黄杨皮却赶了回来，原来他跟着师父出门后不久，便发现忘了带药箱，赶回来将药箱取走了。"

"你私藏的药，便是牵机药吗？"宋慈道。

羌独活点头道："我私下里暗暗琢磨那药，发现那药以马钱子为主，多半是毒药，我便拿后院里刚养的小花狗一试，没想到一下子便给毒死了，死时身子反弯，状若牵机，我这才知道那是牵机药。我早前听说过牵机药，那是罕见的剧毒，听说吃过之人会毒入脑髓，以致毒发时身子反弓，状若牵机。听说师父有过一个女儿，便是误食了牵机药被毒死的，那时我还没有拜入师门。我对牵机药甚是好奇，暗自琢磨了好几个月，总算弄清楚了它的配方，便私自配制了一些。"

"你配制牵机药来做什么？"

"大人有所不知，这世上许多毒物，其实都可入药。"羌独活朝箱子里的几个瓶瓶罐罐指了几下，"这是砒霜，这是雄黄，这是蜈蚣和蟾蜍，这是千金子和天南星，都是些有毒之物，却也都有各自的药用。我自入师父门下学医，对此尤是好奇，这才养了一些家禽，试用各种毒药。我想弄清楚各种毒物的药用之法，用多少能治病，用多少会伤身，用多少会致死，将来写就一部毒物药用的医书，或可留名百世。牵机药虽是剧毒，其实使用得当，亦可药用。

第五章　牵机之毒

我去年配制出此药，发现此药若是外用，能消肿散结，通络止痛。我又拿大黄试用内服，发现极少量地服用，不会有任何事，稍稍多加一些用量，会致使头目不清，出现疯癫之状，再加大用量才会致死。可这些毒药，我都只在家畜身上试用，从没对人用过。师父中毒而死，真不是我下的毒。"

宋慈听罢，道："后院里那只大黄狗，我看它总是自己转圈，是你给它试用了牵机药，它才变成这样的吗？"

"我多次给大黄用过牵机药，每次都把控好用量，它没被毒死，但变得头目不清，有些疯疯癫癫。"

"你还有牵机药吗？"

"还有。"羌独活从箱子里拿起一个黑色药瓶。

宋慈伸手接过，瞧了一眼，道："这便是牵机药？"

羌独活点了点头。

宋慈从怀中摸出随身携带的皮手套和银针。他将皮手套戴上，拔掉药瓶的塞口，小心翼翼地倾斜瓶嘴，倒了一滴黑色的药液在手套上。他凑近闻了一下，这牵机药并没有什么特殊气味。他又将这一滴牵机药均匀地涂抹在银针上，片刻后擦去，却见银针色泽如故，丝毫没有变色。他暗暗心道："《诸病源候论》有载，银器可验金药、菌药、蓝药、不强药和焦铜药，砒霜乃是金药，银器接触便会变黑，可牵机药以马钱子为主，并不归属于这五类毒，是以银器并不会变色。刘扁的尸骨反弯似弓，状若牵机，骨色又明显发黑，用银器查验不变色，由此可见，他应是死于牵机药中毒。羌独活是从刘鹊的药箱里偷来的牵机药，这么说，牵机药不只做过太丞的刘扁有，刘鹊也有。"想到这里，他问道："你说偷牵机药是一年多前的事，当时刘扁还在世吗？"

"师伯还在。"羌独活应道，"我记得当时临近中秋，是师伯出事的前几天。"

宋慈听了这话，眉头一凝，陷入沉思。

"我有一事，"羌独活忽然压低声音道，"想告知大人。"

"什么事？"宋慈回过神来。

屋内除了宋慈再无他人，可羌独活还是忍不住看了看周围，确定是真的没有其他人在场，这才道："高良姜背着师父，与二夫人私通。"

"有这等事？"宋慈眉头微皱。

"以前师父外出看诊时，高良姜曾偷偷溜进侧室，那是二夫人的住处，好长时间他才鬼鬼祟祟地出来，而且不止一次两次。私下里没人注意时，他与二夫人还偷偷地眉来眼去，这些都是我亲眼所见。"羌独活被高良姜揭破了隐私，他也要抖出高良姜的秘密，如此以牙还牙，方能泄心头之恨，"此事关乎师父声誉，我本不该说出来。可如今师父死了，我怀疑是高良姜所为，是他毒害了师父，还望大人能为师父讨回公道。"

宋慈没有说话，只是若有所思地点了点头。

后院中，高良姜等了好长时间，终于等到房门拉开。他见宋慈出现在门口，忙迎上去道："宋大人，羌师弟都交代了吧？"

宋慈应道："都交代了。"

"当真是他害了师父？不知那《太丞验方》……"

高良姜的话还没说完，却听宋慈道："羌大夫，带路吧。"

羌独活应了声"是",从屋子里出来,冷冷地瞧了高良姜一眼,领着宋慈走出了后院。

高良姜不知羌独活要带宋慈去哪儿,赶紧跟了上去,最后发现竟是去往家宅的西侧,来到了莺桃所住的侧室,他脸色不由得微微发紧。许义、石胆和三个药童也都跟了过来。许义见宋慈要上前叩门,抢上几步道:"宋大人,让小的来。"说着,上前拍打侧室的房门。

侧室之内,刘决明端坐桌前,正一笔一画地练字。莺桃身着艳服,坐在墙角的梳妆台前,正对着铜镜擦脂涂粉。拍门声突然响起,莺桃吓了一跳,忙起身去到房门处,透过门缝朝外面一瞧,见敲门的是官差,她有些慌神,嘴里说着"来了",手上飞快地脱掉艳服,露出里面的素服,又将脸上刚涂抹的脂粉擦掉,再把胭脂水粉一股脑儿地收进抽屉里。她用指尖蘸水打湿了眼角,还不忘把头发拨乱,这才拔掉门闩,拉开了房门。她微低着头,怯生生地道:"差大人有事吗?"

"宋大人前来查案。"许义将身子一让。

宋慈走上前去,目光上下游移,朝莺桃打量了一番。他见莺桃神色黯然,眼角似有泪痕,像是刚哭过一场,可他看向莺桃的手时,却见其指尖上残留着些许脂粉。莺桃似乎察觉到了宋慈的目光,忙将手指捏了起来。

"可否入内一坐?"宋慈这话一问出口,不等莺桃应答,当即跨过门槛,走进了侧室。

高良姜向莺桃望去,莺桃也抬眼向他望来,两人眼神一对,莺桃眉眼间似有急色,高良姜忙走上两步,想跟着走进侧室,许义却抬手一拦："宋大人查案，没他的吩咐，旁人不得打扰。"高良姜只好止步。莺桃柳眉微蹙，转回身去，跟着宋慈走进了侧室。

侧室之内，刘决明听见脚步声，回头看着宋慈。宋慈先朝侧室里的布置打量了几眼，虽说室内不大，但各种漆木家具摆放得满满当当，处处透着华贵之气。他的目光落到刘决明身上，见刘决明在桌前坐得端端正正，小小的手握着长长的毛笔，纸上墨迹歪歪扭扭，已写下了好几行墨字。他微笑着摸了摸刘决明的头，道："你是叫刘决明吧，今年几岁了？"

"我今年五岁了。"刘决明小小的脑袋一点，声音明脆。

宋慈脸上的微笑顿时一僵。五岁之于他而言，实在是一个太过特殊的年龄。他回头道："莺桃夫人，能让小公子先出去吗？"

莺桃招呼道："明儿，别练字了，去外面玩会儿。"见刘决明将纸笔收拾整齐，起身往外走去，又叮嘱道，"就在屋外玩，别跑远了，千万别去正屋。"正屋是居白英的住处，每次刘决明外出玩耍，她都不忘这般叮嘱。

刘决明出去后，宋慈示意许义将侧室的门关上。他让莺桃在凳子上坐了，问起莺桃是如何来到刘太丞家的。

"说出来不怕大人笑话，我原是勾栏里唱曲儿的，是刘老爷相中了我，花钱为我赎身，又纳我过门，给了我名分。我为老爷生下了明儿，原以为从此能过上安稳日子，可这才几年，不想他竟遭人所害……"莺桃说着说着，声音哽咽了起来，举起手帕，轻拭眼角，"大人，老爷死得冤啊，你要为他做主啊！"

"你来刘太丞家已有好几年，家中的人你应该都有所了解。"宋慈不为所动，语气如常，"在你看来，羌大夫和白大夫为人如何？"

"我一个妇道人家，大门不出二门不迈的，平时老爷也不让我插手医馆的事，二位大夫我少有见到，对他们实在不大了解，只知道羌大夫不爱说话，经常独来独往，白大夫脾气比较温和，成天外出给病人看诊。"

"那高大夫呢？"宋慈道，"你应该对他了解甚多吧。"

莺桃柳眉微微一颤，见宋慈的目光一直在自己脸上打转，忙稍稍低头，道："我对大大夫也不大了解，只知道他替老爷打理医馆，品性还算端直，对家里人照顾也多。"

宋慈话题一转，道："刘鹊身为家中独子，想必刘鹊对他很好吧？"

莺桃点头道："老爷对明儿一贯很好，医馆里事情繁多，可他再忙再累，每天总会抽出空子，来我这里陪明儿玩耍。明儿想要什么，无论多稀罕的东西，他总能想法子弄来。他对明儿就是太好了，含嘴里怕化了，捏手里怕碎了，有时我真怕他把明儿给宠坏了。"

"刘鹊遇害那天，他也来过你这里陪刘决明玩耍吗？"

"来过。"莺桃一边回想，一边应道，"那天晚饭过后，天瞧着快黑了，老爷来我这里，倒没陪明儿玩耍，而是教明儿识字写字。他还说等明儿再大些，就可以教明儿学医了，将来把一身医术都传给明儿。谁能想到，他刚说完这话，转过天来，他竟……"说到这里，说不下去了，又擦拭起了眼角。

"这么说，刘鹊有意将《太丞验方》传给刘决明？"

"老爷是怎样的打算，我不清楚，只是听老爷的口气，似乎是有此意。"

宋慈想了想，问道："那天刘鹊来你这里时，可有什么反常之处？"

莺桃柳眉一蹙，道："大人这么一说，倒提醒了我，老爷那天来时，还真有些反常。老爷对明儿一向疼爱，可那天他教明儿识字写字时，却尤为严格。他要明儿把他教的字都认好了、写对了，若是认错写错，便要让明儿重认重写，写不对还要打手，直到丝毫不出错为止，把明儿都给折腾哭了。他以前从没对明儿这么严厉过，我还是头一次见他这样。可他离开时，又对明儿很是怜惜，不断摸着明儿的头，很是舍不得的样子，又再三叮嘱我，要我把明儿照顾好，就像……就像他以后再也见不到明儿了。"

宋慈略微一想，问道："刘鹊教刘决明识字写字有多久了？"

莺桃应道："那天还是头一次，以前老爷没教过。"

宋慈听了这话，忽然想到了什么，当即把刘决明收拾整齐的纸翻找了出来，朝纸上歪歪扭扭的字迹看去。刘鹊既然只教过刘决明一次，那刘决明写在纸上的，自然是刘鹊遇害那天所教的字。初学识字，通常会教一些简单易认的字，可刘决明写在纸上的字并非如此。"祖师麻，味辛，性温，小毒"，这九个字被刘决明写了好几遍，一列列地排布在纸上。祖师麻是一味药材，别名黄杨皮，可治风湿痹痛、四肢麻木和跌打损伤，刘鹊教刘决明写的字，乃是这味药材的性味。祖师麻并非什么稀罕的药材，在任何一家药房都能买到，也并非什么灵丹妙药，所治的病症甚为普通。可宋慈一见这九个字，顿时眉目一展。他不再向莺桃提问，而是拉开房门，走出了侧室。在朝黄杨皮看了一眼后，他快步朝正堂方向走去。

第五章 牵机之毒　　171

许义急忙跟上宋慈,羌独活、石胆、黄杨皮、远志和当归等人觉着好奇,也跟着去了。高良姜故意落在最后面,等所有人都走了,才挨近莺桃,低声问宋慈是不是在查问他们二人之间的事。莺桃说没有。高良姜松了口气,但又好奇宋慈为何突然走得这么急,忙追赶宋慈去了。莺桃瞧着高良姜急慌慌离开的样子,跺脚道:"你个没良心的东西,就只关心自己有没有事,也不知道关心关心我,说走就走!"说罢柳眉一蹙,哼了一声,招呼刘决明回屋去了。

宋慈一路来到正堂,去到正堂东侧的祖师堂前。他又一次进入祖师堂,但这一次与之前不同,他吩咐许义留守门外,不许任何人进入。然后关上了祖师堂的门,独自一人在堂内待了好一阵子,方才开门出来。

这一幕看得黄杨皮莫名其妙。他想起刘鹊在遇害的那天,吃晚饭之前,也曾独自进入祖师堂祭拜,并关起门在里面待了好一阵才出来。他挠了挠头,实在想不明白宋慈为何也突然这样。至于其他人,自然更加想不明白。

从祖师堂出来时,宋慈怀里微鼓,像是揣着什么东西。他一言不发,带着许义离开了刘太丞家,只留下高良姜等人面面相觑,莫名其妙地立在原地。

从刘太丞家出来,宋慈向许义交代了一些事,两人就在街上分开了。宋慈向太学而回,许义则独自一人回了提刑司。

此时已是下午,提刑司的差役都外出忙活去了,役房里空无一人。许义回到役房,卸下捕刀,脱去差服,改换了一身常服,又戴上了一顶帽子，走侧门出了提刑司。他将帽子压低，深埋着头，专拣人少的僻静巷子快步而行，一路穿城向南，过朝天门，最终来到了吴山南园。他寻门丁通传，很快夏震来了，领他进入南园，去到堆锦堂中。两人在堆锦堂里待了许久，许义方才离开，夏震则去往归耕之庄，向正在独自弈棋的韩侂胄禀报。

听罢夏震的话，韩侂胄微微点头，道："元钦外放时，说这个许义深得宋慈信任，能监视宋慈的一举一动，倒还真有些用处。"原来许义此番赶来南园，是为了禀报今日宋慈查案时的所言所行，夏震听完许义所言，再来向韩侂胄如实回禀。

"这个乔行简，昨晚才来这里见了我，今日竟敢允许宋慈两案并查。"韩侂胄拈着一枚黑子，对着参差错落的织锦棋盘凝视许久，慢慢落下了一子，"暗中追查虫达的下落，还查到了牵机药上，这个宋慈，我此前倒有些小瞧了他，看来是不能不管了。他既然要飞蛾扑火，那便成全了他。"说完眼皮一翻，看向侍立在旁的夏震，"知道该怎么做了吧？"

"属下明白。"夏震拱手领命，退出了归耕之庄。

宋慈回到太学习是斋时，刘克庄已在斋舍里了。他原以为刘克庄愤怨难平，定会找家酒楼喝得酩酊大醉，没想到刘克庄早已回到了斋舍，且没有丝毫大醉之态，倒是有些出乎他的意料。

"你可算回来了。"刘克庄正在斋舍里来回踱步，一见宋慈，忙将宋慈拉到一边，将今早他在丰乐楼遇到史宽之和韩絮的事说了。

宋慈听罢，对韩絮所说的刘扁是因为没能治好韩皇后才离任太丞一事，倒是没有多想，反而是史宽之说过的话，令他颇为深思。

第五章　牵机之毒　　173

史宽之提及刘扁的案子，却不是为了打听查案的进展，尤其是史宽之的那句"我与刘扁之死毫无瓜葛，与之相关的另有其人，此人可以说是大有来头"，似乎意在提醒刘扁的案子牵涉到某个非比寻常的大人物。这令他不由得想起，乔行简今早命他两案并查时，曾变相提醒过他，追查此案很可能会遇到极大的阻力。

"你今日追查一番，查得怎样？"刘克庄问道。

宋慈将乔行简命令他两案并查的事说了，又说了今日在提刑司和刘太丞家的查案经过，道："刘扁和刘鹊这两起案子，单论案情而言，其实并不复杂，乔大人命我三天之内破案，足够了。只是我总觉得这两案互有关联，背后似乎牵连甚广，便如岳祠一案，尽管能查出凶手，但要彻底查清案子背后的牵连，恐怕不是三两天的事。"顿了一下又道，"我打算明早走一趟泥溪村。"

"泥溪村离得可不近，你想找祁老二问话，我直接找人去叫他来就行，用不着专程跑一趟。"

宋慈却道："去泥溪村的事，我已告知了许义，让他提前备好检尸格目。明早我与许义先行一步，你记得去找葛阿大他们，让他们备好器具，到泥溪村与我会合。"

既要许义备好检尸格目，又要葛阿大等劳力备好器具，刘克庄不由得奇道："你这是要做什么？"忽然想到紫草被祁老二带回去安葬，多半便是安葬在泥溪村，"难不成你又要开棺验骨？"

"不错，我想查验紫草的尸骨。"

"紫草的死，当真与刘太丞的案子有关？"

"只要查清紫草的死，"宋慈微微点头，"刘太丞一案的凶手是谁，我想便能知晓了。"

第六章

起坟开棺

出临安城北，余杭门外，是北接长江、南通钱塘的浙西运河，这是一条通衢大河，绕城而过，水波粼粼，舟行上下，风帆徐徐。在浙西运河北岸，有一条支流唤作上塘河，逆河北行六七里地，再转入一条小溪。沿溪边行进一二里地，便到了泥溪村。

正月十四一大早，宋慈和许义来到泥溪村时，这座自然淡雅的小村子正被笼罩在一片白茫茫的浓雾之中。跨过潺潺溪水上的青石拱桥，两人走进了村子。雾气中偶有人影出现，那是挑着担早起赶集的村民。两人向村民一打听，得知祁老二的屋子位于村子最北端的一片山坡下，屋子背后是一片竹林。两人依言寻去，很快找到了祁老二的住处。

一阵霍霍声刺透了浓雾，祁老二正坐在门前磨着柴刀。那柴刀已经磨得锃亮，他用指尖拨了拨刀口，仍觉得不够锋利，便继续在磨刀石上来回打磨。板车和箩筐都已备好,再过上一会儿,他便要去皋亭山里砍柴烧炭了。宋慈和许义若是晚来片刻,只怕要多跑十几里地,去到皋亭山中,才能见到祁老二了。

雾气实在太浓,直到宋慈和许义来到面前,祁老二才看清了二人。他忙将柴刀放在一旁,在裤腿上擦了几把手,起身道:"二位大人,你们怎么来了?快请屋里坐。"

宋慈没有进屋,向祁老二表明了开棺验骨的来意,问道:"不知紫草葬在何处?"

"大人要……开棺验骨?"祁老二很是惊讶。

宋慈点头道:"不错,还请带路。"

祁老二不敢违拗,领着宋慈和许义绕过屋子,来到屋后的山坡上,这里生长着不少竹子,是一片不大不小的竹林。竹林里浓雾弥漫,放眼望去,四周全是白茫茫的一片,十几步开外便什么也看不见了。祁老二对这片竹林甚是熟悉,闭着眼也不会走错。他带着宋慈和许义走进竹林,很快来到一片竹丛环绕的空地上,这里立着一座土堆,土堆前竖着一块墓碑,碑上刻着四个字——紫草之墓。

宋慈向其看去,虽只是一座小土堆,但清理得很是干净,坟墓上几乎见不到一片枯落的竹叶,墓碑前还插了不少烧过的香烛,此外还有一个铁盆,里面满是纸钱灰烬。他眉头微凝,问祁老二道:"除了你,还有人来祭拜紫草姑娘吗?"坟前烧过的香烛很多,无论怎么看,都不像只有一个人来祭拜过的样子。

祁老二应道:"刘太丞家有两个药童,叫远志和当归,过年时曾来祭拜过紫草姑娘。这两个药童年纪不大,却都是好娃娃,来的时候,还给小人提了几斤肉来。他们二人与紫草姑娘一向交好,当年紫草姑娘死后,他们二人一路送葬,还帮着小人安葬了紫草姑娘。下葬前,他们二人默默给紫草姑娘整理仪容,突然趴在棺材上大哭起来,哭了好久,才很是不舍地埋葬了紫草姑娘。"想起当年安葬紫草时的场景,他忍不住叹了口气。

远志曾说过送葬的事,也说过每逢节日,他与当归只要一有空闲,便会来祭拜紫草。祁老二的话,倒是与远志所述对应上了。但宋慈仍然凝着眉头,朝坟墓看了看,又抬头环顾所处的这片竹林。竹林里一片静谧,不时有干枯的竹叶飘下,落地无声。

"大人,"祁老二打破了这份静谧,"紫草姑娘去世已久,不知为何……为何要突然开棺验骨?"去世之人讲究入土为安,他实在不愿九泉之下的紫草再受惊扰。

宋慈应道:"紫草之死存疑,她究竟是不是自尽,还需开过棺验过骨,方才知晓。"

祁老二着实吃了一惊,道:"不……不是自尽?"

宋慈点了点头,没再说话。确定了紫草坟墓的位置,他便开始静心地等待。

"宋大人,"许义小声道,"你这是在等刘公子吗?"

宋慈点了一下头。

许义朝四周看了看,道:"这地方雾气太大,实在不大好找,刘公子到了泥溪村,未必能找到这里来。不如……不如小的去村口等着刘公子?"

宋慈点头应允,许义当即快步去了。

祁老二朝四周弥漫的雾气看了看,道:"大人,这竹林里寒气重,要不回屋里等吧?"

第六章 起坟开棺 177

宋慈摇摇头："无妨。"

"那小人回屋里沏些山茶来，给大人暖暖身子。"

"不必麻烦了。"

"不麻烦，不麻烦！"说完，祁老二快步去了。

转眼间，静谧无声的竹林里，只剩下了宋慈一人。这样的独处，没让宋慈觉得不舒服，反倒让他生出了安闲自得之感。他来临安求学已近一年，太学里学子济济，临安城里熙熙攘攘，平日里出城也是去西湖，那里常常是游人如织，他难得来到这远离市井的山野之地。这片幽谧的竹林，令他很快静下了心来。竹林间散落着一些石头，他寻了一块还算平整的石头坐下，凝起神思，思索起来，不单单是刘太丞家的案子，还有虫达的下落，以及十五年前锦绣客舍的那桩旧案。

但这样的凝思没能持续太久，竹林外很快响起了脚步声。今早宋慈离开太学时，刘克庄赶去城南寻找葛阿大等劳力，刘克庄办事一向干净利落，想必用不了多久便能赶来泥溪村会合。竹林外的脚步声听起来不止一人，应该是许义等到了刘克庄和众劳力，将他们带到了这里。

但宋慈很快凝起了眉头，只因这脚步声窸窸窣窣的，并未进入竹林，而是四散分开，仿佛将这片竹林包围了起来，随之而来的便是死一般的沉寂。

"许大哥？"宋慈试着一问。

四下里没有回应。

"是谁？"宋慈又是一问。

这一下有了回应，是祁老二的声音："宋大人，是小人。这山茶是小人种的,吃起来有些涩口,你是金贵之人,可别嫌弃……"

伴随着这阵说话声,祁老二笑着走进竹林,来到了宋慈的身前。他左手提着一壶刚烧的开水,右手拿着一只粗瓷碗,碗中放着不少茶叶。可他话没说完,笑容却骤然一僵,说话声戛然而止。他低下头去,看向自己的大腿,那里竟有一支血淋淋的箭头穿了出来。水壶和粗瓷碗摔在地上,热气腾腾的开水溅出大半,粗瓷碗中的茶叶撒落一地,他按住大腿,惨叫着倒在了地上。

这一变故来得太过突然,宋慈一下子惊立而起。他想冲上去扶住摔倒的祁老二,可是箭声不断,一连七八支箭穿透雾气,向他射了过来。这些箭几乎是贴着他的身子飞过,有的射在紫草的坟头,有的钉在了身后的竹子上。突然,他头顶一凉,已被一箭射中,可他顾不得这么多,冲上去搂住祁老二的腋下,将祁老二拖到附近一片竹丛后。又有七八支箭飞掠而来,几乎是追着祁老二的惨叫声而来,好在宋慈速度够快,几支箭慢了些许,全都钉在了地上。这时宋慈才有余暇去摸头顶,原来是被一支箭贯穿了东坡巾,又射穿了发髻,悬吊吊地挂在他的头上。

宋慈不知这些箭是何人所射,但每次有箭射来,都不少于七八支,可见射箭之人少说也有七八人。他将头顶的箭拔了下来,仔细瞧了一眼,箭杆光秃秃的,没有任何标记,实难推测射箭之人是什么来路。祁老二的大腿被一支箭贯穿,鲜血染红了裤管。宋慈看了一眼,知道祁老二正在承受着难以想象的剧痛,但他还是示意祁老二尽量忍住,不要做声。祁老二卷起袖子,咬在口中,哪怕疼痛万分,也尽可能不发出声音。

宋慈经历了最初的惊慌,此时已完全冷静了下来。祁老二只是一个烧炭卖炭的乡下人，不可能招惹来这样的祸患，想到乔行简曾对他的提醒，宋慈很清楚这些人十有八九是冲他来的，而且很明显是想置他于死地。他从地上捡起一块石头，试着朝远处的一丛竹子扔了过去。石块砸在竹子上，立刻"咄咄"声不断，七八支箭穿透雾气，全都钉在了那丛竹子上。看来射箭之人被雾气挡住了视线，只能朝竹林中发出声响的位置射箭。竹林中满是枯落的竹枝竹叶，他知道自己只要稍微一走动，便会不可避免地踩踏出声响，势必招来箭如雨下。他想带着大腿受伤的祁老二逃出这片竹林，看来是不可能了，若是抛弃祁老二，独自朝竹林外逃，靠着雾气的遮掩，或许能有逃出去的机会。但他不愿舍弃祁老二，独自逃命的想法刚一冒出来，便被他抛诸脑后。为今之计，他只有护着祁老二，不出声响地躲在竹林中，能多挨一刻便多挨一刻，盼着许义能等到刘克庄尽快赶来。可他又免不了担心，倘若许义和刘克庄来了，这些射箭之人会不会没被惊走，反而将许义和刘克庄一并杀害呢？这么一想，他又盼着许义和刘克庄千万不要来。

四周又响起了窸窸窣窣的脚步声，那是竹叶被踩踏的声音。宋慈知道自己好一阵子没发出声响，这些射箭之人为了确认他是否已被箭射死，于是踏入竹林搜寻他来了。

"大……大人……"祁老二咬着衣袖，大腿被箭贯穿的剧痛，令他浑身止不住地发抖。

宋慈"嘘"了一声，探头望了一眼，雾气笼罩的竹林间隐约能看见一些黑幢幢的人影，但无法看清是什么人。他半趴在地上，悄悄探出半截身子，伸手够到了摔落在地的水壶。水壶里的开水已倾倒了大半，还剩下小半壶。

脚步声越来越近了。宋慈再次抬眼望去，已能瞧清那些黑幢幢的人影，全都是黑衣黑帽，还用黑布罩着脸，只露出眼睛，无法看见长相。他原以为这些人只有七八个，哪知走得近了，才发现竟有十几二十人之多，只是手持弓箭的只有七八人，其余人则握着明晃晃的手刀。

宋慈深吸了一口气，看准黑衣人附近的一片竹丛，手臂猛地一抡，将水壶扔了过去。水壶在竹丛上一砸，霎时间开水四溅。竹丛下是几个正在搜寻的黑衣人，听见响声，全都抬起了头，顿时被飞溅的开水烫个正着，发出了一阵惨叫声。其余的黑衣人立刻警戒，又一轮箭雨朝前方射出，全都钉在了竹子上，紧接着脚步声密集向前，朝宋慈所在的这片竹丛靠了过来。

宋慈缩回了身子，握紧那支从头顶拔下来的箭，箭镞朝外，只要有人靠近，立马准备一箭刺出。他知道这么做无济于事，面对十几二十个持弓握刀的敌人，他一个太学学子，就算能杀伤一二人，也决计逃脱不了。黑衣人搜寻的脚步声越发近了，他握箭的手微微发抖，忍不住朝周围看了看，这片方才还令他感觉安闲自得的幽谧竹林，不承想转眼间竟会变成他的葬身之地。

就在这时，一声短促却尖锐的口哨，忽然在黑衣人中响起。

那些已经快搜到宋慈藏身处的黑衣人，因为这声突如其来的口哨，纷纷转身，如临大敌般朝向竹林外面。竹林外响起了大片脚步声，竹丛间雾气奔涌，忽然一大群人冲了进来。这群人少说有三四十个，全都是身穿劲衣的武学生。这些武学生个个身手矫健，来势汹汹，当先之人更是如狼似虎，以拳脚开道，势不可当，竟是辛铁柱。那些黑衣人虽持弓握刀，但对此毫无戒备，被这群突然出

第六章　起坟开棺　181

现的武学生一冲，纷纷向后溃退。

"宋慈，宋慈！"辛铁柱的身边紧跟着一人，是刘克庄，他不顾危险地跟着辛铁柱往前冲，朝四周大声地呼喊。

宋慈探头望见了这一幕，饶是他素来喜怒不形于色，此时也禁不住喜出望外，应道："克庄！"

刘克庄立刻循声奔来，找到了躲在竹丛后的宋慈。他一把捉住宋慈的肩膀，着急万分地上下打量，确定宋慈没有受伤，这才松了一口气，道："你没事，真是太好了！我就怕自己来迟了。"

又一声口哨在黑衣人中响起。与之前那声短促尖锐的口哨相比，这一声口哨虽然同样尖锐，但拖长了许多。那些黑衣人溃退之际，原本还试图抵挡众武学生，听见这声口哨，纷纷不再恋战，转身飞奔，退出竹林，迅速消失在了浓雾当中。辛铁柱见那些黑衣人以口哨为号令，进退有度，生怕有诈，喝令众武学生聚在一起，留守在宋慈身边，不要盲目追击，又命令所有人戒备，不可有丝毫大意。如此警戒了片刻，四周再无声息，辛铁柱命赵飞带着几个武学生去竹林外探查，回报说已无黑衣人的踪迹，由此确定那些黑衣人是真的退走了，辛铁柱这才解除了戒备。

宋慈劫后余生，惊喜之余，没有忘记身受重伤的祁老二。刘克庄见祁老二大腿被箭贯穿，忙去请辛铁柱帮忙。辛铁柱立刻叫来赵飞，让赵飞背着祁老二，与几个武学生一起赶往村外，寻医救治。

宋慈朝辛铁柱和众武学生感激万分地看去，他知道刘克庄会来泥溪村，但没想到辛铁柱竟会带着这么多武学生出现在这里。他想起刘克庄的那句"就怕自己来迟了"，仿佛知道他会在泥溪村遇险一般。他一问刘克庄，才知今早在太学分开后，刘克庄去城南找齐了葛阿大等劳力,向北出城时经过纪家桥,在桥头遇到了正打算去太学的史宽之。

"史宽之一大早去太学,"刘克庄向宋慈道,"是为了去找你。"

"找我做什么?"宋慈不由得一奇。

"史宽之说有人要害你,城里人多眼杂,不便动手,要趁你今日出城之时,对你下手。"刘克庄道,"一开始我还不信,以为是史宽之危言耸听,故意吓唬我。可他却能说出你今日出城,是要到泥溪村开棺验骨,又说那些害你的人有一二十人之多,早已在泥溪村设下了埋伏,就等着你去。你今早来这泥溪村开棺验骨,事先并未声张,他史宽之竟然知道得一清二楚,我立刻便觉得不妙。"

当时宋慈先行一步,已经走了好长一段时间,刘克庄自知追赶不及,即便赶去了泥溪村,单凭他一人之力,面对一二十个敌人,必定无济于事。武学就在纪家桥旁边,刘克庄来不及多想,冲进武学找到了辛铁柱。辛铁柱一听说宋慈有危险,立刻叫拢赵飞等数十个武学生,与刘克庄一起,以最快的速度赶来了泥溪村。刘克庄向村民打听,得知祁老二住在村北,当即往祁老二的住处赶去,在半路上发现了倒地昏迷的许义。刘克庄知道出了事,飞快地赶到祁老二的住处,却见屋子里空无一人,不知宋慈去了何处。好在屋后突然传来了几声惨叫,那是几个黑衣人被开水烫伤时发出的叫声。刘克庄、辛铁柱和众武学生立刻赶到屋后竹林之中,这才救下了宋慈的性命。

"许大哥现下怎样?"宋慈听罢这番讲述,第一时间关心的不是自己遇袭一事,而是许义的安危。

"放心吧,许义只是被人打晕,已经醒过来了。他说自己原本

第六章 起坟开棺 183

要去村口等我，走到半路时，突然被人从背后袭击，一下子晕了过去，想来是那些黑衣人所为。他后颈上有些青肿，我让他在祁老二的住处暂且休息，留了两个武学生照看他。"

宋慈这才放下心来，心思回到了史宽之通风报信一事上。史宽之常跟在韩侂左右，与宋慈算是多有交恶，此番竟会赶去太学报信，实在是出乎宋慈的意料。他道："史宽之有没有说泥溪村设伏一事，是何人所为？"

"我问过史宽之，他不肯透露，只说叫我抓紧时间，否则救不了你。我就怕来不及，一路往这里赶，所幸没有来迟。"刘克庄道，"这个史宽之，说话只说半截，昨天就是这样，今天还是这样，真是奇怪。"

史宽之昨天有意提醒宋慈刘扁的案子牵涉到某个大人物，今日又赶来通风报信，只怕派人来泥溪村袭击他的，便是这个大人物。只是他今早来泥溪村开棺验骨，事先只告诉了刘克庄和许义，这个大人物又是如何知道的？史宽之又怎会获知这个大人物会在泥溪村设伏？想必史宽之是为了不落人口实，这才不肯说出此人的姓名。宋慈念头一转，又一次想起乔行简说过的话，追查此案会遭遇极大的阻力，这话算是应验了。他之前设想过会遭遇何等样的阻力，比如查案受到其他官员阻挠，比如线索证据遭人恶意破坏，却没想到这阻力来得如此之猛，竟是一上来便试图置他于死地。

宋慈从附近竹子上拔下一支箭，交给辛铁柱，道："辛公子，你可识得这箭的来历？"箭上没有标记，自己无法辨别来路，但辛铁柱身在武学，经常接触弓箭，说不定能从箭的长短粗细瞧出端倪。

辛铁柱接过那支箭，翻来覆去地看了好几遍，摇头道："只是一支普通的箭，瞧不出来历。"他又朝那些黑衣人退走的方向看了一眼，"这群人以口哨为号，令行禁止，只怕不是寻常贼匪。"

宋慈点了点头，那些黑衣人行动一致，进退有度，尤其是听见竹林里何处有响动，立刻弓箭齐发，七八支箭几乎同时射来，长时间在一起训练有素，才有可能做到这样。他不再去猜测黑衣人的来路，问刘克庄道："葛阿大他们呢？"

"你还要继续开棺验骨？"刘克庄有些诧异。

宋慈应道："当然。"

"葛阿大他们来了，眼下都在祁老二的住处等着。"

"开棺验骨的器具都备好了吧？"

"备好了，竹席、草席各一张，二升酒，五升醋，一大筐木炭，还有一把红油伞。"刘克庄一一报来，"和上次净慈报恩寺后山验骨一样，全都备齐，一样不少。"

"那就好，你去把葛阿大他们叫来，这便起坟开棺。"宋慈看了看四周的雾气，"今日大雾，应是晴好天气，一会儿雾气散去，即可验骨。"

刘克庄立刻去祁老二的住处，把葛阿大等劳力叫来了，劳力们将那些备好的器具一并搬到了紫草的坟墓前，还提来了一大桶清水。许义不顾后颈青肿，也跟着几个劳力来了。宋慈叫许义多休息一阵，许义却说自己没什么大碍，说什么也不肯离开，宋慈只得作罢。

泥溪村附近没有寺庙，请不来僧人做法事，刘克庄便提前备了

第六章　起坟开棺　185

香烛纸钱，在葛阿大等劳力起坟之前，点燃了香烛，燃烧了纸钱，在紫草坟前诚心地祭拜起来。他双手合十，对着坟墓捣头数拜，道："惊扰姑娘亡魂，只为查案洗冤，姑娘若是泉下有知，还望莫要怪罪。"祭拜完后，才让葛阿大等劳力动土。

葛阿大等劳力抡起锄头、铁锹，过不多时，挖开了紫草的坟墓，露出一口黑漆漆的棺材。几个劳力拿来撬棍，将棺盖撬开，一股秽臭散发出来。几个劳力避让之时，宋慈含了一粒苏合香圆，走上前去，朝棺材里看去，一具裹着衣物的骸骨出现在眼前。

宋慈吩咐许义取出检尸格目和事先准备好的笔墨，一并交给了刘克庄，道："知道该怎么做吧？"

刘克庄应道："做书吏，我可是轻车熟路。怕就怕你又把我给忘了。"说着倒转笔头，朝自己张开的嘴巴指了一下。净慈报恩寺后山开棺验骨那次，宋慈忘了给他准备苏合香圆，他可是一直记在心上。

宋慈淡淡一笑，取出一粒苏合香圆，塞入刘克庄口中，道："那就开始吧。"两人共同转身，一起面对棺材。

宋慈取出一副皮手套戴上，伸手入棺，将紫草的骨头一块块取出。他用清水将这些骨头清洗干净，逐一细看，没发现任何明显的损伤。他在地上铺开竹席，将骨头一块块地摆放在上面，再用细绳逐一串连。与此同时，他吩咐葛阿大等劳力在旁边掘出一个棺材大小的土坑，倒入木炭，点火烧坑。

刘克庄对这样的场景已经见识过一次，手握毛笔和检尸格目，镇定自若地候在宋慈身边。辛铁柱和众武学生还是头一次见，一个个伸长了脖子，看得屏气凝神。

竹林里的雾气在一点点地散去。待到浓浓的白雾只剩薄薄一层时，宋慈终于将整副骸骨清洗干净，依照人体串好定形。这时一旁的土坑也已烧到发红。葛阿大等劳力同样是轻车熟路，先去除坑中炭火，再将二升酒和五升醋均匀地泼入坑中，一时间热气蒸腾，刺鼻至极。几个劳力抬起摆放骸骨的竹席，小心翼翼地放入土坑里，再拿来草席，严严实实地盖在上面。

又一轮等待开始了。

宋慈不时地触摸土坑周围的泥土，只有当泥土完全冷却后，才能揭开草席查验骸骨。这一次等待的时间过长，众武学生开始交头接耳，葛阿大等劳力也在一旁闲聊了起来。这些说话声钻入宋慈耳中，他听见众武学生之中，有的在议论他开棺验骨，有的在揣测刚才那群黑衣人的来路，还有的在争辩当前的北伐局势，至于葛阿大等劳力，闲聊的却是这两天在柜坊赌钱的输赢，以及葛阿大撞鬼的事。聊起撞鬼一事，葛阿大立马神气起来，道："我便是喝再多的酒，那也不会看花眼，那晚就是骷髅爬坡，我看得是真真切切！还有侍郎桥那事，真就是撞见了无头鬼，你们可别不信。"几个劳力都忍不住发笑，显然不信葛阿大的鬼话。

葛阿大嗓门大，说话声音响，宋慈听了，不由得微微一怔。

时间在一点点地流逝，竹林里仅剩的一点薄雾慢慢散尽，日头升起，林间阳光渐明。宋慈触摸表土，泥土终于彻底冷却了。他吩咐葛阿大等劳力揭开草席，将紫草的骸骨抬出土坑，一直抬到竹林外，放在一片可以照射阳光的开阔地上。

刘克庄不等宋慈招呼，立刻撑开红油伞，罩在了骸骨之上。

宋慈凑近伞下，目光在一根根骨头上缓慢地游移，仔细验看

第六章　起坟开棺　187

有无血荫，嘴里唱报道："顶心至囟门骨、鼻梁骨、颏颔骨以至口骨并全；两眼眶、两额角、两太阳穴、两耳、两腮颊骨并全；两肩井、两臆骨全；胸前龟子骨、心坎骨全；两臂、两腕、两手及髀骨全；左右肋骨全；两胯、两腿、两臁肕并全；两脚踝骨、两脚掌骨并全。"

刘克庄运笔如飞，依着这番唱报，如实书填检尸格目。

宋慈验看完了骸骨的正面，并未找到任何血荫，于是将整副骸骨小心地翻转过来，背面朝上，再以红油伞遮罩，继续验寻血荫。

很快，宋慈的目光微微一紧，盯住了颈骨。

颈骨位于肩骨上际，乃是头之茎骨，有天柱骨之称，从上往下共有七节。宋慈盯视之处，是颈骨的第一节，那里有一丁点淡红色，是一处极其微小的血荫。

但凡有血荫显现，必是生前所受的骨伤。可宋慈乍一看，血荫处似乎没有伤痕，只有一个细小的如同没洗干净的污点。他用指尖轻轻地摸了摸那处污点，又解开串骨定形的细绳，将那一节颈骨拿了起来，就着阳光定睛细看，发现那其实并非污点，而是一个微不可察的小孔，只因小孔里塞满了泥污，这才看起来像一个污点。

宋慈随身带着用以验毒的银针，当即取了出来，将小孔里的泥污挑出，再细看时，发现小孔里似乎嵌有什么东西。那东西嵌得太紧，他用银针挑了好一阵子，好不容易才将那东西挑了出来——那是一小截只有米粒长短的针尖。正是这截细小的针尖，嵌在了颈骨上的小孔之中。

霎时间，宋慈明白了过来。因为紫草的颈部存在抓伤，之前他怀疑紫草并非上吊自尽，而是死于他杀，但他怀疑的方向一直是勒杀，从没想过紫草真正的死因会是如此。凶手将针刺入紫草后颈时，想必用了极大的力气，以至针尖刺入颈部后，扎进颈骨之中，拔出时被卡住，折断在了颈骨里。当时紫草应该没有立刻毙命，因为断针扎在后颈之中，带来了难以忍受的疼痛，她便伸手去抓后颈扎针之处，这才在后颈上留下了抓伤。

宋慈细看这截细小的针尖，不像是缝衣纳鞋的绣花针，更像是针灸所用的银针。他将针尖仔细收好，继续验看其他骨头，但没有再发现血荫。整具骸骨上，唯一生前所受的损伤，便是第一节颈骨上的银针扎刺之处。他唱报道："脑后乘枕骨全；颈骨第一节出现血荫，血荫处发现针尖一截，米粒长短，嵌于骨中；脊下至尾蛆骨并全。"

至此，宋慈对紫草骸骨的查验结束了。他接过刘克庄递来的检尸格目，此前他还要仔细比对，生怕刘克庄有错填漏填，这一次却是快速扫了一眼，便收了起来。

刘克庄吩咐葛阿大等劳力将紫草的骸骨抬回竹林，准备放入棺材，重新下葬。

"且慢。"宋慈忽然道。

葛阿大等劳力闻声停下，抬着骸骨等在原地。

宋慈走上前去，目光落在骸骨的脚趾骨上。寻常人的脚趾，要么脚拇趾最长，要么第二趾最长，可紫草的左右脚趾骨中，都是第三趾骨最长，这样的情形极其罕见，宋慈只是听说过脚趾长成这样的人，但还是头一次见到。

"怎么了？"刘克庄问道。

宋慈眉头微凝，嘴上道："没什么，下葬吧。"

葛阿大等劳力将紫草的骸骨抬至坟墓旁，小心翼翼地放入棺材，再合棺入土，重新安葬在原处。等到泥土掩埋棺材，坟墓重新立起时，刘克庄不忘再行祭拜，然后与辛铁柱等人一起，跟着宋慈离开了这片竹林。宋慈的脚步很快，他似乎急于求证什么，离开了泥溪村，朝临安城而回。

第七章

穴位杀人

琼楼上,史宽之已经等了一整个上午。

自打在纪家桥遇到刘克庄,并将泥溪村有埋伏的消息告诉对方后,史宽之便来到了琼楼,特意挑选了临窗的一桌。坐在这里,他只需稍稍探头,余杭门便尽在眼中。从太学出城北去泥溪村,必从余杭门经过,他坐下不久,便看见刘克庄和辛铁柱带着一群武学生从楼下飞奔而过,经余杭门出了城。他点了点头,拿出收拢的折扇,有一下没一下地敲打窗框,开始等待。

等待期间,他要了一壶酒,眺望余杭门的同时,时不时地喝上一口,暗暗琢磨起了昨天的事。

昨天在丰乐楼遇见刘克庄后,他没在酒桌上过多停留,假称不胜酒力,与那几个膏粱子弟告了别,返回了自己家中,等着入宫上朝的父亲回来。这一等,竟从早上等到了入夜时分,史弥远才乘轿归家。父子二人屏退所有下人，进入花厅，关上了门。

"宽儿，今日如何？"

"依爹的吩咐，我今日一早去了丰乐楼，仍去结交韩珍身边那帮衙内，他们与韩珍一样，都是麻袋里装稻秆，全是草包。"

"虽是草包，可这些人的父辈，无一不在朝中官居要职，往后仍要继续交结才行。宋慈那边呢？"

"我原打算迟些去太学见宋慈，但在丰乐楼偶遇了刘克庄，便把那些话对刘克庄说了。刘克庄与宋慈乃莫逆之交，他回去后必会告诉宋慈。"

史弥远微微颔首，道："明日一早，你再走一趟太学。宋慈为了查案，要去城北泥溪村开棺验骨，你去告诉他，有人要置他于死地，已在泥溪村设下了埋伏。"

"韩侂胄这是忍不了了？"史宽之略有些惊讶。

史弥远面露微笑，慢条斯理地捋着胡须，道："宋慈在查虫达的下落，还在查牵机药的事，韩侂胄这只老狐狸，终于有沉不住气的时候了。"顿了一下又道，"为父上次说过，要扳倒韩侂胄，必须先让他在圣上那里失宠，刘扁的案子，便是一大良机。此案既与虫达相关，宋慈必会深挖到底，只要当年的案子被挖出来，圣上必会对韩侂胄大失所望。为父今日退朝后，密会了杨太尉，杨太尉也觉得，当年这层窗户纸，普天之下没人敢捅，只有宋慈敢捅，也只有宋慈会真的去捅。无论如何，在捅破这层窗户纸前，宋慈千万不能出事，至少要保他不死。至于捅破这层窗户纸后，他是死是活，那就没人在乎了。"

"宽儿明白，明日一早，我便去太学。"史宽之道，"只是那宋慈是出了名的死脑筋,倘若他不信我的话,执意要去泥溪村,那该如何?"

"无妨,你只管告诉他就行。"史弥远显得胸有成竹,"倘若他真去了泥溪村,为父便另有安排,顶多让他受些皮肉之伤,不会让他丢掉性命的。"

此刻回想昨晚与父亲的这番对话,史宽之不禁暗暗心道:"父亲那么有把握,看来在泥溪村设伏的人当中,父亲也安插了眼线。惜奴忍辱负重,一心为虫达报仇,好不容易才把她安插到韩侂胄的身边,却那么轻易便被韩珍杀了,我还觉得可惜,父亲却显得不在意,原来他安插在韩侂胄身边的眼线远不止惜奴一个,难怪他能对韩侂胄的一切了如指掌。姜终究是老的辣,看来我离父亲,还差着不少距离啊。"这么想着,他端起一盏酒喝了,抬眼朝余杭门望去。

渐渐地,一整个上午过去了,时间到了正午,余杭门下人影攒动,一大群武学生出现了。

史宽之定睛望去,望见了走在众武学生当中的刘克庄和辛铁柱,也望见了走在刘克庄和辛铁柱中间的宋慈。他虽然相信史弥远所谓的另有安排,但还是担心出什么岔子,眼见宋慈相安无事,他微悬的心终于放下了。

宋慈与刘克庄、辛铁柱等人沿街南来,不多时走到了琼楼外。忽然,宋慈停住了脚步,抬头朝琼楼望去。史宽之赶紧缩回了身子,心想莫非宋慈已发现了自己?

宋慈并未发现史宽之。他之所以抬头,是因为时至正午,刘克庄提出由他做东,就在琼楼好好地吃一顿,以答谢众武学生相救宋慈之恩。众武学生一听说有免费的酒食可吃,忍不住欢呼雀跃,葛阿大等劳力也是面露喜色。宋慈却望了一眼琼楼，很煞风景地说了一句："先去提刑司。"说完便在附近的新庄桥头折向东，朝提刑司而去。

现成的酒食吃不成了，葛阿大等劳力在刘克庄那里领了酬劳，各自散去。赵飞和众武学生有些失望，结伴回了武学。辛铁柱没与众武学生同行，而是与刘克庄、许义一起，跟随宋慈去往提刑司。早在回城的路上，辛铁柱便提出要留在宋慈的身边。宋慈刚刚遭遇黑衣人的袭击，这帮黑衣人未必就此死心，说不定还会另寻时机再次下手。辛铁柱放心不下，执意要跟在宋慈身边，说宋慈只要不回太学，他便一直跟着，时刻护卫，还说宋慈破案之前，不管是三五数日，还是十天半月，他会一直如此。刘克庄也担心宋慈再次遇险，有辛铁柱随行护卫，他自然放心，也对宋慈加以劝说。宋慈本不愿意，但实在拗不过二人，只能应允。

提刑司位于祥符寺附近，离琼楼不算太远，过不多时，四人便来到了提刑司。宋慈直入提刑司大门，奔偏厅而去。

偏厅的门被推开，光亮透入厅内，只见刘扁的尸骨和刘鹊的尸体以白布遮盖，并排停放在偏厅的左侧。这二人生前同族，又师出同门，还在同一处屋檐下共住了多年，虽是相隔一年多而死，却能在死后并肩躺在一处，不免令人唏嘘。宋慈走上前去，在刘鹊的尸体前停住了脚步。

他戴上了皮手套，揭开白布，将已经僵硬的尸体翻转过来，使其背部朝上。他凑近刘鹊的脑后，拨开其发丛，在一根根头发间仔细地寻找，不放过任何一寸头皮。

很快，宋慈的目光定住了。

在刘鹊左耳后发丛下的头皮上，他发现了一小块红斑，只有一粒黄豆那么大，而在红斑之中，还有一个发暗的小点。

刘克庄凑近看了，道："这是什么？"

宋慈应道："针眼。"

"针眼？"刘克庄有些惊讶，"这么说，刘鹊不是被毒死的，而是被针扎死的？"

宋慈摇了摇头，道："乔大人用银器验过毒，我又用糯米法验过毒，刘鹊的确中了砒霜的毒。这处针眼周围有些许红斑，并非死后造成的，应是生前被针扎刺所致。我之前验尸实在轻率，竟没发现这处针眼。"他之前查验刘鹊的尸体时，虽也检查了发丛，但更多的是在寻找有无铁钉，这处针眼位于左耳后侧，又被头发遮掩，若不仔细拨开发丛寻找，实难发现得了，再加上刘鹊中毒的迹象太过明显，他内心深处其实早已认定刘鹊是死于中毒，便没对头部查验得那么细致。好在他开棺查验紫草的骸骨，发现紫草后颈的针尖，于是来验看刘鹊的尸体，这才没漏过这处针眼。

原以为刘鹊的死因已经确定，可现下又出现了疑问。宋慈抖开白布，重新遮盖在刘鹊的尸体上，然后去往提刑司大堂，想将这一发现告知乔行简。然而乔行简不在提刑司，他只见到了文修和武偃。文修说乔行简有事外出，没说去哪里，也没说几时回来。宋慈只得作罢，向文修和武偃告辞离开。

从提刑司大堂出来，宋慈没走出几步，忽然在堂前空地上站定了，凝眉沉思起来。刘克庄跟在宋慈身后，见了宋慈这副模样，忙向辛铁柱和许义打手势，示意二人停在原地，不要做声。宋慈如此沉思一阵，忽然道："去刘太丞家。"他说走便走，脚步极快。刘克

第七章 穴位杀人 195

庄忙招呼辛铁柱和许义,紧跟在宋慈的身后。

没过多久,四人赶到了梅家桥东,驻足于刘太丞家的大门外。

这是三天之内,宋慈第三次来到刘太丞家了。

大门没有上闩,只是虚掩着。宋慈推门而入,穿过空无一人的医馆大堂,径直朝药童起居的偏屋而去。

此时狭小的偏屋里,远志和当归仿如挨训一般,低头站成一排,身前是斜坐在凳子上、脸色大为不悦的高良姜。黄杨皮也在屋内,站在高良姜的身边。

"他们二人当真没回来过?"高良姜语气一扬。

远志左手拿着抹布,挨训之前,他正在打扫医馆。他小声答道:"回大大夫的话,那晚二大夫和白大夫离开书房后,当真没再回来过。"

"那师父的医书是谁拿了?那么一大本医书,总不至于长了翅膀,自个儿飞走了吧。"高良姜的目光从远志身上移开,落在了当归身上,"远志平日里跟着我,他素来胆小,谅他也不敢动师父的东西。你当归可就不一定了。你平时跟着羌独活,有时还傲里傲气的。你说,是不是羌独活指使你溜进书房,偷走了师父的《太丞验方》?"

"我没有。"当归声音低沉,回以摇头。他同样手拿抹布,此前也是在打扫医馆。

"还敢说没有?"高良姜站了起来,踏前两步,与当归相隔咫尺,"外人进不了医馆书房,能偷走《太丞验方》的,必定是医馆里的人。整个刘太丞家,人人都很正常,就你和羌独活最为古怪。你们二人还真是物以类聚,臭味相投。你老实交代,是不是你和羌独活合伙偷了师父的医书？"

当归仍是摇头，说自己没有偷过。远志道："大大夫息怒。那晚黄杨皮也在大堂，当时我们三人闹肚子，一人去茅房，另两人便留在大堂，当归要么与我待在一起，要么便与黄杨皮待在一起，他不可能独自溜进书房偷走医书的，黄杨皮可以作证。"

黄杨皮冷哼一声，道："谁说我要作证了？"

高良姜则是瞪了远志一眼，道："我没问你，没你插嘴的份！"又冲当归喝道，"快说，是不是你偷了医书？"

高良姜声音渐怒之时，伴随着一阵突如其来的脚步声，宋慈等人出现在了偏屋门口。

高良姜回头瞧见了宋慈，满面怒容顿时收敛了起来，挤出一丝笑容，道："宋大人，你们怎么来了？"他认得刘克庄，也认得许义，但对辛铁柱还是头一次见，忍不住多看了辛铁柱几眼。

"高大夫这是在做什么？"宋慈没有进入偏屋，就站在门口，向屋内几人打量了几眼。

"没什么，我就是问一问《太丞验方》的下落。"

"可有问出？"

高良姜斜了当归一眼，道："眼下还没问出来。"

"黄杨皮，你来一下。"宋慈留下这话，忽然转身离开偏屋，朝医馆书房走去。许义赶前几步，揭下房门上的封条。宋慈走进了书房。

黄杨皮没有立刻跟着宋慈而去，而是转头瞧了瞧高良姜。高良姜道："宋大人叫你，你赶紧去吧。"黄杨皮这才走出偏屋，随宋慈进入了书房。宋慈吩咐许义留守在书房门外，除了刘克庄和辛铁柱外，不许其他任何人进入书房。

黄杨皮站在宋慈的面前，道："大人找小人来，不知所为何事？"

宋慈道："记得你上次说过，你常跟在刘鹊身边，他看诊之时，你便帮着准备各种器具和药材，是吧？"

这是黄杨皮昨天亲口说过的话，他应道："小人是说过这话，大人记性真好。"

宋慈没理会黄杨皮的恭维，道："刘鹊应该会针灸吧？"

"先生何止是会？他精于针灸，每次给病人施针，都是针到病除，灵效无比。"

"那他针灸时所用的银针，也是由你提前备好吗？"

"先生的银针都收裹在针囊里，每次施针前，都是由小人备好针囊，再交给先生使用。"

"去年紫草上吊自尽，此事可有影响刘鹊日常看诊？"

"紫草就是一个小小的婢女，又死在后院，能有什么影响？先生照常在医馆看诊病人，只是让医馆里的人不准提紫草的死，以免惊扰到病人。"

"那紫草死后，刘鹊的针囊之中，可有银针缺失？"

"大人这么一说，好像是缺失了一枚。"

"你可记清楚了？"宋慈强调道，"别说好像。"

黄杨皮回想了一下，道："小人记得紫草死的那天，祁老二将紫草的尸体拉走后，先生便在医馆里开始了看诊。当时远志和当归没经先生的允许，去给紫草送葬，医馆里就小人一个药童，又要迎送病人，又要抓药煎药，还要准备各种器具，在医馆里来回地跑，可把小人忙活坏了。后来远志和当归过了好半天才回来，被先生劈头盖脸地骂了一顿，又被高大夫和羌大夫数落了一顿。先生叫小人去歇一会儿，让远志和当归去干活。后来先生要给病人针灸，小人歇得差不多了，便去药房给先生备针，当时远志和当归也在药房，他们二人刚刚打扫完药房，正在整理针囊。小人心里有气，叫他们让到一边，把针囊拿了过来。小人每逢给先生备针，除了清洗擦拭，还会清点针囊里的银针，当天也清点了。先生的针囊共有银针七七四十九枚，但那天只有四十八枚，小人没记错的话，是少了一枚毫针。"

"毫针？"

"大人有所不知，针灸有灵枢九针之说，一曰镵针，二曰圆针，三曰鍉针，四曰锋针，五曰铍针，六曰圆利针，七曰毫针，八曰长针，九曰大针。毫针是灵枢九针之一，长一寸六分或三寸六分，针细而长，形如毫毛，针尖锐利如蚊虻之喙，静以徐往，微以久留，主治寒热痛痹。"黄杨皮说得头头是道，语气透着得意，像是有意卖弄自己在医术上的学问。

"你似乎很懂针灸？"

"先生教过小人灵枢九针的分别，他为病人针灸时，小人常在一旁伺候，看得多了，自然懂一些。"

"医馆里的几位大夫，还有远志和当归，都懂针灸吗？"

"几位大夫自然是懂的，远志和当归嘛，倒也懂一些。"

"除了刘鹊，医馆中谁最擅于针灸？"

"那当然是大大夫了。大大夫精于针灸，二大夫精于用药，医馆里人人都知道。"

第七章 穴位杀人　199

"几位大夫针灸时，用的是同一套银针吗？"

"几位大夫各有一套银针，给病人针灸时，都是各用各的。"

"这几套银针放在何处？"

"都放在药房里。几位大夫要用时，我们做药童的便去取来，用过之后，再清洗干净放回原处。"

"这几套银针之中，有没有与那枚缺失掉的毫针同等大小的银针？"宋慈道，"若有，还请你取来看看。"

黄杨皮点头应了，去了一趟药房，很快取来了一裹针囊，道："这是先生的针囊。缺失的那枚毫针，先生后来补齐了，新针与旧针的长广是一样的，请大人过目。"说罢打开针囊，拈起其中一枚毫针，交给了宋慈。

宋慈接过来看了，那是一枚长一寸六分的毫针，广不及半分，针尖果然如蚊虻之喙般锐利。他取出那截在紫草颈骨中发现的针尖，与手中毫针的针尖一对比，果然是同等大小。他微微点头，将那截针尖收好，又将毫针插回针囊之中，道："这套银针关系重大，暂且由我保管，结案之后归还。"他不管黄杨皮同意与否，说完便将针囊揣入了自己怀中，随即问道，"紫草可有亲人？"

黄杨皮有些轻蔑地笑道："紫草以前是个无家可归的乞丐，一个街头要饭的，哪里会有亲人？"

"高、羌、白三位大夫，平日里与紫草关系怎样？"宋慈又问。

"紫草过去服侍老太丞，老太丞看诊时，她便在旁帮手，那时白大夫也随老太丞一起看诊，常见她与白大夫待在一起。她与大大夫和二大夫之间，倒是没什么来往。"

"所以除了远志和当归，在这刘太丞家中，就数白大夫与紫草关系最好？"

黄杨皮点头应道："那是。"

"刘鹊遇害那晚，白大夫来书房见刘鹊时，你是在大堂里分拣药材，对吧？"

"是的。"

"白大夫走后不久，你是不是也曾离开过？"宋慈直视着黄杨皮。

黄杨皮面露惊讶，道："大人怎么知道？"

宋慈不答，问道："你为何离开？"

"小人闹肚子，去了茅房。"

"真是闹肚子？"

"那还能有假？当时白大夫刚走，小人肚子便哗啦啦的，一个劲地乱响，小人赶着去茅房，一出医馆后门，没多远便追上了白大夫。白大夫得知小人闹肚子，还说什么拣木鳖子一个、母丁香一钱，加少许麝香，研成细面，做成膏药往肚脐上贴一夜，便可缓解症状。小人赶去茅房，哪知碰上石管家在里面，他好半天才出来，害得小人险些……"黄杨皮说着挠头一笑，"险些没憋住，拉在了裤裆里。"

"你之前对乔大人说，你闹肚子症状缓解，是在后半夜睡下之后？"宋慈道。

"是的。"

"这么说，你是用了白大夫所说的法子？"

"小人是伺候先生的药童，白大夫是老太丞的弟子，一向与先生不对付，小人怎么会用他说的法子？万一他不安好心，想捉弄小人，小人按他的法子用药，岂不是害了自己？小人可没那么傻。"

宋慈不由得想起，刘鹊死的那晚，远志和当归也闹肚子，二人的症状直到第二天早上才稍有好转，当时他和乔行简上门查案，二人仍是脸色发白，看起来虚脱无力。同样是闹肚子，黄杨皮却好得这么快，第二天看起来精神很好，面对他和乔行简的查问，可以说是口齿伶俐，对答如流，几乎看不出有闹过肚子的样子。他看了黄杨皮几眼，没再问闹肚子的事，道："那晚书房里的灯火灭掉时，你是亲眼看见的吗？"

"小人是亲眼看见的。"

"当时灯火是一下子灭的，还是慢慢暗下去的？"

黄杨皮回想着道："小人记得是慢慢暗下去的。"

宋慈点了点头，没再继续发问，道："你可以离开了。"

查问来得突然，结束得也很突然。黄杨皮行礼道："那小人便告退了。"说完退出了书房。

黄杨皮离开后，宋慈走到书案旁的面盆架前，摸了摸面盆架上那几道细微的刮痕。他将刘克庄叫到身边，在其耳边嘱咐了几句。

刘克庄神色有些茫然，似乎没明白宋慈的用意，但嘴上立刻答应下来："放心吧，我记住了。"

宋慈拍了拍刘克庄的肩膀，走出书房门外，只见高良姜、远志和当归都等在大堂里，刚刚离开书房的黄杨皮也在这里。

"宋大人，还没查到凶手吗？"高良姜迎上来道，"我看害死师父的，八成是那羌独活，你可要好好地查查他啊。"他昨天向宋慈透露了羌独活钻研毒药一事，还亲自从羌独活的屋子里搜出了一大箱毒药，本以为宋慈会将羌独活当作嫌凶抓回衙门细审，哪知宋慈昨天直接便走了，令他既不解又不爽。

宋慈没提羌独活的事，道："听说高大夫很擅长针灸？"

高良姜不无得意地道："若论针灸之术，我比师父是远远不及，但比医馆里的其他人，那还是绰绰有余的。"医馆里的大夫，除了他和刘鹊，便只有羌独活和白首乌，言下之意是他的针灸之术远远胜过羌独活和白首乌。

"那我有一事，正要请教高大夫。"

"大人可别说请教，有什么事，直说就行。"

"敢问后颈之上，第一节颈骨附近，可有什么穴位？"

"风池穴。"高良姜不假思索地回答，同时稍稍侧头，朝自己耳后发丛之间点了一下，指出了风池穴的位置。

"风池穴是有两处吗？"

"是，左右耳后各有一处。"

"倘若用银针扎刺风池穴，那会怎样？"

"风池穴别名热府，属足少阳胆经，所谓'治风先治血，血行风自灭'，针刺此穴，可提振一身之阳气，疏通经络，调理气血，驱散风寒之邪。"高良姜说起自己最擅长的领域，侃侃而谈起来，"只不过此穴靠近脑髓末端，进针时需朝着鼻尖方向斜刺而入。"

"倘若不斜刺进针，而是朝颈骨方向进针，又当如何？"

"那便会伤及脑髓末端。这地方一旦受损，轻则呼吸不畅，吞咽困难，重则嘛，立时毙命。"

"那就是说，一针刺穿，人会立即死亡？"

"别说刺穿，便是刺得稍微深一些，便没命可活了。"高良姜奇道，"大人，你问这个做什么？"

宋慈应道："我查验刘鹊的尸体时，在其脑后发现了一枚银针，这枚银针深深扎入后颈，其所刺之处，正是高大夫所说的风池穴。"

一旁的刘克庄听得这话，不免有些奇怪，之前宋慈在提刑司偏厅查验刘鹊的尸体时，在其左耳后发丛下发现了针眼，但他没见宋慈从针眼里取出过银针。

高良姜极为惊讶，道："师父的风池穴有银针？"

宋慈点了点头，不再提银针的事，问道："居老夫人在家吧？"

高良姜道："师娘一直在家，她成天待在正屋，少有出来。"

"我有一些事，需找居老夫人查问一番，还请高大夫带路。"宋慈前后三次来到刘太丞家，刘太丞家中的人，他该问的都已经问过了，只剩下居白英一人还没查问。

高良姜因为莺桃的缘故，对居白英这位师娘向来没什么好感，听闻宋慈要去查问居白英，立刻领路前往正屋。

宋慈正准备跟随高良姜离开医馆大堂，刘克庄忽然道："宋提刑，跟着你跑了大半天，又是去泥溪村，又是去提刑司，我这两条腿实在是不听使唤了。我就在这里歇一会儿，等你回来，可好？"

宋慈随口道："随你便吧。"说着由辛铁柱和许义随行，跟着高良姜出了医馆后门，往正屋而去。

来到正屋时，房门紧闭的屋内有低沉的诵经声传出。宋慈正要上前叩门，忽然"吱呀"一响，房门拉开了，石胆端着放有碗碟的托盘，正准备从屋内退出来，瞧见宋慈等人站在屋外，不免有些惊讶。

"宋大人，你们这是……"

"我有些事，需向居老夫人问明，眼下方便吧？"

宋慈问出这话，不等石胆回答，便径直从石胆的身边跨过门槛，踏入了正屋。辛铁柱和许义想随他进屋，他却把手一摆，示意二人留在外面。他环视一圈，打量正屋里的布置。

正屋比之莺桃起居的侧室，足足宽敞了一倍有余，摆置的家具却极少，只一床一桌一柜而已，看起来甚是冷清。屋内弥漫着一股浓浓的香火气味，乳白色的烟气飘浮在空中有如雾霭。在左侧靠墙的位置，设有一方佛龛，龛内是一尊镀金的佛像，佛龛下摆放着刘知母的灵位，灵位旁立着一盏长明灯，以及一只燃有三支立香的小香炉。地上放置着一个蒲团，居白英身着缁衣，跪于其上，手捏佛珠，正在闭目诵经。听见宋慈的说话声，她睁眼回头，瞧了宋慈一眼，丝毫不掩饰眼神里的厌恶之色，道："我对刘鹊的死一无所知，你用不着来问我。"

"我不问刘鹊的死。"宋慈应道，"我是为紫草的死而来。"

居白英微微一怔，随后朝石胆抬起了手。石胆赶紧放下托盘，上前扶起居白英，扶至一旁的椅子上坐下。椅子旁放着拐杖，居白英握住拐杖，道："你先退下吧。"

"是，夫人。"石胆看了宋慈一眼，退出屋外，带上了门。辛铁柱和许义都没进屋，带路的高良姜也站在门外。

"你想问什么？"居白英看着宋慈，左手捏着佛珠，右手持拐往地上一杵，"赶紧问吧。"

宋慈没有立刻开口，而是走到刘知母的灵位前。灵位旁放有一堆立香，他从中拈起三支，在长明灯上点燃了，轻轻插在香炉之中，这才回头道："听说当初将紫草卖与祁老二为妻，是居老夫人你的意思，不知你为何要这么做？"

第七章 穴位杀人 205

居白英见宋慈给刘知母上香，眼神里的厌恶之色稍减，道："那小妮子抓错了药，险些害了人命，犯下了大错。她一个贱籍之人，没把她卖去青楼妓院，而是卖给祁老二那等良民为妻，已是对她从轻发落了。是她自己想不明白，非要去寻死。"

"我不是问紫草犯了什么错。"宋慈道，"我问的是，这些年你极少踏足医馆，从未管过医馆的大小事务，为何在紫草抓错药这件事上，你却要突然插手呢？"

"那小妮子是家中婢女，我身为主母，还不能处置一个犯了错的婢女吗？"

"居老夫人自然能处置，只是紫草所犯之错，并未真的伤害人命，似乎不至于将她赶出家门，更不至于将她杀害。"最末二字，宋慈刻意加重了语气。

"你说什么？"居白英猛地一下捏紧了佛珠。

宋慈神色如常，声音也如常，只是在"杀害"二字的语调上又加重了几分："我说紫草不是自尽，而是遭人杀害的。"

"那小妮子明明是在后院上吊死的，家里人都能作证，官府也来人查过，如今时隔一年，你无凭无据，却来说她是遭人杀害，真是……"

"你要证据吗？"宋慈不等居白英把话说完，取出那截断在紫草颈骨里的针尖，"我今早去过泥溪村，开棺查验了紫草的骸骨，发现她的颈骨里嵌有一截银针针尖。紫草并非自尽，而是被人用银针刺入后颈杀害的。她吊在后院，那是有人故意移尸，伪造成了自尽。巧的是，当初紫草死后，刘鹊的针囊里，正好缺失了一枚同等尺寸的银针。"

居白英盯着宋慈手中的针尖，有些诧异，道："你是说，那小妮子是被刘鹊杀死的？"

"刘鹊已死，我虽有此怀疑，却无法找他本人对质，这才来找你。"

"那你找错了人。"居白英把头一偏，目光从针尖上移开了，"我只知道那小妮子吊死在后院，其他的事，我一概不知。"这话一出口，她手指拨动，重新盘捏起了佛珠。

"是吗？"宋慈语气忽然一变，"那刘鹊与紫草私通的事呢？"

居白英如闻惊雷，转回头来盯着宋慈，嘴唇颤动了几下，没能说出话来。

宋慈见了居白英的反应，道："看来你是知道的。"顿了一下又道，"他们二人私通，是刘鹊逼迫的，还是紫草心甘情愿的？"

居白英哼了一声，道："刘鹊那老东西，人老心不老，纳了个歌女为妾，生下个贱种当宝，还敢背着我对家中婢女动手动脚。那小妮子也是个坏坯子，长着一对桃花眼，跟狐狸精似的，自个儿不知检点，死了也是活该！"

"所以你才以拿错药为名，执意将紫草贱卖给祁老二为妻？"

"不错，这种不知廉耻的女人，就该配给祁老二那种又老又丑的男人。"

"那紫草死于银针刺颈，你是当真不知？"

"我是不知道。刘鹊那老东西，除了看重他那贱种儿子，最看重的就是名声。可我倒没想过，他为了遮丑，竟连人都敢杀了。"居白英回想着道，"难怪当初官府的人来查案，他要暗地里塞钱，说什么怕影响医馆的生意，让官府尽快结案，又叫祁老二拉走尸体后尽快下葬，原来人是他杀的。"

宋慈听了这话，才知道韦应奎当初为何会草草结案。他没再问紫草的死，转而问道："十年前，刘鹊在将军虫达麾下做过随军郎中，不知他当年为何要从军中去职，来到这刘太丞家，替刘扁打理医馆呢？"

"那老东西说刘扁在太丞任上忙不过来，没工夫照理医馆，所以才来帮忙。"

"既然是这样，那六年前刘扁不做太丞回到了医馆，刘鹊为何仍没离开呢？以刘鹊的医术，想必足以自立门户了吧。"

"我早就劝过那老东西，叫他开一家自己的医馆，不用寄人篱下，可无论我怎么劝，那老东西就是不听！"

宋慈想了一想，道："刘扁与刘鹊师从皇甫坦学医，皇甫坦乃声震三朝的名医，生前曾著有医书，刘鹊甘愿留在刘太丞家整整十年，可是为了这部医书？"他记得白首乌曾提及师祖皇甫坦也著述过医书。皇甫坦曾多次入宫为皇帝看诊，刘扁能成为太丞，接替为皇帝看诊的职责，而刘鹊只是做了一个随军郎中，加之刘扁在医术上的造诣明显要胜过刘鹊一截，因此宋慈猜想，皇甫坦生前所著的医书，应该极大可能是传给了刘扁。

居白英有些诧异地看了宋慈一眼，似乎没想到宋慈竟能知道这么多事，道："你既然都知道了，何必再来问我？"

"我只是这样猜想。倘若真是如此，刘鹊为此花费十年，真可谓是处心积虑了。他若听从你的劝告，早些自立门户，"宋慈目光一转，朝刘知母的灵位看去，"只怕你年幼的女儿就不会死在这里，如今也已十三四岁，长大成人了。"居白英一直为刘知母的死而耿耿于怀，这些年对刘鹊深怀恨意，是以他故意提起刘知母的死，以激居白英吐露实言。

果不其然，居白英捏着佛珠的手微微颤抖，朝刘知母的灵位痴痴望去，老眼中隐隐含泪，道："知母小小年纪，才只三岁，却知道为我擦手洗脸，见我不高兴，会扮鬼脸来逗我开心，还常去采摘各种花儿，送来给我……真如你说的那样，知母如今有十三四岁，那该多好……"她泪眼一闭，等到再睁开时，老眼中泪水已无，环顾所处的这间正屋，眼中流露出深深的恨意，"那老东西执意留在这里，嘴上说帮刘扁的忙，背地里打什么心思，我能不知道？他惦记着皇甫坦的医书，那医书在刘扁的手中，他是为了得到那部医书，才甘愿寄人篱下。整整十年，他可算是得偿所愿，占了刘扁的太丞之名，成了这家医馆的主人，医书什么的，想必也早入了他手，否则他何以每晚把自己关在医馆书房里？说什么著述自己的医书，我看他是在钻研皇甫坦的医书才对。那什么《太丞验方》，只怕他压根就没写过。他那两个徒弟，居然为了一部不存在的医书争得钩心斗角，真是可笑至极！"

这一番话，算是把刘鹊寄人篱下到鸠占鹊巢的经过抖了出来。宋慈听罢，想到白首乌曾提及刘扁所著的医书收录了许多独到的验方，高良姜也曾说刘鹊所著的《太丞验方》汇集了各种用最少的药材治最疑难病症的验方，可见与皇甫坦的医书是一脉相承，或者换句话说，从皇甫坦到刘扁，再从刘扁到刘鹊，三人所著的医书很可能是同一部，是皇甫坦著书在前，刘扁和刘鹊增删在后。想明白这一点，宋慈算是知道刘扁为何要将所著的医书随身携带了，显然刘扁知道刘鹊觊觎皇甫坦传下的医书，因此留了个心眼，对同处一个屋檐下的刘鹊多有防范，只是他最终在净慈报恩寺死于非命，医书连同他的家业，甚至他太丞的名声，一并落入了刘鹊手中。

"倘若《太丞验方》是存在的呢？"宋慈道，"你觉得刘鹊会把这部医书传给哪位弟子？"

"上梁不正下梁歪，高良姜也好，羌独活也罢，都不是什么好东西。那老东西精明着呢，他若真写了医书，只要他没瞎了眼，便不可能传给他那两个弟子。"居白英冷哼一声，"那老东西最在乎他那贱种儿子，他若再多活几年，等那贱种儿子长大一些，定会把医书传给那贱种儿子。那老东西患了风疾，连他自己也治不好，没能多活这几年，最后还是被毒死的，真是苍天有眼。"她这话说得极怨毒，可见她对刘鹊的恨意有多深。

宋慈略微想了一下，道："据我所知，刘扁和刘鹊都曾为韩太师看诊治病，不知他们二人可有什么事做得不对，得罪过韩太师？"

居白英把头一摆，道："自打知母死后，我极少踏足医馆，从不关心医馆的事，他们二人给谁看过诊，得罪过谁，我全不知道。"

"既是如此，那便叨扰居老夫人了。"宋慈不再发问，拉开房门，离开了正屋。

辛铁柱和许义在屋外，高良姜和石胆也在这里等着。高良姜又凑上来问宋慈查得怎样，似乎对宋慈查案的进度很是关心。这一次宋慈没理会高良姜，带上辛铁柱和许义回到了医馆大堂。

刘克庄等在大堂里，见宋慈回来了，朝宋慈轻轻点了点头。宋慈不做停留，叫上刘克庄，离开了刘太丞家。

出刘太丞家后，宋慈的脚步很快，直到走出很远，他才放缓脚步，问刘克庄道："如何？"

刘克庄应道："你们走后，那两个叫远志和当归的药童，拿了扫帚抹布，在大堂各处清扫擦拭起来。那个叫黄杨皮的药童站在一旁，说他们二人今日倒是勤快，不用使唤便知道洒扫。黄杨皮明明也是药童，比远志和当归还小一些，却不去帮忙，反而不断地挑刺，一会儿说这里没扫到，一会儿说那里没擦干净，他们二人不敢还口，只是埋头打扫，看得我气不打一处来。我借口说要买些上等人参送人，叫黄杨皮带我去了药房，在里面挑选人参。我故意挑选得很慢，尽可能在药房里待久一些。过了一阵，远志和当归进来打扫药房，他们二人把百子柜擦了一遍，把药碾子、研钵、脉枕、通木和一些叫不上名的器具全都清洗了一道，又擦拭了针灸铜人，把针囊里的银针取出来整理清点，最后把一大堆用过的火罐清洗了一遍，差不多有七八十个之多。我随意挑选了一株人参，让黄杨皮给我包好，就从药房里出来了。没过多久，你们便回来了。"

宋慈听罢，微微点头，道："果然如此。"

"果然什么？"刘克庄不解道，"你叫我盯着药房，我到现在还没明白呢。"原来之前在医馆书房里，宋慈在他耳边嘱咐了一番话，就是让他找借口留在医院大堂里，一刻也不转眼地盯住药房。

"我已经知道凶手是谁了。"宋慈道，"但还有一个疑问，需要立刻去查清楚。"

第八章

蛤蟆附骨

宋慈这话说得很是平静，刘克庄却听得极为惊讶。他没追问凶手是谁，尽管他对此甚是好奇，道："你还有什么疑问？"

"葛阿大曾在净慈报恩寺后山，目睹过骷髅头爬坡，你我一直当他是喝醉后看花了眼，把石头错当成了骷髅头。"宋慈道，"可万一他没看花眼呢？"

刘克庄把头一摇，道："骨头是死物，怎么可能自己动？更别说什么爬坡了。"见宋慈始终面带疑色，又道，"你既有此怀疑，那便走一趟净慈报恩寺后山，大不了把那片土坡翻一个遍，查清楚不就行了。"

宋慈应道："我正有此意。"

说走便走，四人当即西行出城，行过苏堤，来到净慈报恩寺后山，到了发现刘扁尸骨的那处土坡下。

那块灰白色的石头，还搁在土坡下。宋慈以这块灰白色的石头为中心，吩咐许义往上，刘克庄往左，辛铁柱往右，他自己则往下，四散开来，寻找有没有散落的骷髅头。

一路沿山坡向下，在满是落叶和荒草的山林间，宋慈搜寻得极为仔细，但一直没有发现。另外三个方向也没有传来声音，可见另外三人同样没有发现。就这么往下搜寻了数十步，行经了好几座坟墓，林间出现了一个方圆丈余的小水坑。这片山林是一片坟地，立有不少坟墓，修坟时堆土不够，便会在附近取土，因而留下了一些坑洞，雨水积留其中，便形成了水坑。这样的小水坑，在后山上还有好几处。坑里的水是夏秋多雨时节积下的，如今已是寒冬，水已减少了大半，水面上漂满了枯枝败叶，成了有些发黑的死水，散发着难闻的臭味。

宋慈从旁边绕过，往下搜寻了几步，忽然停步回头，目光落在这个小水坑上。

他想了一想，折了一截树枝，回到水坑边，将水面上漂浮的枯枝败叶拨开。他想看一看水下有什么，但水色发黑，根本看不清楚。他将树枝插至坑底，水不算深，顶多没过膝盖。他没有丝毫犹豫，当即脱掉鞋子，将裤脚高高挽起，下到了水坑之中。

正月里的水冰冷刺骨，再一搅动，淤泥腾起，水色变得更黑，臭味也更加浓烈。宋慈忍着冰冷和臭气，卷高袖子，将手伸入水下，仔细地摸寻起来。坑底满是枯烂的树枝，在接连摸了好几把枯枝后，他指尖一紧，触碰到了一个坚硬的东西。他摸了摸这个硬物的外形，眉头不禁一皱。他用双手环住这个硬物，将其捧出了水面——那是一个人头，一个已成骷髅的人头。骷髅头出水时，是倒转过来的，带着淤泥的黑水从两个眼孔中汩汩流出，仿若眼泪在不断地往下倒流。

寻常人拿起死人头骨，只怕早就双手一抛，有多远扔多远，宋慈却是如获至宝，捧着这个骷髅头走出了水坑。他顾不得满手满脚的污泥，先将骷髅头里的泥水倒空，然后凑近眼孔，朝骷髅头内部看了好几眼。在看清骷髅头里藏有什么东西后，他若有所悟地点了点头，取出手帕，简单地擦了擦手脚上的污泥，放下袖子和裤脚，再穿上鞋子，然后抱着这个骷髅头，原路返回了那处土坡下。

刘克庄、辛铁柱和许义已将各自负责的方向搜寻了一遍，在没有任何发现后，先后回到了土坡下等着。望见宋慈抱着个骷髅头从林间走来，三人都是一惊。

"找到了。"宋慈一直将骷髅头抱至三人的面前，方才止步。

刘克庄早已不是第一次面对死人尸骨，但看着这个孤零零的头骨，还是忍不住后退了两步，道："这是……葛阿大看见的那个骷髅头？"

"应该是的。"宋慈将骷髅头放在那块灰白色的石头上，"你们过来看看，这头骨之中有什么？"

三人先后凑近，透过骷髅头上的孔洞，朝内望了一眼，不约而同地露出惊讶又疑惑的神色。

"里面是……一只癞蛤蟆？"刘克庄看了好几眼，很确定骷髅头里面有一只比拳头还大的癞蛤蟆，但还是禁不住为之诧异。这只癞蛤蟆一动不动，看起来已经死去多时，只是时下天寒地冻，为何会有癞蛤蟆出现？

"不错，是一只蛤蟆。"宋慈抬起手来，指着土坡下葛阿大等劳力曾取过土的位置，说道，"倘若我没猜错，这个骷髅头的下半身骸骨，应该还埋在这片土坡之下。"

刘克庄、辛铁柱和许义闻言转头，朝那片土坡望去。

"许大哥，"宋慈把手一伸，"可否借你佩刀一用？"

许义取下腰间佩刀，交到宋慈手中。

宋慈走到那片土坡下，将佩刀插入土中，一下一下地撬挖起了泥土。随着这阵撬挖，坡上的泥土一块块地剥落，很快，有白惨惨的骨头从泥土里露了出来。

又一具尸骨出现了。

宋慈停止了撬挖，道："当初为了给虫氏姐妹和袁晴修筑坟墓，葛阿大等人曾在这里取土。这土坡下正好埋着一具尸骨，倘若当时他们再多挖一两锹土，只怕便能发现这具尸骨。"他朝放在石头上的骷髅头看去，"骷髅头中的这只蛤蟆，想来是钻入头骨之中冬蛰，却在取土时被惊醒。取土之后，这片土坡本就泥土松动，蛤蟆再一动，头骨便滚了出来。这只蛤蟆被压在头骨之下，挣扎跳动时，头骨便跟着移动，这一幕恰巧被返回的葛阿大瞧见，被醉酒的他看成了是骷髅头在爬坡。葛阿大被吓走后，这个骷髅头跟着蛤蟆移动，想是最终沿着山坡滚了下去，落进水坑之中，蛤蟆困在里面出不来，被冻死在了水里。第二天葛阿大再回到这里时，找不见骷髅头，便依薛一贯的指点在土坡下挖掘寻找，不承想附近还埋着刘扁的尸骨，被他碰巧挖了出来，这才有了后面的事。"

刘克庄本不信葛阿大目击骷髅头爬坡一事，但如今宋慈已找到骷髅头，又在土坡下发现了另一具尸骨，哪怕这事太过离奇，却也由不得他不信。他道："那这具尸骨又是谁？"

"我也不知是谁。"宋慈道,"这具尸骨掩埋的位置,与刘扁的尸骨只相隔不到数步,说不定有所关联,挖出来看看便知。"

辛铁柱一听要挖掘尸骨,上前道:"宋提刑,你歇着,让我来。"不由分说,拿过宋慈手中的佩刀,飞快地撬挖起了泥土。他膂力惊人,仿佛察觉不到疲累,一口气将坡上的泥土撬挖了大半,只片刻时间,便将那具尸骨完完整整地挖了出来。等到他将佩刀还给许义时,刀尖已出现些许卷曲,可见他撬挖泥土时所用的力气有多么大。

这具尸骨的身高,与刘扁的尸骨差别不大,但骨架宽了许多。整具尸骨微微发黑,上身与下身反向弯曲,形似一张弓,这与刘扁的尸骨形状极为相似。不单单是精于验尸的宋慈,便连刘克庄和许义,也能一眼看出这具尸骨与刘扁的尸骨是同样的死法,二者只怕大有关联。

宋慈的目光在尸骨上扫掠而过,一下子定在了尸骨的右掌上。那右掌指骨不全,没有末尾二指,只剩下三根指骨。他凑近细看,末尾二指断骨处平整圆滑,显然是生前便已断去了二指。他胸中顿起惊雷,一个人名掠过了心头——虫达。

思绪一下子翻回至十五年前,宋慈尽可能地回想虫达的身形样貌。他记得当年虫达跟随在年仅十岁的韩𤩁身边,几乎是寸步不离地护卫着韩𤩁,其人身形矮壮,右手末尾二指缺失,只余三根手指,与眼前这具尸骨极为相符。他望着这具尸骨,在原地呆立了半响,直到刘克庄轻拍他的肩膀,他才回过神来。他检查了一遍尸骨,没有发现明显的骨伤,又不忘在撬挖下来的泥土中拨弄一番,希望像当初发现烧过的通木和獐狮玉那样,能找到与这具尸骨相关的线索，但最终一无所获。

宋慈想了一想，命许义下山找来一床草席，将这具尸骨收捡到一起，决定带上这具尸骨，即刻下山。

四人来到山下。宋慈没有立刻回城，而是去了一趟净慈报恩寺，在灵坛附近找到了居简和尚。新发现的那具尸骨，不管是不是虫达，总之它与刘扁的尸骨埋得那么近，死状又如出一辙，极可能存在关联。当年刘扁是死在德辉禅师的禅房之中，那一晚一同死在禅房里的人，除了卧病在床的德辉禅师，还有一人，是守在病榻前照顾德辉禅师的道隐和尚。

"居简大师，"宋慈问道，"敢问一年前在大火中圆寂的道隐禅师，右手可是只有三根指头？"

居简和尚应道："道隐师叔的右手没有小指和无名指，是只有三根指头。"

"那他年岁几何？"

"道隐师叔刚过四十，比我稍长两岁。"

"他是何时来贵寺出家的？"

居简和尚想了一想，道："没记错的话，道隐师叔到本寺出家，比道济师叔早两年，应该是在六年前。"

宋慈最初听说道隐和尚时，因其人是净慈报恩寺前任住持德辉禅师的弟子，是现任住持道济禅师的师兄，而德辉禅师与道济禅师都是七八十岁的高龄，便想当然地认为道隐和尚年岁已高，殊不知其人才年过四十，来到净慈报恩寺拜德辉禅师为师，也只是六年前的事。这一下，不单是身形、断指与虫达相符，连年龄也对上了，再加上虫达叛宋投金是在六年前，从此便没了音信，宋慈有理由相信，这位道隐和尚极可能便是虫达。

从净慈报恩寺出来，四人沿原路回城。

刘克庄以为宋慈此番回城，一定会去提刑司停放新发现的尸骨，并对尸骨进行检验。可是当走到太学中门外时，宋慈却忽地停住了脚步。他说今日四处奔波，实在太过疲累，再加上案情还有不少疑点，他需要静下心来推敲，所以他不打算再去提刑司。他吩咐许义将新发现的尸骨带回提刑司偏厅停放，又拿出查验紫草尸骨时填写的检尸格目，交由许义带回提刑司，保管在书吏房，然后便回了太学。

进入中门后，宋慈没有回习是斋，而是就近等了片刻，然后带着刘克庄和辛铁柱又走出太学，一路穿城向南，直到朝天门附近，方才找了一家茶楼，在二楼上要了一间临街的雅阁，点了一些茶点。

辛铁柱全然不明白宋慈的用意，他也不愿去想这些费神的事，有茶便喝，有点心便吃，只是觉得少了滋味，若能把茶点换作酒肉，那便痛快多了。刘克庄深知宋慈的脾性，若是为了填饱肚子，一定会回斋舍热几个太学馒头，绝不会特意跑这么远来吃茶点。对于宋慈的用意，他倒是猜到了一二，道："你莫不是在避着许义？"

宋慈点了点头，应道："不错。"他抬眼望向窗外。这家茶楼叫御街茶楼，从二楼上眺望出去，不远处朝天门的一切，可以尽收于眼底。

自打在泥溪村遇袭之后，宋慈便对许义生出了怀疑。他之前只对刘克庄和许义说过开棺验骨一事，也只有刘克庄和许义知道他今早会去泥溪村。刘克庄自然不会对外泄密，那么泄露此事的只可能是许义,更别说今早在泥溪村遇袭时,许义还借故从他身边离开了,他没法不起疑。他虽然不知道那些袭击他的黑衣人是什么来路,但他能隐隐感觉到,刘扁和刘鹊的案子似乎与韩侂胄有着千丝万缕的关联,只怕韩侂胄与这一切都脱不了干系。为了证实这一猜想,他才来到了朝天门。朝天门位于临安城正南方向,出了此门,行经太史局和城隍庙,便到了吴山,韩侂胄的南园便建在那里。也就是说,出城去往吴山南园,必会经过朝天门。今日发生了这么多事,查案时又有这么多新发现,倘若昨天的事真是许义泄密,那么许义极大可能还会把今天的事泄露出去。许义泄密的对象若真是韩侂胄,那许义一定会去吴山南园,也就一定会从朝天门过。所以宋慈故意在途经太学时与许义分开,再带着刘克庄和辛铁柱赶来朝天门守候,只要看到许义出朝天门而去,便能验证他的这番猜想。

在太学中门与宋慈等人分别后,许义回到了提刑司。他将新发现的尸骨停放在偏厅,又将检尸格目送去了书吏房。做完这一切后,他回到役房,换了一身常服,戴上帽子,走侧门出提刑司,穿城向南,一如昨天那般,打算去往吴山南园,向夏震禀报宋慈今日查案时的一举一动。

许义一路上走得很快,不多时来到了朝天门。眼见离吴山南园已经不远,他本就足够快的脚步,不禁又加快了几分。然而他刚出朝天门,手臂忽然一紧,被人从身后拽住了。他一回头,瞧见了辛铁柱,惊讶道:"辛……辛公子。"他记得辛铁柱明明随宋慈回了太学,没想到竟会突然出现在此。

"宋提刑有请。"辛铁柱不由分说,抓着许义的手臂,回身便走。

许义的手臂如被铁钳夹住了一般,挣脱不得,身不由己地跟着辛铁柱回了朝天门,向不远处的御街茶楼而去。

很快来到御街茶楼上的雅阁,许义见到了等在这里的宋慈和刘克庄。他惊讶之余,心里发虚,不由自主地埋下了头。

"许大哥,你从朝天门出城,这是要去何处?"宋慈问道。

许义嗫嚅道:"宋大人,小的……小的是去……"

"是要去吴山南园吧?"宋慈道。

许义诧异地抬起头来看了宋慈一眼,旋即又低下头去,不知该怎么回答。

"好你个许义,原来宋大人去泥溪村开棺验骨的消息,是你泄露出去的!"刘克庄忽然站起身来,"宋大人一向对你那么信任,你就是这么报答宋大人的?你可知道,就因为你通风报信,害得宋大人今早险些死在了泥溪村!"

许义脸色一阵青一阵白,吞吞吐吐地道:"小的……小的也不想这样……"

"你还有脸说不想?"刘克庄怒道,"你明知宋大人会在泥溪村遇险,却借口从宋大人身边离开,事后还装作挨打晕了过去。你这种人,就该好好地收拾一顿!"说着看向辛铁柱,叫道:"铁柱兄!"

辛铁柱很是配合,当即怒目瞪视许义,提起拳头,在桌上重重一捶,茶壶茶碗全都跳了起来,力道随着桌腿传下,楼板都在微微发颤。

许义知道辛铁柱动起手来有多厉害,情不自禁地缩了缩身子。

宋慈却是神色如常，示意刘克庄和辛铁柱不必动怒，道："许大哥，我知道你在提刑司当差，有些事情也是身不由己。今早我虽然遇险，但最终平安无事，你无须为此自责。"

"宋大人……"许义喉咙一哽，"小的实在是……实在是对不起你。"他耷拉着脑袋，跪了下去。

宋慈道："过去这段日子，我四处奔走查案，你帮了我很大的忙。若没有你，岳祠案和西湖沉尸案，我不可能那么快破案。不管你以前做过什么，我都不怪你，你起来吧。"说着伸出手去，将许义扶了起来。

许义极为感激地望着宋慈。他心中本还有一丝纠结，但这一丝纠结，在宋慈扶起他的这一刻，一下子冰消瓦解。他不再对宋慈隐瞒，将他当初替元钦监视宋慈的一举一动，在元钦离任后，又听从夏震的命令继续监视宋慈，并每天到南园通风报信的事，原原本本地说了出来。说完之后，他只觉得心头一轻，仿若一块压了许久的石头终于落地。

宋慈听罢，道："是夏虞候命你盯着我？"

许义点头应道："元大人离任后，夏虞候来找过小的，说他知道小的监视宋大人的事，叫小的继续盯着宋大人，将宋大人每天查案时的一举一动记下来，再去南园向他通报。"

宋慈若有所思地想了想，道："许大哥，你可否帮我一个忙？"

许义应道："宋大人但有差遣，小的便是赴汤蹈火，也一定照办。"

"赴汤蹈火倒是不用，"宋慈语气淡然，"我要你继续去南园，把我今日查案所得，如实禀报给夏虞候。"

许义一度以为自己听错了，诧异道："宋大人，你是叫我……去见夏虞候？"刘克庄和辛铁柱也甚是惊讶地望着宋慈。

"不错，我要你把眼下的事忘了，就当没有见过我，继续去南园见夏虞候，该怎么禀报，便怎么禀报。等你回来时，再来这家茶楼，我会一直在这里等你。"宋慈见许义仍是满脸惊讶，说道，"许大哥不必多想，你只管去就行了。"

"是，小的知道了。"许义挠了挠头，离开了茶楼。

望着许义出了茶楼，沿街走远，刘克庄回过头来，不解地看着宋慈，道："许义背地里通风报信，险些害死了你，你这么轻易便放过了他？"

宋慈道："他只是一个差役，元大人和夏虞候找到他，他也没得选择。"

"许义那样对你，你还为他着想？就算你肚量大，不跟他计较，那也不能再叫他去通风报信啊。"刘克庄道，"夏震是韩侂胄的人，他叫许义监视你，一定是韩侂胄的意思。今早在泥溪村袭击你的那些黑衣人，我看十有八九也是韩侂胄安排的。你再让许义去通风报信，那不是给自己招惹祸患吗？"

宋慈淡然一笑，道："克庄，此事你无须多虑，我自有打算。"说着拿起茶碗，轻轻喝了一口，转头望着朝天门，等着许义回来。

刘克庄虽不明白宋慈的用意，但也不再多言，与辛铁柱一起落座，陪着宋慈等待。

过了好长时间，许义的身影终于出现在朝天门外，径直朝御街茶楼赶来。他来到楼上雅阁，向宋慈禀道："宋大人，小的依你所言，将今日查案诸事，都向夏虞候说了。"

宋慈指了指自己的脸，道："夏虞候的脸看起来，是不是与往常不大一样？"

"宋大人，你怎么知道？"许义面露惊讶之色，"夏虞候的前额有些发红，看起来像是被烫伤了。"

宋慈又道："听你禀报时，夏虞候的反应是不是也比往常更大？"

"没错，夏虞候一向喜怒不形于色，可今日听了小人禀报，却是脸色铁青，看起来甚是气愤。"许义更加诧异了，"宋大人，你怎么什么都知道？"

"那就是了。"宋慈微微点了点头，"许大哥，你先回去吧。今日这茶楼上的事，还望你不要说破。"

许义应道："宋大人放心，今日之事，小的一定守口如瓶。"说罢，自行离开了御街茶楼。

许义走后，宋慈拿起茶碗，将剩余的茶水一口喝尽，道："走吧，是时候去南园了。"

"去南园？"刘克庄闻言一惊。

宋慈点了点头，站起身来，大步走出了雅阁。刘克庄和辛铁柱相视一眼，跟了上去。

吴山南园，归耕之庄。

"净慈报恩寺后山，发现一具尸骨，右手只有三指，许义真是这么说的？"韩侂胄坐在上首的太师椅上，听罢夏震的禀报，脸色阴沉，如笼阴云。

夏震立在下首，应道："那许义是这么说的，属下转述的原话，

第八章 蛤蟆附骨　223

不敢隐瞒太师。"

韩侂胄低声说起了话，好似自语一般："那具尸骨不是烧掉了吗？怎么会出现在后山？"又看向夏震，"今日在泥溪村，你没看走眼，真是辛铁柱？"

"属下认得清楚，是辛铁柱带着数十个武学生突然赶到，救下了宋慈。"

"一个宋慈，一个刘克庄，如今又来了一个辛铁柱，这些个后生小辈，越来越不知天高地厚了。"韩侂胄语气发冷，"乔行简还等着吧？"

"乔大人还在许闲堂，已等了有三个半时辰。"

"你去把他叫来，然后速去府衙，命赵师睪带人去提刑司，接手新尸骨的案子，把那具新发现的尸骨运走。"韩侂胄的身子微微后仰，靠在了椅背上，"今日泥溪村失手一事，暂不责罚于你，往后再有失手，你就别再回来见我了。"

夏震躬身道："是，属下遵命！"当即退出归耕之庄，朝许闲堂去了。

许闲堂中，乔行简已经等候多时。

乔行简是今日上午被人请来吴山南园的，说是韩侂胄要见他。但与上一次他被一抬轿子直接请至归耕之庄与韩侂胄见面不同，这一次韩侂胄虽然请了他来，却只是让他在许闲堂中等候，没说让他等多久，眼看着中午过去，下午都过了大半，也没派人给他送来饭食，甚至连水都没让他喝上一口。

乔行简也不生气，平心静气地等着，一等便是三个半时辰，终于等来了夏震。夏震一脸肃容，道："乔大人，太师有请。"说完，领着乔行简去往归耕之庄。

夏震将乔行简带入庄内，韩侂胄挥了挥手，夏震躬身退了出去。乔行简走上前去，向韩侂胄行礼，道："下官拜见韩太师。"

韩侂胄冷眼看着乔行简，道："你上次在这里说过的话，可还记得？"

乔行简一见韩侂胄的眼神，便明白韩侂胄一早将他叫来，却又把他晾在一边，让他等了三个半时辰之久，显然是因为他没遵照韩侂胄的吩咐，反而授命宋慈两案并查，这才有意敲打他。他言辞甚是恭敬，道："下官记得清楚，未曾敢忘。"

"那你就是这样不负所望的？"韩侂胄语气微变。

乔行简微微躬身，道："禀太师，刘太丞一案存在颇多蹊跷，先前所抓嫌凶，极可能不是真凶，下官掌一路刑狱，实在不敢轻率结案。"顿了一下又道，"那宋慈确有大才，精于验尸，行事公允，甚是难得。刘太丞一案中的不少疑点，都是他推敲出来的。他干办期限未到，下官这才命他在期限内查明真相。圣上乃圣明天子，太师乃股肱之臣，想必都希望看到早日破案。明日便是最后期限，以宋慈之才，想必定能如期破此疑案，揪出真凶，必不负太师所望，亦不负圣上所望。"

乔行简这番话说得可谓滴水不漏，倒让韩侂胄好一阵没说出话来。他一直躬身低头，摆出一副恭敬有加的样子。韩侂胄冷冷瞧着他，忽然道："倘若明日之内，宋慈破不了案呢？"

"宋慈身为太学学子，无论他破案与否，事后都该回归太学，继续求学。"乔行简应道，"但他查案是下官授命，他若不能如期破案，那便是下官识人不明，耽误了查案进程，下官愿领一切责罚。"

"你这是要保他查案了？"韩侂胄抓握着太师椅的扶手，脸色很是难看。

一阵脚步声忽然在这时响起，夏震去而复返，快步走入了庄内。韩侂胄看向夏震，面露一丝疑色，他明明吩咐过夏震速去府衙办事，没想到夏震竟会突然回来。只听夏震道："禀太师，宋慈求见。"

韩侂胄眉头微皱，道："宋慈？"

"是宋慈，还有刘克庄和辛铁柱，都等在大门外。"

"他们来做什么？"

"说是听闻太师抱恙，前来探望。"夏震禀道。原来他奉韩侂胄之命赶去府衙，却不想刚走出南园大门，便迎面撞上了宋慈、刘克庄和辛铁柱。宋慈向他表明来意，说是听闻韩侂胄身体抱恙，专程前来拜见，请他代为通传。他只得回入园中，来到归耕之庄，向韩侂胄禀明此事。

韩侂胄想了一下，道："让他们进来。"

"是。"夏震领命而去。

韩侂胄看向乔行简，道："宋慈诋毁我韩家清誉，又将珍儿定罪下狱，这些事你都是知道的。倘若我执意不让宋慈查此案，你还要保他查下去吗？"这话说得极直白，便如利刃出鞘，亮出了锋口。

乔行简应道："下官授命宋慈查案，只为尽早破案，别无他意。若太师觉得不妥，下官自当收回成命，让宋慈放弃查案。只是宋慈并无过错，还望太师不要为难他。"

"一会儿宋慈来了，你用不着回避。"韩侂胄道，"为不为难他，要看你怎么做。"

乔行简知道韩侂胄对他并不信任，怕他又有阳奉阴违之举，这是要他当面收回宋慈的查案之权，与宋慈划清界限。他应道："下官明白。"

不一会儿，夏震领着宋慈、刘克庄和辛铁柱，来到了归耕之庄。

眼见乔行简身在庄内，宋慈不免有些惊讶。他之前去提刑司找过乔行简，得知乔行简有事外出，没想到是来了吴山南园。他上前拜见了韩侂胄，道："学生宋慈、刘克庄、辛铁柱，闻听太师身体抱恙，特来探望。"刘克庄和辛铁柱一同上前参拜行礼。宋慈又向乔行简行了一礼，道："见过乔大人。"乔行简微微点了点头。

韩侂胄的目光从刘克庄和辛铁柱的身上扫过，没怎么在意刘克庄，倒是对辛铁柱多看了两眼，道："你便是辛稼轩的儿子？倒是生得壮勇。"

辛铁柱只是拱手多行了一礼，未有其他表示。

韩侂胄目光一转，落在了宋慈身上，道："宋慈，你怎知我身体抱恙？"

宋慈应道："城北刘太丞家发生命案，我前去查案时，听说太师患上背疾，曾请过刘太丞看诊，是以前来探望。"

"些许小痛，早已无大碍了。"韩侂胄见宋慈等人空手而来，知道探病云云，不过是借口而已，"你特地来此，应该不只是为了探病吧？"

"太师明见。"宋慈道，"我查案遇疑，想来向太师打听一个人。"

"什么人？"

"虫达。"

"虫达？"韩侂胄语调一扬。

宋慈道："据我所知，虫达过去曾是太师的下属，太师应该不会忘了吧？"十五年前，虫达曾寸步不离地跟在韩珍身边，那时韩珍才十岁，虫达能成为韩珍的贴身护卫，显然是韩侂胄的人。

韩侂胄道："虫达此人，我自然忘不了。他曾是我身边一虞候，我见他勇武有加，曾向圣上举荐，提拔他领兵打仗，有意栽培他，盼着将来北伐之时，他能堪大用。不承想我看走了眼，他竟叛投了金国。一个背国投敌的叛将，你打听他做什么？"

"不瞒太师，今日我在净慈报恩寺后山，发现了一具尸骨，其右掌只有拇指、食指和中指三根指骨。"宋慈道，"据我所知，虫达的右手末尾二指皆断，与这具尸骨相符，因此我怀疑这具尸骨有可能是虫达，这才来向太师打听，希望能知道更多虫达的特征，以确认尸骨的身份。"

韩侂胄故作惊讶，道："有这等事？虫达这人，虽说勇武，但身形样貌平平无奇，除了断指，没什么特征。他早就投了金国，在净慈寺后山发现的尸骨，怎么可能是他？再说，单凭几根断指，恐怕也不足以指认身份吧？"

"太师所言甚是，单凭几根断指，的确不能指认身份。"宋慈道，"发现这具尸骨的地方，与掩埋刘扁尸骨之处，只有数步之隔，其死状与刘扁极为相似。当年刘扁死在净慈报恩寺中，这具断指尸骨不管是不是虫达，都极可能与净慈报恩寺有关。我想一并调查这具断指尸骨的案子，只是提刑干办限期将至，因而斗胆来见太师，望太师能向圣上请旨，延长干办期限，让我能接手此案，彻查真相。"

韩侂胄道："圣上旨意，岂是我说请就能请的？真是胡闹。"说罢目光一偏，向乔行简看去。

乔行简会意，道："宋慈，你说新发现的这具尸骨，死状与刘扁极为相似？"

"不错。"宋慈应道，"二者都是骨色发黑，角弓反张，呈牵机之状。"

乔行简微微点头，忽然道："这具断指尸骨的案子，还有刘扁与刘鹊的案子，往后你都不必再查了。"

宋慈微露诧异之色，道："乔大人，这是为何？"

"此案一再出现新的死者，牵连实在太广，往后由我接手，亲自查办。"乔行简道，"你且回太学去，继续学业功课，查案的事，你就不必再管了。"

"乔大人，你答应给我三日期限，让我查明刘扁和刘鹊之死。"宋慈道，"这期限明日才到，你就算不让我查断指尸骨的案子，总该让我查完刘太丞的案子才是。"

"说了不用再管查案的事，你就不用再管。我之前说过的话，你难道忘了吗？"乔行简目光如炬，直视着宋慈。

宋慈只觉乔行简的目光似曾相识，猛然想起，之前乔行简授命他两案并查时，便曾用这种目光看过他。"你能保证不管遇到什么阻力，都会追查到底，决不放弃吗？"这句当时乔行简说过的话，霎时间回响在他的耳边。他一下子明白过来，乔行简这是有意提醒他，叫他不要忘了自己说过的话，无论遇到多大的压力，决不能退缩放弃，哪怕这压力是来自乔行简本人。"乔大人的命令，宋慈自

第八章　蛤蟆附骨　229

当遵从。"他朗声应道,"只是刘扁和刘鹊的案子,眼下我已经查明,凶手是谁,我也已经知道。明明我已经破了案,难道还要我放弃此案吗?"

乔行简着实吃了一惊,道:"你已经破了此案?"

宋慈应道:"正是。"说完目光一转,向韩侂胄看去,"我现在便可前往刘太丞家,揪出杀人凶手。以太师之尊,难道要阻止我揭秘已破之案,放任真凶逍遥法外吗?"

"你当真破了案?"韩侂胄道。

宋慈道:"我来拜见太师,一为探病,二为请旨,三为请太师移步刘太丞家,作为见证,共破此疑。"

韩侂胄没有说话,只朝夏震看了一眼。

夏震受韩侂胄的差遣,原本是要去府衙的,但宋慈、刘克庄和辛铁柱突然到来,尤其是辛铁柱,其人身强体壮,孔武有力,他担心自己一旦离开,辛铁柱若有异举,对韩侂胄恐有不利,于是留在了归耕之庄。韩侂胄这些年打压异己,树敌极多,为自己安全所计,无论何时何地,都有夏震与一批甲士护卫。辛铁柱虽是辛弃疾之子,但其人毕竟与宋慈走到了一路,韩侂胄也有此虑,因此默许了夏震留下。夏震一直候在一旁,见韩侂胄向自己看来,立刻明白其意,道:"宋提刑,太师日理万机,你这区区小案,就不要来烦扰太师了。"

宋慈打量了夏震一眼,尤其是其前额,道:"几日不见,夏虞候何时伤着了额头?没有大碍吧?"

夏震神色如常,道:"些许小伤,不劳宋提刑记挂。"

"那就好。韩太师移步刘太丞家时,还请夏虞候一定要来。"宋慈目光一转，看向韩侂胄，朗声道："今晚戌时，我会在刘太丞家破案缉凶，届时恭候太师大驾。"说罢，向韩侂胄和乔行简各行一礼，转身走出了归耕之庄。刘克庄和辛铁柱也分别行礼，跟随宋慈去了。

乔行简望着宋慈的背影，目光中透着惊讶，却又暗含了赞许。韩侂胄仍旧坐在太师椅上，抓握扶手的双手暗暗用力，越握越紧。

第九章

拨云见日

"韩太师当真会来？"

"他一定会来的。"

酉戌之交，天已黑尽，刘太丞家灯烛齐明，宋慈等在医馆大堂之中，身边的桌子上搁着一口木匣，刘克庄和辛铁柱分立左右。刘太丞家的所有人，连同奴仆在内，全都聚集在此。听闻宋慈将在今夜破案，除了闭目坐着、盘捏佛珠的居白英，其他人都在交头接耳，暗自猜测凶手是谁。

刘克庄挨近宋慈耳边，这般一问一答后不久，医馆大门外响起了成片的脚步声，接着一大群人进入了医馆。

来人不是韩侂胄，而是乔行简。乔行简由文修和武偃随同，带着包括许义在内的一大批提刑司差役，押着桑榆、桑老丈和白首乌等人，来到了宋慈的面前。宋慈朝桑榆看去，桑榆也向他望来，两人目光一对。宋慈微微点了点头，桑榆这一次没有回避他的目光，望着他，眼眸深处透着信任。

"宋慈，我本想着三日期限太短，还怕你难以破案，没想到你只用了两日。"乔行简道，"想着你或许要传唤审问，我便把与本案相关之人，全都带来了。还有之前几次验尸的检尸格目，也全都拿来了。"说毕，文修便上前一步，奉上几份检尸格目。

宋慈向乔行简行了一礼，道："乔大人思虑周全，多谢了。"说完，他伸手接过检尸格目，交给了身边的刘克庄。

"此案牵连甚广，一旦开了这个头，再想结束，恐怕就没那么容易了。"乔行简压低了声音，"你可要想清楚了。"

"乔大人之前说过的话，我从未忘过。"宋慈应道，"我想得很清楚。"

乔行简点了点头，在宋慈肩上轻轻拍了一下，走向一旁的凳子坐了下来。

又过了一阵，忽有金甲之声由远及近，不一会儿，一队甲士冲入医馆大堂，守住大门和后门，在大堂里满满当当地站了一圈。

刘太丞家众人只见过差役上门查案，还从没见过这么多披坚执锐的甲士，免不了为之吃惊，便连一直闭目坐着的居白英也翻开了眼皮，朝冲进来的众多甲士看了看，手中盘捏的佛珠为之一顿。

继这队阵势威严的甲士之后，一抬轿子停在医馆大门外。韩侂胄从轿中下来，由夏震随行护卫，进入了医馆大堂。

乔行简当即起身，上前行礼，宋慈也跟着行礼。

韩侂胄没什么表示，从二人的身前走过。早有甲士抬来椅子，韩侂胄坐了上去，嘴里吐出三字："开始吧。"

宋慈拱手应道："遵太师之命。"他目光一转，看向在场众人，"本月十二清晨，刘太丞家的管家石胆赶到府衙报案，称刘太丞死于医馆书房，府衙司理韦应奎率先前来查案。与此同时，乔大人到任临安，微服察访，在净慈报恩寺后山接手了一起无名尸骨案，后又听闻刘太丞家发现命案，便赶来此处，一并接手了刘太丞的案子。这两起案子看似毫无联系，实则关联甚大，只因净慈报恩寺后山发现的那具无名尸骨，其左臂尺骨存在一处骨裂，这处骨裂已有愈合迹象，可见死者生前曾断过左臂，再加上在挖出尸骨的地方，发现了一段烧过的紫檀木，以及一块狮子状的玉饰，前者对应刘太丞家用于接骨正骨的紫檀通木，后者则是当今圣上赐给刘太丞家原主人刘扁的獐狮玉，而刘扁死前两个多月恰好摔断过左臂，其身形也与无名尸骨相符，由此得以证实，这具无名尸骨便是刘扁。刘扁曾在宫中做过太丞，后来的刘太丞刘鹊，其实从未有过太丞的经历，只是承接了刘扁的名头而已。有此关联存在，乔大人出于对我的信任，将这两起案子交给了我，命我两案并查。"

宋慈说到这里，向乔行简看了一眼，接着道："先来说刘扁的案子。刘扁与刘鹊乃同族兄弟，一起师从皇甫坦学医。这位皇甫坦是个麻衣道士，历经高宗、孝宗、光宗三朝，多次应召入宫看诊，曾治愈显仁皇太后的目疾，受高宗皇帝御赐'麻衣妙手'金匾，算得上是一代名医。白大夫曾提及，皇甫坦生前著述过医书，"说到这里，他向白首乌看了一眼，随即又向居白英看去，"居老夫人也曾对我说过，皇甫坦著有医书，书中载有各种用药精简却灵效非凡的验方，这部医书在皇甫坦死后，传到了刘扁的手中。刘扁和刘鹊生前也曾各自著述过医书，收录了各种独到的验方。这些验方都是用最少的药材治最疑难的病症。师徒三人，皆著有医书，而且都收录了各种验方，可见三人的医书一脉相承，或者可以说，三人所著的医书，其实本就是同一部，是皇甫坦著书在前，刘扁和刘鹊增删在后，成了所谓的《太丞验方》。"

高良姜听到此处，皱眉道："师父的《太丞验方》，是他老人家亲自所著，宋大人的这番猜测，只怕有些主观臆断了吧。"

"说起医术，高大夫乃刘鹊首徒，想必知之甚多。"宋慈道，"试问高大夫，著述一部倾注毕生心血、共计五部十六篇的医书，还是在白天看诊、晚上才能著书的情况下，只用一个多月，便能接近于完成吗？"

"这个……"高良姜被问得有些哑口。他心里清楚，一个多月的时间，充其量也就四五十个晚上，别说著述医书，便是在纸上随意写字，要写够五部十六篇的字数，恐怕也是极难。

"高大夫说我是主观臆断，这话其实没错，想必诸位心中，多少也有此想法。还请诸位少安毋躁，过得片刻，我自会拿出实证，证实我方才所言。"宋慈环顾医馆大堂，说道，"十年前，圣上御赐了这座宅子给刘扁，刘扁将其开设成医馆，当时还在做随军郎中的刘鹊从军中去职，来到临安，襄助刘扁打理医馆，这一打理便是十年。按理说，刘鹊师从皇甫坦，医术就算比不上刘扁，那也不可能差，大可以自立门户。可他却甘愿寄于刘扁篱下，哪怕六年前刘扁已不做太丞，回到了刘太丞家，刘鹊仍然没有离开，究其原因，是他觊觎皇甫坦传给刘扁的那部医书。"

高良姜当即争辩道："师父不可能做这种事……"

"这些事是居老夫人亲口所言。"宋慈向居白英一抬手，"高大夫若不信，大可问一问居老夫人。"

手中的佛珠一顿，居白英不等高良姜开口，说道："不错，这些事是我说的。"

高良姜扁了扁嘴，脸色不大好看。

宋慈接着道："刘鹊有此居心，刘扁是有所察觉的，他将所著医书随身携带，正是为了防备刘鹊。后来刘扁死于净慈报恩寺的大火，白大夫曾说刘扁的医书随火焚化，没能留存下来，实则不然，这部医书并未毁于大火，而是落入了刘鹊手中。只是刘鹊隐瞒了此事，对外宣称刘扁所著的医书已毁。"

"师伯著述医书的事，医馆里的人都只是听说，却没人见过，这医书究竟有是没有，压根没人知道。"高良姜道，"一部没人见过、说不定本就不存在的医书，宋大人却如此笃定是师父得到了它，怕是有些武断吧。都说宋大人为人公允，据实断案，难道就是这般据实断案的吗？"

"既然高大夫一再质疑，那我之前提到的实证，看来只好提前拿出来了。"宋慈走到辛铁柱的身边，那里摆放着一张桌子，桌子上搁着一口木匣。这口木匣是宋慈今晚带到刘太丞家来的，此前一直放在桌上，辛铁柱自始至终站在桌边，似乎是在看守那口木匣。宋慈将木匣打开，里面装着一册书。他将这册颇为厚实的书拿了起来，示与众人，只见书皮上赫然题着四字——太丞验方。

《太丞验方》突然出现，令在场所有人都是一惊，尤其是高良姜和羌独活，神色之惊讶无以言表。二人见过刘鹊的《太丞验方》，虽没有机会打开翻阅，但书册是何模样，二人是知道的。二人认得真切，无论是书册的大小尺寸，还是书皮上的题字，都是记忆中

《太丞验方》的样子。宋慈手中拿的，正是自刘鹊死后便消失不见的《太丞验方》。

在众人惊讶的注视下，宋慈神色淡然地打开《太丞验方》，随手翻页道："这部《太丞验方》，前后五部十六篇，共出现了三种笔迹，分属于三个不同的人。书中收录的验方，用药都极精简，虽是三人所著，却能看出是一脉相承。"他走向白首乌，先请白首乌辨认书中的笔迹，再让高良姜和羌独活辨认笔迹，又让黄杨皮、远志和当归等人看了。众人都认得其中两种笔迹分别属于刘扁和刘鹊，另一种笔迹与祖师堂中皇甫坦自画像上的题字相似，应该是出自皇甫坦之手。如此一来，宋慈之前的那些主观臆断，因为《太丞验方》的突然出现，全都得以证实。

"师父的医书，怎会在大人这里？"宋慈拿出《太丞验方》已有片刻时间，高良姜的惊讶却丝毫未减。

宋慈没提《太丞验方》从何得来，而是继续之前的话题，道："这部医书从皇甫坦传与刘扁，此后便被刘扁随身携带，从不示人，直到一年多前的中秋前夜。那一夜净慈报恩寺的弥音和尚来到刘太丞家，请刘扁去给住持德辉禅师治病。当时弥音只请了刘扁一人，刘鹊却以刘扁左臂有伤、行医有所不便为由，主动跟了去。是夜，刘扁为了照看德辉禅师的病情，留宿于禅房之中，刘鹊则是住进了厢房。后半夜大火从禅房开始烧起，当第一个发现着火的弥音赶到时，禅房已被大火吞噬。禅房与厢房之间隔着寺中僧人居住的寮房，按理说这部医书被刘扁随身携带，应该跟随刘扁毁于大火才是，可它却被住在厢房的刘鹊得到，可见当夜起火之前，刘鹊应该去过禅房，从刘扁身边拿走了这部医书。事实也是如此，当夜弥音

第九章 拨云见日 237

发现起火的前一刻,曾目睹刘鹊返回厢房,也就是说,起火时刘鹊不在厢房。因此,刘鹊有极大的杀人放火之嫌。"

宋慈看了一眼刘克庄手中的检尸格目,道:"我查验过刘扁的尸骨,他不是被烧死的,而是被毒死的。他头足相就,状若牵机,骨色发黑,以肋骨周围的黑色最深,用银器验之不变色,乃是死于牵机药中毒。牵机药以马钱子的毒为主,中毒之人毒入脑髓,毒发时会身体反弓,形似牵机。"说着看向羌独活,"在刘扁死前几天,羌大夫曾在刘鹊药箱的暗格之中,发现了暗藏起来的牵机药。刘鹊跟着刘扁去净慈报恩寺时带上了药箱,这一点弥音可以证实。由此可见,刘扁遇害当晚,刘鹊是带了牵机药去的。"

韩侂胄一直一言不发地旁听着,当听到牵机药被提及时,长时间神色毫无变动的他,眼角皱纹微微抽动了一下。

乔行简道:"这么说,是刘鹊谋夺医书,用牵机药毒死了刘扁,事后又放火毁尸灭迹,不承想火势从禅房蔓延开来,最终将整个净慈报恩寺烧毁?"

宋慈点头道:"尽管他本人已死,无法找他对质,也没有人目睹他杀害刘扁,但种种线索汇总在一起,用牵机药毒杀刘扁的,应该就是刘鹊。"他环顾众人,继续往下说道,"刘扁无儿无女,他死之后,刘鹊作为他的族弟兼师弟,而且是打理过医馆整整十年的人,顺理成章地成了刘太丞家的新主人。刘鹊不但从刘扁那里得到了医书,还得到了这份偌大的家业,甚至占了刘扁的太丞之名,可谓是鸠占鹊巢。这样的日子持续了一年多,直到前不久的正月十二,刘鹊突然被发现死在医馆书房之中。"

宋慈转头朝贴有封条的书房看了一眼,道:"乔大人和我查验过刘鹊的尸体，确认刘鹊生前吃下过砒霜，是死于砒霜中毒。当时书案上摆放着一个圆形食盒，经乔大人查验，食盒里的糕点都下了砒霜。"他看向被许义押着的桑榆，"这一盒糕点，是桑榆姑娘送来的。桑榆姑娘名义上是来道谢，感谢刘鹊救治了桑老丈，实则是为了确认一件事。桑榆姑娘来自建安县东溪乡，十年前建安县峒寇作乱，官军分道进剿，其中一支官军途经东溪乡时，竟然劫掠百姓，杀良冒功，桑榆姑娘的父母和兄长皆死于官军之手，她虽大难不死，但从此家破人亡，只能跟着家中奴仆桑老丈四处流亡，相依为命。当年率领这支官军的将领名叫虫达，当时刘鹊就在虫达军中做随军郎中。这支官军在桑家烧杀劫掠时，刘鹊也参与其中，被桑榆姑娘和桑老丈亲眼看见了。"说着向桑榆和桑老丈道，"二位，是这样吧？"

韩侂胄听宋慈提及虫达率军劫掠百姓，杀良冒功，眼角皱纹又是一抽。刘太丞家众人听说刘鹊参与过劫掠，除了居白英外，无不露出惊诧之色。

桑榆想起父母兄长倒在血泊中的惨象，面有悲色，这悲色之中，又带有深深的仇恨。桑老丈点头道："宋大人说的是，当年祸害桑家的那些乱兵里，就有刘鹊。"

"桑老丈前些日子卧病在床，刘鹊与贴身药童黄杨皮前去诊治。桑榆姑娘和桑老丈一见刘鹊，觉得与当年那位刘二实在很像，但也只是觉得很像，毕竟相隔十年，当年又只见过一面，并没那么确定。"宋慈说道，"桑榆姑娘之所以做了糕点上门道谢，便是为了确认刘鹊是不是当年参与劫掠桑家的刘二。当时桑榆姑娘给刘鹊看了一张写有'十年前，建安县，东溪乡'的字条。刘鹊便将桑榆姑娘请入书房闭门相见，承认了自己参与劫掠的事，说自己这些年痛悔万分，并向桑榆姑娘悔罪道歉。他还问桑榆姑娘是不是来报仇的，如果是，他愿以死谢罪，还说在他死后，求桑榆姑娘不要再伤害他的家人。"

桑榆想起当日见刘鹊时的场景，点了点头。

"除了对桑榆表达过死意，刘鹊当天还有过不少反常之举。黄杨皮曾提及，当天刘鹊看诊时，时不时便会叹气，这种情况过去很少见。后来刘鹊又去祖师堂祭拜皇甫坦，要知道很快便是上元节，到时医馆里所有人都会祭拜祖师，刘鹊却突然独自一人提前去祭拜，这是以往没有过的举动。再后来，刘鹊去了莺桃夫人那里，见了刘决明。刘鹊可以说是老来得子，对刘决明这个独子看得比什么都重，每天都会抽空陪刘决明玩耍，很是宠爱疼惜。可那天刘鹊却一反常态，教起了刘决明认字练字，其间要求极为严格，稍有认错写错，不但打刘决明手心以示惩罚，还要他重认重写，直到全然正确为止。刘鹊离开时，很是不舍地摸着刘决明的头，又再三叮嘱莺桃夫人照顾好刘决明，好似他以后再也见不到刘决明一般。"宋慈说完这番话，目光落在了莺桃身上。

莺桃抱着刘决明站在最边上，有意与居白英隔开老远。见宋慈向自己望来，其他人也都向自己望来，她应道："是这样的，而且老爷离开时对明儿很是怜惜，很是不舍，再三叮嘱我照顾好明儿，便如……便如嘱咐后事一般。"

宋慈继续道："刘鹊见过莺桃夫人和刘决明后，回到医馆书房开始著书，其间先后把高大夫、羌大夫和白大夫叫去书房，对三人所说的话惊人地一致，都说《太丞验方》即将完成，打算将这部凝聚他毕生心血的医书托付给他们。刘鹊年过五十，最近半年染上风疾，常头晕目眩，曾好几次突然晕厥，他身为大夫，却一直治不好自己的病，然后在这一天出现了种种反常，有意要将衣钵托付给弟子。"

"你是想说，"乔行简道，"刘鹊有求死之意？"

"不错。"宋慈点头道，"刘鹊的种种反常之举，正是有意求死的表现。圆形食盒里有四种糕点，分别是蜜糕、糖饼、韭饼和油酥饼，全都下了砒霜，其中韭饼和油酥饼被吃过，蜜糕和糖饼则是原封不动，这符合刘鹊不吃甜食的习惯，加之我又在刘鹊的龋齿中发现了韭菜碎末，由此可以证实，刘鹊生前的确吃过糕点，这才中了砒霜之毒。那些糕点虽是桑榆姑娘亲手做的，但一来桑榆姑娘尚未确认刘鹊就是刘二，没理由提前下毒杀人，二来砒霜只在表皮之上，但凡接触过这盒糕点的人都有可能下毒。我向黄杨皮查问过，他清点药材时，发现那天医馆药房里的砒霜变少了，被人取用过，而在刘鹊死前，唯一去过药房的，便是刘鹊本人，这一点三位药童都可以证实。所以我认为刘鹊是有意求死，自行将砒霜涂抹在糕点上，再吃了下去。"

"你说刘鹊有求死之意，确有这种可能，但说刘鹊是服毒自尽……"乔行简皱着眉摇了摇头，"那他直接吞服砒霜即可，何必多此一举，把砒霜涂抹在糕点上再吃下去，还把所有糕点一个不漏地涂抹了个遍，连他不吃的蜜糕和糖饼都涂抹了砒霜？"

"乔大人这话问得好。"宋慈说道，"刘鹊当天表现出异常，比如他时不时地叹气，那是上午就有的事。我认为那时刘鹊便有了求死之意，不管下午桑榆姑娘有没有上门道谢，他都会选择在当晚吞

第九章　拨云见日　241

服砒霜而死。只不过桑榆姑娘的突然出现，让刘鹊在服毒自尽时，多动了一些心思。当时刘鹊问桑榆姑娘是不是来报仇的，又求桑榆姑娘不要伤害他的家人，可见他揣测桑榆姑娘前来是为报仇。他已经决定自尽，不在乎自己的死，但他在乎自己的家人，准确地说，是在乎他的独子刘决明。桑榆姑娘家破人亡，父母兄长惨死，此等仇恨可谓不共戴天，刘鹊怕自己死后，桑榆姑娘不会罢休，还会继续找他的家人寻仇，会伤害到刘决明，因此他把桑榆姑娘送来的糕点全都涂抹上砒霜，再吃下糕点自尽，用自己的死来嫁祸桑榆姑娘，将这个潜在的仇人除掉。乔大人曾在刘鹊的右手指甲缝里发现残留的砒霜，证明他生前曾用手抓拿过砒霜。"

说到这里，宋慈将手中的《太丞验方》举了起来，道："证明刘鹊是死于自尽，还有最为关键的一样证据，便是我手中的这部《太丞验方》。"他走到莺桃和刘决明的面前，蹲了下来，看着刘决明。刘决明依偎在莺桃的臂弯里，这一幕让宋慈不由得想起了自己，当年他像刘决明这么大时，也曾这般依偎在母亲的怀抱里，可是自那以后，他就没有与母亲相依的机会，再也没有了。他的语气温和了许多，道："你爹教你认的那些字，你还记得吗？"

刘决明小小的脑袋点了点，道："记得。祖师麻，味辛，性温，小毒。"

宋慈点了点头，站起身来，说道："刘鹊死的那天，曾教过刘决明认字写字。那是他第一次教刘决明习字，却不教一些简单易认的字，反而教的是'祖师麻，味辛，性温，小毒'这九个字。祖师麻是一味药材，这九个字是这味药材的性味。'祖师麻'别名黄杨皮，我一开始以为与药童黄杨皮有关，但转念一想，想到了另一层意思。

"刘太丞家中，有一座祖师堂，里面供奉着皇甫坦的画像，还有一块高宗皇帝御赐的'麻衣妙手'金匾。刘鹊在教刘决明习字前，曾去祖师堂祭拜过，还独自在里面待了一段时间才出来，此事黄杨皮可以证实。我由此想到'祖师麻'三个字，会不会指的是祖师堂中的'麻衣妙手'金匾。于是我去了一趟祖师堂，关起门来，踩在供桌上，查看'麻衣妙手'金匾，在匾后找到了一口木匣，里面装的正是这部《太丞验方》。刘太丞家聪明人不少，我怕有人解透这九个字的意思，会去祖师堂找到这部医书，于是我自己带走了这部医书，暂且保管了起来。"

高良姜、羌独活、石胆和三个药童顿时想起昨天宋慈查问完莺桃后，突然去了一趟祖师堂，离开时怀中微鼓，像是揣了什么东西，当时众人都觉得莫名其妙，没想到宋慈在那时便已找到并带走了《太丞验方》。

"刘鹊死的那天，曾去过祖师堂祭拜，还关起门在里面待了一阵，显然这部《太丞验方》，是他亲手藏在金匾后面的，他教刘决明习字，要求刘决明必须将这九个字记牢，便是为了把藏匿医书的地点告诉刘决明。"宋慈说道，"这部《太丞验方》不像寻常医书那样辨析药材的性味和用法，而是收录了从皇甫坦到刘扁再到刘鹊，三人生平使用过的所有灵验有效的验方，正如高大夫所言，哪怕是对医术一窍不通的人，得到这部医书，按书中验方用药，亦可成为妙手良医。刘鹊最为疼惜刘决明，他自始至终的打算，都是把这部金贵无比的医书传给刘决明。但刘决明只有五岁，年纪太小，又不受居老夫人待见，其生母莺桃夫人出身微贱，在家中没有地位，为人也不检点,未必能为刘决明做主……"

莺桃听到"为人也不检点"时,脸色一下子变得煞白。

宋慈并未点破莺桃与高良姜私通之事,往下说道:"刘鹊了解自己的两个弟子秉性如何,他能干出杀害兄长谋夺医书的事,他的两个弟子未必就干不出来。"此话一出,高良姜的神情变得极为复杂,羌独活的脸色也一下子阴沉下来。

宋慈对二人的反应不加理会,道:"刘鹊怕自己死后,《太丞验方》传不到刘决明的手中,反而被两个弟子所得,于是以教刘决明习字的方式,偷偷将藏书的地点告知了刘决明,盼着刘决明再长大一些,能明白他的用意,找到这部医书。他怕只教'祖师麻'三个字,会被别人猜破用意,于是故意多加了'味辛,性温,小毒'等字,让旁人以为他只是在教刘决明辨认药材的性味。他这样还不放心,当晚将高大夫和羌大夫叫去书房,将白大夫也叫了去,故意说《太丞验方》还未完成,又故意对三人都说出托付衣钵的话。如此一来,他死之后,三位大夫找不到《太丞验方》,必会相互猜疑,钩心斗角。他还故意在纸上留字,写下高良姜、羌独活和何首乌这三种药材的性味,分别来指代三位大夫,以此来加剧三位大夫的猜疑之心。可以想见,往后很长一段时间,三位大夫都会怀疑是对方拿走了《太丞验方》,不会想到是刘鹊自己把医书藏了起来,更不会怀疑到五岁的刘决明身上。"

高良姜听得目瞪口呆,他不止一次见过刘决明练字,在侧室外的空地上,在侧室里的纸张上,写的字他也都见过,可他从没想过这竟与藏匿医书的地点有关。他从一开始就认为是有人毒杀了刘鹊,偷走了《太丞验方》,一直怀疑要么是羌独活干的,要么便是白首乌干的。他费尽心思地寻找医书,却没想到藏匿医书的线索就明晃晃地摆在眼前。羌独活听了宋慈的话,脸色更加阴沉了,便如中了剧毒一般。只有白首乌嘘了口气,他知道自己即将洗去杀人之嫌,恢复清白之身,神色反倒轻松了不少。

"可刘鹊为何要自尽呢?就因为他患了风疾,一直治不好自己的头疼?"一片沉寂之中,乔行简忽然开口问道。

"乔大人,要论刘鹊为何自尽,眼下还为时尚早。刘鹊虽有自尽之意,也确实吃下了带有砒霜的糕点,可他究竟是不是死于自尽,还要两说。"宋慈向书房看去,"刘鹊在书房中伏案而死,房中的烛火是在子时才熄灭,窗户上却长时间没有他的影子;三个药童当晚闹起了肚子,很可能是被人下了泻药;我还在刘鹊的风池穴上,发现了一处针眼。存在这么多疑点,可见刘鹊之死,并不仅仅是自尽那么简单。"

"刘鹊的风池穴上有针眼?"乔行简颇为诧异。

"我今天下午重验了刘鹊的尸体,发现了风池穴上的针眼,原打算告知乔大人,但当时乔大人不在提刑司。"宋慈指着自己的后颈道,"风池穴共有两处,分别位于左右耳后发丛,因为靠近脑髓,在这里施针时,需朝着鼻尖方向斜向进针,若朝后颈方向进针,便会刺入脑髓,人会立时毙命。刘鹊的风池穴上有针眼,且针眼四周存在红斑,可见是生前伤,应是他死前被针扎刺所致。

"刘鹊被发现死亡时,是伏在书案上的,但烛台位于书案里侧,窗户位于书案外侧,他人处在中间,影子却一直没被投在窗户上,因此我一开始怀疑他不是死在书案前。砒霜中毒,往往伴有腹痛、吐血甚至呕吐,于是我对书案、椅子和刘鹊脚下的地砖这几处地方

第九章 拨云见日 245

进行验毒，都未发现有毒，也就是没有任何呕吐之物，这更令我确信刘鹊并非死在书案前，而是死在书房中的其他地方，在子时蜡烛灭掉后，才被移尸至书案前。当晚黄杨皮、远志和当归一直在大堂里分拣药材，在此期间，除了高、羌、白三位大夫，没人进出过书房。可要做到灭掉蜡烛移动尸体，凶手必然是在书房里，因此我一度怀疑，凶手提早藏在了书房之中，一直没有出来，直到灭掉蜡烛完成移尸后，才偷偷摸摸地离开。但在刘鹊的风池穴上发现的针眼，将我以上的所有推想都推翻了。"

他的目光扫过刘太丞家众人，提高了声音："倘若刘鹊服毒之后，尚未毒发之前，便被人一针刺穿脑髓立即毙命，那么吐血、呕吐等砒霜中毒的症状自然不会出现。事实上，我当初确认书案、椅子和刘鹊脚下的地砖没毒后，为了确定刘鹊死在何处，把书房里的角角落落都查了个遍，却没有发现任何异样。那便有了另一种可能，刘鹊的尸体其实没被移动过，他从始至终一直坐在椅子里，伏在书案上。"

"那窗户上没有他的影子，作何解释？"乔行简道。

"我之前有一次离开提刑司大堂，在大堂外站了片刻，当时我脚下的影子在慢慢移动，那是因为我头顶太阳的方位在慢慢移动。这让我想明白了为何刘鹊死在书案前，书房中又点着蜡烛，窗户上却没有他的影子。"宋慈说着，走向书房，揭下封条，踏入了房中。

乔行简没有立刻跟着走入书房，而是去到韩侂胄身前，颇为恭敬地道："韩太师，请。"

韩侂胄斜了乔行简一眼，从椅子里起身，在夏震的护卫下，走进了书房。早有甲士过来，将椅子抬入房中，请韩侂胄坐了。乔行简这才带着文修和武偃进入房中。刘太丞家众人最后进入，但被几个甲士拦在书房的一侧，不让他们接近韩侂胄，以免他们之中有人心怀异志。

宋慈站在书案前，指着书案里侧的烛台道："我们一直认为，刘鹊只要在书案前，他的影子便会出现在窗户上，那是因为烛台位于书案的里侧，上面剩有半支没烧完的蜡烛，于是想当然地以为当晚书房里点的是这支蜡烛。可若刘鹊死的那晚，书房里燃烧的蜡烛，不是这支呢？黄杨皮曾说过，当晚书房里的烛火熄灭时，不是一下子灭掉的，而是慢慢暗下去的，这更像是蜡烛自行燃尽熄灭。所以我推测，当晚书房里还有另一支蜡烛，这另一支蜡烛在子时前后燃尽，自行熄灭，只因它的位置不在书案里侧，是以刘鹊的影子便被投在了别处，没有出现在窗户上。这与太阳的方位不同，人的影子也就不同，是同样的道理。"他的目光从高良姜、羌独活和白首乌三人身上扫过，"高大夫，羌大夫，还有白大夫，你们当晚进入书房见刘鹊时，书房里燃烧的，可是烛台上的这支蜡烛？"

高良姜回想了一下，道："我记得是烛台上的蜡烛。"羌独活点了一下头。白首乌应了声"是"。

宋慈道："刘鹊每晚著书时间很长，通常子时前后才休息，为了不频繁地更换蜡烛，所以他使用的蜡烛很是粗长，一支能烧上两个多时辰。凶手在一针刺死刘鹊后，另点了一支普通的蜡烛，将烛台上的这支蜡烛灭掉，然后离开了书房。如此一来，便可造成凶手离开之后，烛火依然亮着，刘鹊依然活着的假象，而普通蜡烛只能燃烧半个时辰左右，正好能在子时前后熄灭，这样便符合刘鹊的作息时间，从而不会引起外面药童的怀疑。"

此话一出，乔行简当即转过头，朝白首乌望去。凶手更换了蜡烛，导致刘鹊的影子从窗户上消失，而影子消失，正是在白首乌离开之后的事。高良姜脑筋转得快，也向白首乌看去，其他人也相继明白过来，纷纷望向白首乌。白首乌会过意来，原本轻松的神色一下子绷紧，道："不是我，不是我……"

"凶手不是白大夫。"宋慈的声音忽然响起。

所有人转过头来望着宋慈，只听他道："第二天发现刘鹊死亡时，书房的门是从里面闩上的，凶手用细麻绳闩门的法子，此前我已经解释过了。凶手当晚离开书房时，曾拉扯细麻绳，从房外将门闩上。倘若白大夫是凶手，那他用细麻绳闩门的一幕，必然被大堂里分拣药材的三个药童瞧见。"说着问三个药童道，"你们三人有瞧见过吗？"

黄杨皮应道："小人记得白大夫从书房里出来后，直接便走了，没见他拉扯过什么细麻绳。"远志也说没有，当归则是回以摇头。

"既然白大夫没有这样的举动，那白大夫便不是凶手。"宋慈道，"凶手应该是在白大夫之后进过书房的人。"

众人听得惊讶。乔行简道："可三个药童证实，在白首乌之后，再没有任何人进入过书房。"

宋慈却道："倘若有人进过书房，是三个药童故意说假话，隐瞒不报呢？"

此话一出，一道道目光向三个药童看去。黄杨皮一下子急了，道："宋大人，小人可没说过假话，那晚白大夫走后，当真没人再进过书房了。"远志和当归也跟着摇头，以示自己没有说假话。

宋慈面无表情地看了三个药童一眼，道："有没有说假话，一会儿便知。"他的目光回到书案上,"凶手更换了蜡烛,让蜡烛自行燃尽熄灭,可无论如何,总会残留一些蜡油,在燃烛之处慢慢干结。这样一来,凶手便需回到书房,将这干结的蜡油剔除,以免留下破绽。高大夫,当日发现刘鹊死亡时,你是第一个进入书房的人,请问你进入书房时,可有在这书案上看到过残留的蜡油?"

高良姜回忆当日所见,书案上有烛台、食盒和笔墨纸砚等物,并没有残蜡,摇头道:"没有。"

"书案上没有残蜡,可见凶手也知道刘鹊死在书案前,书案这地方太过显眼,没有将蜡烛放在这上面。"宋慈道,"但凶手也不会傻到将蜡烛放在远离书案的地方,否则从窗户外一眼便能看出烛火的位置不对。凶手选择的点烛之处,应该就在书案的附近,但又是一处很不起眼的地方。"他伸手指着书案外侧,那里摆放着一个面盆架,离书案有三四尺的距离,"在这个面盆架上,有些许细微的刮痕,那些细微的刮痕,应该是凶手事后剔除残蜡时不小心留下的痕迹。案发之后,刘太丞家众人相继赶来了书房,高大夫,你可还记得谁接近过这个面盆架?"

高良姜回想当时发现刘鹊死亡时的场景,猛地转过头去,盯住了远志。当日他冲进书房后,远志端着一盆洗脸水,紧跟着他进入了书房,将洗脸水放在了面盆架上。"远志,"他吃惊道,"是你?"

远志连连摆手,道:"不是我……"

"不只是远志,"宋慈目光一转,看向当归,"还有当归。刘鹊是被你们二人联手杀害的!"

当归脸色一沉,回以摇头。

宋慈说道："刘鹊死的那晚，三个药童都闹起了肚子，但黄杨皮后半夜睡下后便有所好转，你二人却直到第二天一早才稍有好转，为何？因为当晚你们二人根本没有闹过肚子，真正闹肚子的只有黄杨皮一人，是你们给他下了泻药，好让他不断地跑茅房。当晚白大夫离开书房后，黄杨皮紧跟着便去了茅房，还因为茅房被石管家占着，耽搁了不少时间。你们二人便是在那时进入书房，用银针刺死刘鹊，再另点蜡烛，闩上房门，继续在大堂里分拣药材，装作什么都没发生过。等到黄杨皮再回来，见书房里亮着烛火，自然不会想到刘鹊已死，他便在不知不觉中成了你们二人的证人。当时闹肚子是假装的，但毕竟医馆里的几位大夫都是懂医术的，说不定能看出你们二人的异样，于是为了不露出破绽，你们二人也服用了泻药，只不过是在杀死刘鹊后才服用的，因此症状比黄杨皮来得晚，好得也就比黄杨皮迟。黄杨皮后半夜便有所好转，你二人却是直到第二天一早，还是脸色苍白，看起来虚脱无力。"

"好啊，原来凶手……凶手是你们两个！"黄杨皮又惊又怒，原本站在远志和当归身边的他，一连退开了好几步。

远志紧挨着当归，见所有人都投来或惊讶或怨毒的目光，左手捏着衣角，摇头道："宋大人，我和当归原本流落街头，幸被太丞收留做了药童，才能有衣有食，过上安稳日子。太丞去世后，先生成为家主，他没赶我们二人走，仍留我们做药童，我们感激还来不及，又怎会去害他？"

"刘太丞家有一婢女，名叫紫草。"宋慈说道，"去年正月十二，紫草被发现吊死在后院，一种说法是她煎药时拿错了药，险些害得病人丧命，刘鹊因此将她赶出家门，卖给祁老二为妻，她不愿嫁给祁老二，选择了自尽；另一种说法是紫草与刘鹊有染，居老夫人于是将她贱卖给祁老二为妻，她不甘愿才选择了上吊。不管哪种说法，紫草都是上吊自尽的。可我去泥溪村查验了她的尸骨，发现她第一节颈骨上嵌有一截断掉的针尖。经我查证，这截断掉的针尖出自针灸所用的毫针，而据黄杨皮回忆，当初紫草死后，刘鹊的针囊里正好少了一枚同等尺寸的毫针，且刘鹊打点过查案的官员，当天便以自尽结案，事后又急着处理紫草的尸体。由此可见，紫草并非上吊自尽，而是被刘鹊针刺风池穴，刺穿脑髓而死。"

宋慈说到此处，有意无意地朝夏震看了一眼，却见夏震神色发紧，似乎对他方才所言极为在意。目光从夏震身上移开，他直视着远志和当归，说道："六年前，你们与紫草一同来到刘太丞家。当时你们二人一个身患重病奄奄一息，另一个人急得无计可施号啕大哭，是紫草的出现救了你们。来到刘太丞家后，紫草更是对你们照顾有加，如亲姐姐一般。紫草死后，你们二人未经刘鹊的允许，哪怕知道事后会被刘鹊责骂，也要去给紫草送葬。祁老二说，当年紫草的尸体运到泥溪村后，是你们二人帮着掘土安葬的。下葬之时，你们为紫草整理仪容，突然趴在棺材上大哭起来，良久才盖上棺盖，将棺材下葬。后来回到医馆，挨了刘鹊的骂后，去打扫药房时，你们二人趁机翻看了刘鹊的针囊，却被黄杨皮撞见，黄杨皮只当是在整理针囊，并未放在心上。白大夫曾说，你二人以前是刘扁的药童，又肯勤学苦练，耳濡目染之下，学会了不少医术，不但能帮着抓药煎药，还能帮着给病人施针，所以是懂针灸的。我想那时你们便已发现紫草真正的死因了。

"今年正月十二，乃是紫草的周年祭日，你们二人选择用同样

第九章 拨云见日 251

的方式，以银针刺入风池穴，杀死刘鹊为紫草报仇。想必原本的打算，是要伪造成没人进入过书房、刘鹊是在里面暴毙而亡的假象。要知道刘鹊最近半年染上风疾，已有好几次突然晕厥，他突然死在书房之中，只要验不出他风池穴上的针眼，极大可能会被认为是风疾发作暴病而死。只是你们二人没想到刘鹊会有求死之意，本就打算在当晚自尽，而且在你们进入书房动手之前，他刚好吃下了带有砒霜的糕点，虽然没来得及出现吐血、呕吐等毒发症状，但肤色发黑，舌生裂纹，嘴唇和指甲变得青紫，留下了中毒的迹象。第二天看见刘鹊有中毒迹象时，你们二人很是吃惊吧。风池穴上的针眼太过细小，又被头发遮掩，实在难以发现，若非我在紫草的颈骨上发现断针，进而去查验刘鹊的后颈，只怕也发现不了。倘若刘鹊没有吃下砒霜，身上没有出现中毒的迹象，只怕前来查案的韦应奎早就草草结案，人人都会当刘鹊是风疾发作而死。刘鹊是自己求死，却想假造他人谋杀，你们二人是谋杀刘鹊，却想假造他是暴病而亡，此案真可谓是阴差阳错。

"今日下午，我故意当着你们二人的面，问高大夫针刺风池穴的事，又故意说在刘鹊的脑后，发现了一枚扎入后颈的银针。实则我没在刘鹊的脑后发现过银针，只是发现了针眼。我之所以这样说，就是为了确定你们二人究竟是不是凶手。若是凶手，一听说刘鹊的后颈上有银针，必会起疑心，会去翻找针囊，看看有没有银针缺失，是不是自己一时疏忽，遗漏了银针在刘鹊的后颈里。你们二人是高大夫和羌大夫的药童，二位大夫的针囊交由你们掌管，平日里都放在药房，所以我让刘克庄故意留下来，盯着药房，看你们二人会不会去触碰针囊。果不其然，你们去药房打扫时，假装收拾器具，趁机翻看了针囊。这与当年确认紫草死因时，你们二人翻看刘鹊的针囊，可谓是如出一辙。"

刘克庄这才恍然大悟，道："原来你让我盯着药房是这个意思。"说着头一转，看着远志和当归。想到紫草被刘鹊残忍杀害，二人是为了给紫草报仇才杀了刘鹊，他心下触动，为之怜悯而又痛惜，神色甚为复杂。

远志低着头，当归黑着脸，两人都没有说话。

"接住！"宋慈忽然手一扬，一团裹起来的手帕朝远志掷去。远志连忙伸手接住，以为宋慈是要给他看什么东西，可是低头一瞧，手帕里却是空无一物。

只听宋慈说道："方才我说过，每个人的风池穴一共有两处，分别位于左右耳后。凶手针刺刘鹊的风池穴，按理说应该选择右侧的风池穴，因为绝大多数人的惯用手都是右手，自然会选择右侧的风池穴进针，朝脑髓末端所在的颈骨方向刺入，这样更为顺手，更好发力。但刘鹊脑后的针眼，却是位于左侧的风池穴上，由此可见，凶手应该是个左利手。我这两天观察过刘太丞家所有人的行为举止。抚摸小黑狗，拿锄头，拿抹布，惯常使用左手的人，整个刘太丞家，便只有你一个。"说到最后，目光落在了远志身上。

远志看了一眼宋慈扔来的手帕，这才注意到自己接住手帕的是左手。他明白过来，宋慈方才突然朝他扔出手帕，又叫他接住，原来是为了试探出他的惯用手。

"事到如今，你还有何话说？"宋慈这话一出口，所有人的目光都集中在远志的身上。

远志抬起头来，看了看众人，又扭头看了一眼当归。他闭上了眼睛，好一阵才睁开，说道："宋大人说的是，刘鹊是我杀的。"他不再称呼刘鹊为先生，而是直呼其名，"刘鹊本就该死，他占了太丞的家业，以太丞之名自居，还因为紫草侍奉过太丞，便不认她与白大夫的婚约，因为各种小事对她欺压辱骂，不让她来医馆帮白大夫看诊，只让她在家宅那边干粗活重活，还不许我和当归去帮她。这些我都能忍，可是他……可是他竟杀害了紫草！"

他悲恨交加，连连摇头，道："当初安葬紫草时，我为她整理仪容，见她的颈后有抓痕，那些抓痕伸进了发丛，我便拨开她的发丛，发现风池穴上有针眼，伸手一摸，针眼发硬，用力将皮肉按下去，竟有一小截银针露了出来。那一小截银针应该是扎进了骨头，被卡住了，拔不出来。我用了好大的劲，才扭断银针，将它取了出来。我回医馆翻找几位大夫的针囊，只有刘鹊的针囊里少了一枚毫针，我才知紫草是被刘鹊用银针刺死的。这些连我都能发现，官府的人却收了刘鹊的钱，草草结案，视而不见。过去这些年来，紫草一直如亲姐姐般待我，她蒙冤被害，我不能坐视不理。从那时起，我便起了报仇的念头。这些不关当归的事，他一直劝我不要乱来，但我铁了心要为紫草报仇。刘鹊是我一个人杀的，要杀头便杀头，宋大人，你治我的罪吧。"说罢丢掉手帕，伸出双手，束手待擒。

宋慈却摇摇头，道："刘鹊的风池穴上只有一个针眼，可见是一针毙命。要一针刺中刘鹊的风池穴，还要一下子准确无误地刺入脑髓，除非刘鹊一动不动等着你刺，否则他稍有反抗，你一个人便难以做到。当初紫草被杀，她一个年纪轻轻的女子，尚且能伸手抓挠后颈，留下不少抓痕，刘鹊的后颈上除了那一个针眼，却没有任何抓痕，可见他一点也没有反抗过。由此可见，是有人帮你制伏了刘鹊，让他动弹不得，你才能一针刺中脑髓。"说罢目光一转，看向当归。

当归知道宋慈的目光是什么意思。他没做任何辩解，当即应道："不错，把刘鹊按在书案上，让他挣扎不得的是我，事后用细麻绳关门上闩的也是我。"他向远志看去，"我的命是紫草救的，能为紫草报得大仇，我一点也不后悔。你我说好一起为紫草报仇，谁都不该独自担罪。要杀头便杀头，大不了你我一同去阴曹地府见紫草，总好过留在这世上任人欺辱打骂。"

远志望着当归，眼中含泪，点了点头。

乔行简见远志和当归已经认罪，当即命武偃带领差役上前，将二人拿下了。真凶既已就擒，此前的几位嫌凶便都恢复了清白之身。乔行简吩咐许义将桑榆放了，又吩咐将桑老丈和白首乌也放了。短短两天，从阶下囚到无罪释放，桑老丈感激万分，拉着桑榆，颤巍巍地来到宋慈身前，要当场跪谢宋慈。宋慈急忙拦住，不让二人跪下。

高良姜得知凶手并非羌独活和白首乌，倒有些失望，指着远志和当归骂了起来。羌独活阴着一张脸，盯着远志和当归。黄杨皮也冲二人指指点点，说起了各种风凉话。

宋慈听得皱眉，忽然说道："所谓医者，贵在仁心仁术，总是钩心斗角，赢了彼此又如何，独占医术又能如何？高大夫，羌大夫，刘扁、刘鹊身死在前，你们二人身为师兄弟，难道还要重蹈上一代的覆辙吗？少些争斗，多活人命，一心救死扶伤，自会成为一代名医。"

高良姜收起了骂声，羌独活眼神微微一变，两人彼此看了一眼，把头扭开，默然不语。

宋慈看向居白英，说道："居老夫人，我知道刘知母之死，一直令你心结难解。可是十年过去了，刘鹊也已经死去，一切总该试着去放下。刘鹊已故，你便是一家之主，刘决明毕竟是刘鹊的骨肉，你就算做不到视如己出，也不该有任何仇视报复之心。说到底，一个五岁小儿，终究是无辜的。"

居白英沉着脸，没有应声，只是手中飞快盘捏着的佛珠，渐渐慢了下来。

宋慈又转向莺桃和刘决明，说道："莺桃夫人，你口口声声说刘鹊对你好，那你就不要负他。妇有妇德，还望你以后好自为之。"

莺桃目光躲闪，脸色不大好看。

宋慈又道："刘鹊死前，曾说过等刘决明再长大些，便教他学医，将来还要把一身医术传给他。刘鹊是打算将《太丞验方》传给刘决明的。但这部医书是刘鹊杀害刘扁夺来，本就不该归刘鹊所有。我想这部医书，终究应该物归原主才是。"说着走向白首乌，"白大夫，《太丞验方》原是刘扁之物，你是刘扁唯一的亲传弟子，这部医书，就交给你了。"说着，将《太丞验方》放到白首乌的手中，随即环顾在场众人，"诸位在此，俱为见证，尤其有韩太师和乔大人作证，将来若有人试图霸占、侵夺这部医书，官府定不会轻饶！"白首乌手捧医书，想到师父的死，想到紫草的被害，想到这一切冤屈终于昭雪，眼中含泪，颤声道："多谢宋大人……"

韩侂胄旁观至此，忽从椅子里起身，大袖一拂，朝房门走去。

立刻有甲士将房中众人拦在一边，为韩侂胄开道，夏震则紧跟在侧，随行护卫。

"太师请留步。"宋慈的声音忽然响起。

韩侂胄脚步一顿，道："案子已破，你还有何事？"

"谁说案子已经破了？"宋慈提高了说话声，"当初岳祠一案，存有不少疑点，太师却急着让我结案。如今这刘扁和刘鹊的案子，同样存有诸多疑点，太师也打算急着让我结案吗？"

第十章

寻根究底

闻听此言，韩侂胄转过头来看着宋慈，语气发冷："此案当真还没破？"

宋慈直视着韩侂胄，应道："没破。"

两人隔空对视了片刻，韩侂胄忽然道："好。"说完朝夏震挥了一下手。

夏震立刻吩咐甲士，将刘太丞家众人轰了出去，不仅轰出了书房，还轰出了医馆大堂。刘太丞家众人不知发生了什么事，惊惶不安，被迫退到了家宅那边。桑榆和桑老丈也遭到甲士的驱赶。桑榆不知道韩侂胄要做什么，但她看得出韩侂胄此举绝无善意，不禁担忧地望着宋慈。宋慈看见了桑榆的眼神，冲她微微点头，比画了一下手势，示意她不必担心。"榆儿，快走吧……"桑老丈不敢招惹这些甲士，拉着桑榆离开了书房。

夏震来到乔行简的身前，朝书房外一抬手，说道："乔大人，请吧。"乔行简吩咐文修和武偎带着许义等差役退出书房，看押好远志和当归，他本人却没有离开。刘克庄和辛铁柱也被甲士往外轰，但二人如足底生根一般，站在宋慈左右，一步也不肯挪。

韩侂胄看着乔行简，道："乔提刑，你真打算留下来？"

乔行简应道："宋慈既说案子未破，下官身为浙西路提点刑狱，自然不该离开。"

韩侂胄又瞧了一眼刘克庄和辛铁柱，说道："好，路是你们自己选的，别说我没给过你们机会。"说罢一挥手，众甲士退出书房，关上房门，守在外面的大堂里，只留下夏震贴身护卫。

韩侂胄坐回椅子里，说道："宋慈，你不是要继续破案吗？那就请吧。"

宋慈看了看乔行简，看了看辛铁柱，最后看了看刘克庄。乔行简冲他微微点头，辛铁柱面无惧色，刘克庄则是笑言道："你我早已是生死之交，你要将这案子查到底，我自然要奉陪到底。"

宋慈目光坚毅，冲刘克庄点了一下头。他转身面向韩侂胄，拱手一揖："宋慈谨遵太师之命。"说罢抬头看了看所处的这间书房，接着道，"刘太丞家的案子，其实我早已查知凶手，然而个中来龙去脉，却是大可深究。首先是刘鹊的自尽，方才乔大人曾问过我，刘鹊为何会自尽。近半年来，刘鹊深受风疾困扰，以他那么高超的医术，却一直医治不好自己。但他会因为自己患上风疾难以治愈，便选择自尽求死吗？要知道此前他从没表露过死意，他的种种异常，都是在死的当天才表露出来的。黄杨皮是刘鹊的贴身药童，常跟随在刘鹊的身边，据他所言，刘鹊言行出现反常，是在死的当天上午,见过夏虞候后才有的。当时夏虞候来找刘鹊,说是最近一段日子,韩太师后背不舒服,时有刺痛之感,常常难以睡卧,请刘鹊第二天一早去吴山南园看诊。夏虞候这话,听起来没什么问题,但仔细一想,却是有违常理。"说着看向夏震。

夏震眉头微皱,未解宋慈之意。

只听宋慈说道:"疾病不等人,常常耽搁不得,寻常人患病,请大夫看诊,都是越快越好,更别说是万金之躯的韩太师了。韩太师患有背疾,而且到了难以睡卧的地步,可见病得不轻,既然已让夏虞候一早去请刘鹊,那为何不请刘鹊当天去南园看诊,反而叫刘鹊第二天才去呢?我此前拜见韩太师时,有幸见过太师舞剑,后来破西湖沉尸案时,也曾多次见到太师,实在看不出太师像患有背疾的样子。因此我想,太师会不会根本就没有患病。所谓芒刺在背,夏虞候说太师背有刺痛、难以睡卧云云,会不会是话中有话,意在提醒刘鹊,太师如今已是如芒在背,后背上的这根芒刺不除,便连觉也睡不安稳。又叫刘鹊第二天去南园看诊,意思是只给刘鹊一天的时间来拔除这根芒刺,如若不然,就要刘鹊亲自去南园向太师交代。接下来刘鹊出现各种反常,当夜便选择服毒自尽,所以我认为,太师后背上的这根芒刺,极可能是刘鹊本人。"

"宋提刑,你可知自己在说什么?"夏震忽然踏前两步,声音大有威势,"诳言妄语,诽谤太师,此等大罪,你担当得起吗?"

辛铁柱目光下移,盯住了夏震的脚下。夏震这踏前的两步看似随意,实则是有意缩短与宋慈的距离,随时可以对宋慈动手。辛铁柱没打算袖手旁观,做好了随时出手拦截夏震的准备。

"无妨,"韩侂胄却道,"让他接着说。"

"是，太师。"夏震躬身领命，退回韩侂胄的身边。

"多谢夏虞候提醒。我自己在说什么，我比谁都清楚。"宋慈语气不变，"说过了刘鹊的自尽，便该往回捋，说一说刘扁的死了。一年多前的中秋前夜，刘鹊用牵机药毒杀刘扁，当真只是为了得到皇甫坦的医书吗？倘若是，那他实在没必要在净慈报恩寺动手，要知道寺中僧人众多，中秋前夜又留宿了不少香客，刘扁当晚所在的禅房中还有德辉禅师和道隐禅师，刘鹊选择在禅房里动手，难道就不怕人多眼杂，被他人瞧见吗？他若真是为了医书谋害刘扁，应该选择人少的地方动手，就算不是人少的地方，也应该选择自己熟悉的地方，而不是人生地不熟的净慈报恩寺。所以我认为，刘鹊选择在净慈报恩寺动手，应该还有别的原因。我在想，会不会他要杀的人，其实不止刘扁一个，还有其他人，只因这个其他人身在净慈报恩寺，所以他才不得不在寺中动手。"

说到此处，宋慈朝刘克庄和辛铁柱看了一眼，道："克庄，辛公子，你们还记得今天下午在净慈报恩寺后山发现的那具尸骨吧？"

辛铁柱点了一下头。刘克庄应道："当然记得，头骨里死了只癞蛤蟆，右手只有三根指骨，这么明显的特征，怎么可能忘得掉？"

宋慈点了点头，说道："我问过净慈报恩寺的居简大师，当年德辉禅师患病之后，有一位道隐禅师日夜守在禅房照料，其右手正好缺失了小指和无名指，只剩下三根指头，与今日发现的那具尸骨一致。今日那具断指尸骨，会不会就是道隐禅师呢？这具尸骨的埋葬之处，与发现刘扁尸骨的位置相隔极近，而且骨色发黑，状若牵

第十章　寻根究底　261

机，与刘扁的死状如出一辙，想必也是死于牵机药中毒。"稍稍停顿了一下，"倘若刘鹊想杀的人除了刘扁，还有这位道隐禅师，那么他选择在净慈报恩寺动手，选择在德辉禅师的禅房里动手，那就解释得通了。"

"可刘鹊为何要去杀一个和尚呢？"刘克庄不由得奇道。

"这位道隐禅师，可不是普通的和尚。"宋慈说道，"据其年龄、身形及出家时间，还有最为重要的右手断指，他极可能是六年前叛投金国的池州御前诸军副都统制——虫达。"

"虫达"二字一入耳，韩侂胄眼角的皱纹微微抽动了一下。

"道隐禅师究竟是不是虫达，还待证实，为了不影响我接下来的推想，姑且认为他是。"宋慈说道，"羌大夫曾在刘鹊的药箱暗格里发现过牵机药，那是刘扁死前几天的事，当时刘鹊突然被请去太师府为韩太师看诊，因为走得太急，忘了带药箱，这才让羌大夫有机会发现药箱里的牵机药。也就是说，在毒杀刘扁和虫达的几天前，刘鹊是去太师府见过韩太师的。而在刘扁和虫达死后，韩太师带着圣旨出现在净慈报恩寺，在官府尚未介入调查之前，便以圣上旨意为由，将所有死难之人的尸体聚在一起，当天便火化了。韩太师此举，很难不让人怀疑有毁尸灭迹之嫌。只是火化尸体时，因为藏经阁突然起火，现场一片混乱。从如今刘扁和虫达的尸骨先后出现在净慈报恩寺后山来看，当年那场混乱之中，应该有人趁乱移动了刘扁和虫达的尸体，没让两人被火化，事后偷偷地埋在了后山。此人是谁，尚无眉目，但只要找出此人，相信大部分疑惑都能得到解答。"

宋慈说到这里，特意看了看韩侂胄的脸色，只见韩侂胄面色冷冽如笼霜雪,神色阴沉。他并未停下,接着说道:"继续往回捋,虫达叛投金国,发生在六年前,刘扁从太丞任上退下来,也发生在六年前,还有紫草、远志和当归来到刘太丞家,同样发生在六年前。虫达为何叛投金国,刘扁又为何卸任太丞,我眼下所知甚少,不敢妄言,但紫草、远志和当归被刘扁收留一事,还需细细说道一番。

"当年这三人虽是同时去的刘太丞家,但远志和当归此前并不认识紫草。远志和当归流落街头,做了多年的乞丐,临安城中的其他乞丐,他们二人大都见过,但从没见过紫草,是当归病重的那晚,远志无计可施之时,才遇到了紫草,也是紫草带着他们二人来到刘太丞家求医,最后才被刘扁收留。当时刘扁刚刚从宫中卸任太丞回到医馆,紫草便来到了刘太丞家。有意思的是,也是刘扁卸任太丞回到医馆后,夏虞候便开始来刘太丞家医治甲癣。夏虞候隔三岔五来这医馆用汤药泡脚,这一治便是好几年,甚至刘扁死后,夏虞候仍时常来,直到去年过完年后,夏虞候才长时间没再来过。那同一时间,刘太丞家发生了什么事呢?紫草死了,死于过完年后的正月十二。可见夏虞候来刘太丞家医治甲癣的时间,与紫草待在刘太丞家的时间,竟是出奇地一致。

"今早我去泥溪村查验紫草的尸骨时,见到了奇怪的一幕——紫草的坟墓极为干净,几乎见不到一片落叶。要知道紫草的坟墓处于一片竹林之中,竹子一年四季都在落叶,随时都有干枯的竹叶飘落下来,坟墓四周也是随处可见落叶,唯独坟墓上没有,可见在我到达之前不久,有人刚刚清理过坟墓上的落叶。这个人不是祁老二,因为他早上在磨刀,准备去皋亭山里砍柴烧炭,也不是远志和

第十章　寻根究底　263

当归，他们二人当时在刘太丞家。那会是谁呢？紧接着，我在坟墓旁遇到了一群不速之客，这群不速之客身着黑衣，早就埋伏在竹林四周，其中有几人被我用开水烫伤了。"

说到这里，宋慈朝夏震看去，道："想必夏虞候，便是其中之一吧。"

夏震前额发红，起了些许小水疱，看起来很像是被烫伤的。他脸色冷峻，没有回应。

"白大夫曾说过，夏虞候来医馆医治甲癣时，刘鹊曾说他正中间的脚趾最长，乃是大富大贵的脚相，让他不必为甲癣担忧。人的脚趾，要么是大脚趾最长，要么是第二趾最长，正中间的脚趾最长，那是极其罕见的。"宋慈说道，"巧的是，我查验紫草的尸骨时，发现紫草第三趾骨，也就是正中间的趾骨最长。夏虞候过去几年时常来刘太丞家泡脚，白大夫曾提到过，每次紫草一见夏虞候来，便会抓药煎剂给他泡脚。所以我大胆猜想，紫草与夏虞候之间会不会有所关联，甚至是血亲上的关联？若真是血亲，以年龄来看，紫草极大可能是夏虞候的妹妹，这也解释了为何今早紫草坟墓上的落叶会被人清理得干干净净，想必清理之人便是夏虞候吧？紫草来刘太丞家之前，其实根本就不是乞丐，她只是利用了远志和当归的乞丐身份，让刘扁生出同情之心，好将她一并收留在刘太丞家。她做了婢女后，却时常往医馆跑，其实不是对医术感兴趣，而是为了监视刘扁的一举一动，以便隔三岔五地向来医治甲癣的夏虞候禀报。

"只要想明白了紫草的身份，刘鹊为何要杀她，也就能得到解释了。不管是她给病人用错了药，还是刘鹊与她有染为了遮丑，这些理由似乎都不充足，远不足以解释刘鹊为何要置她于死地。唯一的解释是，紫草作为眼线被安插到了刘扁的身边，在刘扁死后，她依然留在刘太丞家，很大可能是为了继续监视刘鹊。刘鹊之所以因为各种小事责骂紫草，不让紫草踏足医馆，只让紫草留在家宅那边做事，可见他已经识破了紫草的身份，可紫草仍然经常背着他偷偷去医馆，所以他才一不做二不休，干脆将紫草除掉，伪造成上吊自尽，当天便急着把尸体处置埋葬。

"紫草作为眼线，做得不可谓不好，不仅这么多年没有暴露身份，还能让白大夫喜欢上她，能让刘扁将她许配给白大夫，远志和当归也始终将她当作亲姐姐看待，最后甚至不惜杀了刘鹊来为她报仇。她当年遇害之前，曾私下与白大夫有过对话，说她对不起白大夫，还说自己不是个干净的女人。她知道自己即将被刘鹊和居白英贱卖给祁老二，以后不可能再出现在刘太丞家，于是对多年来信任她、喜欢她的白大夫吐露了真言，意思是说她自己来路不干净，欺骗了白大夫的感情，只是她没想到，刘鹊并不打算放过她，而是要心狠手辣地置她于死地，所谓将她贱卖给祁老二云云，只是为了给她上吊自尽安上一个理由。"

宋慈的说话声戛然中断，他朝夏震看了看，又朝韩侂胄看了看。

夏震依然神色冷峻，但不知何时，他的双手已紧握成了拳头。韩侂胄脸色仍是阴沉至极，冷冷地道："宋慈，你怎么不说了？"

"太师还要继续听吗？"

"你敢继续说，我便继续听。"

"那好，我便接着往下说。"宋慈道，"我查刘鹊的案子时，有一个意外的发现，刘鹊竟与太学司业何太骥有过来往。关于何司业的死，我本就有些疑惑未解。何司业的指甲被生生掰断在窗框中，足见他死前是有过挣扎的，他身材魁梧，正当壮年。李青莲一个风烛残年之人，腿脚又有不便，当真能勒得死他吗？何司业遇害之前，曾与真博士在琼楼饮酒，其间何司业焦虑不安，提及他若是死了，便把他葬在净慈报恩寺后山。他说这话时的样子，好似知道自己会死一样，可当时他还不知道跛脚李就是李青莲，又怎会知道李青莲要杀他报仇呢？更别说李青莲畏罪自尽之前，曾意味深长地对我说过一句话：'宋大人，有你在，我也可以放心了。'似乎他知道一些什么事，但又不能说出来，只能寄希望于我去把它查出来。"

刘克庄听到这里，不禁想起破完岳祠案的第二天，他和宋慈行经苏堤时，宋慈便曾向他提起过这些疑问。

只听宋慈说道："这些疑惑一直困扰着我，直到我得知，何司业在腊月下旬，曾连着三天到过刘太丞家看诊，三次都与刘鹊在这间书房里关起门来见面，每次见面都用时很长，还让黄杨皮守在外面，不许任何人靠近打扰。这样的见面，只怕不只是单纯的看诊吧？刘鹊若是太师后背上的那根芒刺，那必定是知道了什么不可告人的秘密，何司业与刘鹊闭门相见，会不会是从刘鹊这里得知了这个秘密，所以他才预感到自己有可能会被灭口？

"何司业最终被杀，就算真是李青莲亲自动的手，那也极大可能是借刀杀人。我之前破岳祠案时曾提到，李青莲没有开棺验过巫易的骸骨，却能得知当年死的不是巫易而是李乾，显然是有人帮助了他。当年查办巫易案的是元钦元大人。元大人与李青莲都曾做过眉州司理参军，两人早就相识，所以我认为是元大人将巫易案的一些隐秘案情告诉了李青莲，看似帮助李青莲追查儿子李乾之死，实则是引导李青莲去找何司业报仇。我之前见过元大人与杨太尉私下会面，因此一直以为元大人是杨太尉的人，可是我错了。

"提刑司有一名差役，名叫许义，常跟随我查案。他过去听命于元大人，监视我查案时的一举一动，瞒着我向元大人通风报信。元大人离任后，夏虞候找到了许义，说知道许义向元大人通风报信的事，让许义继续监视我查案。我查案问心无愧，夏虞候若想知道我查案有何进展，大可直接来问我，以后用不着再去为难许义。我不担心许义通风报信，只是让我好奇的是，夏虞候怎会知道许义监视过我？许义之前监视我一事，只有元大人知道，那自然是元大人告诉夏虞候的。于是我明白了过来，元大人表面上是杨太尉的人，实则是站在韩太师这边的。那元大人引导李青莲杀害何司业，也就解释得通了，是为了替韩太师拔除又一根芒刺，还能借此案打压杨太尉，可谓是一举两得。"

韩侂胄听到这里，脸色阴沉得令人可怕。

宋慈却丝毫不惧，说道："我的这番推想，不知太师可有听明白？"

韩侂胄没有说话，只是冷眼看着宋慈。

"看来太师听得不够明白，那我便再说清楚些。"宋慈提高声音道，"虫达曾是太师身边一名虞候，我推想他知道了某个不可告人的秘密，选择了隐姓埋名躲藏起来，太师以他叛投金国为名，治罪了他全家。刘扁过去常为太师看诊，或许也是因为触及了这个秘密，被迫卸任太丞，被安插了眼线时刻在刘太丞家监视。虫达并未远走高飞，而是选择藏身在离临安城这么近的净慈报恩寺，又以给德辉禅师治病为由将刘扁请去，实则是与刘扁暗中往来，只怕是

第十章 寻根究底　267

有所图谋,于是太师假借刘鹊之手,将二人一并除去。然而不知为何,刘鹊竟也知道了这个秘密,更不知为何,他竟将这个秘密泄露给了何司业,因此何司业才会被借刀杀人除掉,刘鹊则是被逼自尽。要逼刘鹊自尽,其实并不难,刘鹊最在乎独子刘决明,只需拿刘决明作威胁,又有虫达全家坐罪的先例在前,再加上刘鹊本就患上了难以治愈的风疾,因此他选择了服毒自尽,只是没想到远志和当归为了给紫草报仇,选择了在同一天晚上杀害他。刘太丞家的案子,只怕要说到这个地步,才能说是告破吧。"

宋慈这番话说出来,将一旁的乔行简惊得目瞪口呆。乔行简已年过五十,见过官场上的大风大浪,也见识过宋慈的刚直,可他还是没想到,宋慈在面对当朝太师韩侂胄时,竟能刚直到这等地步。他此前曾让宋慈不顾一切阻力地追查到底,也相信宋慈说到便会做到,只是宋慈竟敢当着韩侂胄的面如此直言不讳,实在太过出乎他的意料。他不禁大为担心,以韩侂胄一贯打压异己的狠辣手段,定然是不会放过宋慈了。

刘克庄同样被惊住了,实在没想到宋慈会有这样一番推想,更没想到宋慈敢当着韩侂胄的面把这番推想说出来。"宋慈啊宋慈,你可真是让人捉摸不透。本以为我足够懂你,没想到你还能给我这么大的惊喜。"他这么想着,转头望着宋慈,竟为之一笑。

辛铁柱立在宋慈的身边,胸有惊雷却面如平湖,从始至终注视着夏震的一举一动。

夏震护卫在韩侂胄的身边,听罢宋慈的这番推想,不敢发一言,只望着韩侂胄,等待其示意。

韩侂胄一直坐在椅子里,已经坐了很久很久。他的身子微微动了动，似乎要起身，最终却只是稍微倾斜了身子，看着宋慈道："说了这么多，你可有实证？"

宋慈摇头道："这些都只是我的推想，并无实证。"话锋一转，"但今日发现的断指尸骨还在，只要予我查案之权，让我接着往下查，相信定能查出实证来。"

"你的意思，是要我给你查案之权？"韩侂胄道。

宋慈应道："太师若能给我查案之权，那自然再好不过。"

"宋慈，你未免太可笑了。"韩侂胄冷冷一笑，"今日你已来南园找过我，讨要过一次查案之权了，我已经拒绝了你，你居然还来第二次。你这提刑干办一职，是圣上破格提拔的，圣上只许你做到上元节为止，我岂敢违背圣上旨意？"

宋慈道："我本就没打算再次请求太师给予查案之权，太师既然不肯，那又何必多言？"

韩侂胄冷笑一僵，脸色比之前更加阴沉，抬起右手挥了一下。

"来人！"夏震立刻一声急喝。书房的门一下子被推开，十几个甲士飞奔而入，将宋慈围了起来。

乔行简知道韩侂胄这是忍不了，要对宋慈动手了，忙躬身道："韩太师，宋慈破案心切，一时胡言乱语，全因下官约束不周。下官愿领一切罪责，听凭太师发落！"

韩侂胄对乔行简毫不理睬，只是目不转睛地盯着宋慈。夏震见状，大声说道："宋慈捏造谗言，公然诽谤太师，此等大罪，不得轻饶。"说完，吩咐甲士上前捉拿宋慈。

辛铁柱见状，立刻横挪一步，挡在宋慈的身前。刘克庄也往宋慈身前一站，道："宋慈查案向来不偏不私，此前将韩公子治罪下

第十章　寻根究底　269

狱,临安城内可谓尽人皆知。他方才所言纵有不妥之处,却也是一心为了破案,太师这便要拿人治罪,就不怕此事传了出去,市井百姓谈论起来,会说太师挟私报复吗?"

韩侂胄冷冷地看着宋慈,哼了一声,不为所动。

眼见众甲士气势汹汹地围了上来,刘克庄和辛铁柱丝毫不退缩,决意阻拦到底,大不了陪宋慈一起被治罪。宋慈却道:"克庄,辛公子,你们让开吧。"刘克庄和辛铁柱回头瞧着宋慈。宋慈神色如常,冲二人淡淡一笑,伸手拨开二人,从二人之间走出,向捉拿他的甲士迎了上去。

就在这时,外面大堂里忽然传来一阵吵闹声,把守书房门口的甲士阻拦不住,被一个女子强行闯了进来。那女子身穿浅黄衣裙,宋慈和刘克庄都认得,竟是新安郡主韩絮。

韩絮看了看房中情形,瞧见了韩侂胄,立刻走了过去,笑着拉起韩侂胄的手,告起了状:"叔公,我一见你的这些手下,便知你在这里。你的这些手下真是不知好歹,我来刘太丞家抓药,他们却拦着我不让进。"

韩侂胄一见韩絮,阴沉的神色顿时温和了不少,道:"是他们不对,叔公回头惩治他们。"又道,"你身为郡主,千金之躯,抓药这种小事,差个下人来就行了。"说着吩咐甲士去把刘太丞家的几个大夫找来,给韩絮抓药。

韩絮笑道:"叔公说的是,下次我一定听你的话。"

韩侂胄见韩絮脸颊微红,皱眉道:"又喝酒了?"

韩絮将食指和拇指捏在一起,笑道:"就喝了一点点。"

韩侂胄道:"你呀,与恭淑皇后一样犯有心疾,御医都说喝不得酒，你却总是记不住。"

"叔公，我好不容易回一趟临安，你就别说我了。倒是叔公，你该少操劳一些公务，可不能把身子累坏了。"韩絮左一声"叔公"，右一声"叔公"，语气很是俏皮，便如一个在长辈面前乖巧讨喜的少女，这与宋慈和刘克庄之前见过的韩絮相比，可谓是判若两人。

"值此多事之秋，能多为圣上分忧，叔公不觉得累。"韩侂胄对韩絮说起话来，语气也与平时的冷峻严肃大为不同。

"叔公，你们这是在做什么呢？"韩絮朝众甲士和宋慈等人指了指。

"没什么，在查刘太丞家的命案。"

"叔公，你还说我呢。你每天操劳国事那么累，这些个命案，交给下属衙门就好了，何必劳你亲自出面？"

"叔公只是来旁听案情，此案也已经破了。"

"既然案子已经破了，那就没什么事了。叔公，不如你带我去南园吧。"韩絮笑道，"你的新园林那么大，我上次去得匆忙，还有好多地方没来得及去呢。"说着摇起韩侂胄的手，央求起来。

韩侂胄微笑道："好好好。"说完，朝宋慈斜了一眼，语气微变，"推案断案，讲究一个凿凿有据，空口无证的话，还是少说为好。凶手既已抓到，刘太丞一案，我看也无须再多说什么，该怎么结案，便怎么结案吧。"

宋慈没有说话，乔行简应道："是，下官明白。"

韩侂胄似乎不打算当着韩絮的面动粗，挥了挥手，示意众甲士退下，心下却是杀心已固："北伐在即，宋慈多活一日，便多一分隐患,此人无论如何是不能再留着了。"他这么想着,由韩絮陪着,走出了书房。

韩絮离开之时,朝宋慈偷瞧了一眼,嘴角一抿,似有笑意。

"叔公,听说皇上明天要去太学视学,一定会很热闹吧。能不能让我也跟着去?我也想凑凑热闹呢。"

"圣上那么疼你,你愿意去,圣上必定高兴……"

韩侂胄与韩絮的说话声渐渐远去。

夏震瞪了宋慈一眼,领着众甲士,护卫着韩侂胄和韩絮,退出了刘太丞家。

"这个新安郡主,何以竟要帮你?"

韩侂胄走后,乔行简叮嘱宋慈随时随地多加小心,就领着文修、武偃和众差役,押着远志和当归,离开了刘太丞家。桑榆在家宅那边等得心急,直到见到宋慈安然无事,这才放了心,与桑老丈一起来向宋慈告别。宋慈问桑榆是否要离开临安回建阳,桑榆点了点头。宋慈知道桑榆还认为虫达藏身于报恩光孝禅寺,但他没透露在净慈报恩寺后山疑似发现虫达尸骨一事。他之前不希望桑榆去报恩光孝禅寺,是因为他知道虫达很可能不在那里,不想桑榆白费努力。可如今他却希望桑榆去,只因虫达一事比他想象中牵连更广,他希望桑榆远离临安,离开得越远越好。送别了桑榆和桑老丈后,宋慈、刘克庄和辛铁柱从刘太丞家出来,直到此时,刘克庄才问出了这句话。

宋慈摇了摇头。韩絮突然来刘太丞家,有可能真的是为了抓药,但她将韩侂胄劝走,尤其是临走时冲宋慈一笑,显然是有意为宋慈解围，宋慈也不明白她为何要这么做。

"你刚才那番推想，竟当着韩太师的面说出来，这是公然向韩太师宣战了呀。"刘克庄回想方才宋慈的举动，不免有些后怕。

宋慈道："干办期限明日就到，虽然我早就查出凶手是远志和当归，但此案牵连太深，还有许多事我来不及查。我之所以请韩太师来刘太丞家，便是为了当面说出这些推想，试探他的反应，以证明我推想的方向是对是错。"

"你说韩太师有不可告人的秘密，韩太师没有当面反驳，又说夏虞候与紫草是兄妹，夏虞候也没有反驳，还要当场拿你治罪，一看便是心虚了。"刘克庄道，"只是不知是什么不可告人的秘密，竟能害得这么多人被灭口，为此丢了性命。"

宋慈摇了一下头，他也不知这个不可告人的秘密是什么。但有虫达的尸骨在，他相信只要给他足够的时间，让他继续追查下去，总有一天能水落石出。

"你推想出了这么多事，你便也成了韩太师后背上的芒刺，韩太师一定不会留着你。"刘克庄不无担忧地看着宋慈，"他已经对你动过一次手了，势必会有第二次、第三次，我真担心你出什么事……你当真就不怕吗？还要继续追查这案子？"

辛铁柱道："大不了往后我寸步不离地守着宋提刑，叫那些人无从下手。"

宋慈没有说话，望了一眼满街灯火，又抬头盯着漆黑一片的夜空，良久才道："克庄，你相信这世上有天意吗？"

刘克庄看了一眼夜空，道："既然有天，自然便有天意。"

"自打娘亲死后，我便不再信这世上有天意。可如今自岳祠案

第十章　寻根究底　273

起，一案接着一案，一环扣着一环，直至虫达的尸骨被发现，冥冥中似有天意如此。"宋慈缓缓低下头来，看着刘克庄道，"不瞒你，我心里也怕，今早在泥溪村遇险时，我便很是害怕。可是虫达的案子，无论发生什么，我都要一查到底。倘若我所料不差，韩太师多半会让府衙接手虫达的案子，虫达的尸骨多半也会被府衙运走，以赵师睾和韦应奎的手段，只怕稍迟一些，便会草草结案，甚至线索被毁，尸骨无存。只是眼下我没有查案之权，所以当务之急，是要把查案之权争过来。"

"这案子牵涉韩太师，他必定不会同意。要不再找找乔大人，或是杨太尉？"

"乔大人虽为提点浙西路刑狱，可有韩太师在上面压着，他即便有心助我，也是无能为力。至于杨太尉，他上次虽帮过我一回，但那次只涉及韩侂，他只需在背后稍稍助力即可，而这次是公然与韩太师为敌，我又只是推想没有实证，他未必肯再帮我。与其找他们二人，不如直接去找能压过韩太师一头的人。"

"压过韩太师一头，"刘克庄为之一惊，"你说的是圣上？"

宋慈点头道："寻常人想面圣，可谓千难万难，哪怕是朝中高官，也不是说想见圣上便能见得到。可明日是上元节，圣上正好要亲临太学视学，所以我才说天意如此。"他深吸了一口气，远眺太学方向，"明日太学视学典礼，便是我唯一的机会。"说罢，他叫上刘克庄和辛铁柱，快步往太学而去。

尾 声

翌日,正月十五,上元佳节。

这天一早,天子车驾浩浩荡荡,出了皇宫和宁门,经御街北上,至众安桥时,转向前洋街,往太学而去。一路之上,车驾卤簿至尊隆重,临安城内万人空巷,市井百姓亲迎龙颜,明感天威。天子车驾穿行于人山人海之中,没有停在太学中门,而是继续往西,直抵太学西侧的国子监正门。皇帝赵扩服靴袍,乘辇进入太学,止辇于大成殿外。

大成殿内供奉着至圣文宣王像,也就是孔子的塑像。这尊塑像是绍兴十三年太学刚刚建成时,高宗皇帝诏令修筑而成,并奉安至大成殿内。整尊塑像戴冕十二旒,服九章,执镇圭,高宗皇帝赞其"美哉轮奂之工,俨若励温之气"。除了孔子塑像,大成殿内还有十哲配享,两庑另有彩画七十二贤,还有高宗皇帝亲笔书写的题词序文，刻石立于殿前。赵扩在此止辇，那是有意屈尊，以示不敢居于孔子之先，再由礼官引导进入殿外东南侧预设的御幄，进而举行了隆重的祭奠仪式。赵扩过去听从韩侂胄的建议，下诏严禁理学，甚至将理学领袖朱熹打成了伪学逆党，激起过全天下读书人的反对。当年韩侂胄之所以排斥理学，实则是为了打压以赵汝愚为首的政敌，如今这批政敌早已不在，理学之禁也早已弛解，韩侂胄让赵扩这时来太学视学，那是为了收天下读书人的心，自然要在大成殿举行盛大的祭孔仪式才行。

大成殿的祭孔仪式结束后，赵扩再次乘辇，至崇化堂内降辇，在此观大晟乐、听讲经，并向在场之人赐茶。在此之后，赵扩乘辇前往斋舍区，临幸了此前韩𤤽所在的存心斋，题幸学诏于斋壁。存心斋的学子得以一睹天颜，还能因此获得免解的恩赏，自然是欢呼雀跃。

结束了斋舍视学，已是时近正午，按照过去视学的惯例，赵扩该启程回宫了。但这一次回宫之前，赵扩还特意去了一处地方，那就是太学东南角的岳祠，并在那里举行了祭祀岳飞的仪式，以彰显他北伐中原、收复失地的决心。在这之后，这一场盛大的太学视学典礼才告结束，赵扩乘辇出太学中门，准备起驾回宫。

此时中门外的前洋街上，刘克庄已经等候了多时。在他的身后，习是斋的所有同斋，还有辛铁柱带来的几十个武学生，全都聚在街边，守候着圣驾经过。

原来昨晚回到太学后，宋慈提出要在今日拦驾请奏，当众请求皇帝授予查案之权。宋慈本打算独自去拦驾，但刘克庄和辛铁柱听说后，不但主动加入进来，还发动了众多同斋，要一起帮着宋慈拦驾。宋慈连夜写好奏书，刘克庄拿着奏书在太学和武学之间奔走，请众多愿意助宋慈拦驾的学子署上姓名，他甚至还去找了真德秀，真德秀也愿助宋慈一臂之力，毫不犹豫地在奏书上署下了姓名。奏书准备好后，接下来便到了今日。前洋街上全是围观百姓，宋慈打算当街拦驾请奏，呈上近百人联名的奏书，再当众言明情况，请求赵扩能延长他的提刑干办期限，并钦点他查办虫达尸骨一案。他这是要利用全城百姓，来向赵扩施压，求得查案之权。

眼看着圣驾从中门出来了，刘克庄不禁有些心急。他不是因为拦驾上奏而紧张，而是因为宋慈还没回来。之前圣驾从国子监正门进入太学后，宋慈忽然说有事要离开一下。刘克庄怕宋慈出事，本打算让辛铁柱跟着宋慈去，但宋慈说不必，让辛铁柱留下来约束众武学生，说他不会走太远，去去便回。可是宋慈这一去，直到此刻还没回来。

刘克庄不知道宋慈离开是去做什么，但圣驾已越来越近，等不及宋慈回来了。他看准时机，从街边阻拦围观百姓的甲士之间一下子钻出，冲到前洋街上，当街扑跪在地，高声叫道："陛下，草民刘克庄有事上奏！"说罢高举双手，奉上奏书。把守街边的甲士立刻向他冲了上来，护卫圣驾的甲士当即警戒，暂止车驾，严阵以待。

赵扩并未露面。突然有人当街犯驾，未明吉凶之前，皇帝自然不能轻易现身，更何况有韩侂胄随行，很多情况根本无须皇帝露面。整场视学典礼期间，韩侂胄位在百官之前，一直随在赵扩的御辇旁，除了祭祀等大礼需赵扩亲自出面外，很多事都是由韩侂胄代理。见拦驾的是刘克庄，韩侂胄不由分说，吩咐甲士将其拿下。真德秀、辛铁柱与众学子见状，纷纷冲出围观人群，一个接一个地当街跪下，全都自呼姓名，声言有事上奏。转眼之间，前洋街上便黑压压地跪了近百人。围观百姓瞧得惊讶，一时间议论纷起。韩侂胄看着这群学子，眉头微微一皱。皇帝此行本就是来太学视学，一下子当街跪了这么多人，还都是学子，又是当着成千上万围观百姓的面，皇帝若不露面，怕是不行了。

然而就在这时，前洋街东头突然冲出来一人，是锦绣客舍的掌柜祝学海。祝学海一向衣冠齐楚，便连胡子也梳得漂漂亮亮，这时却是衣冠不整，手上身上沾了不少鲜血，慌不择路地奔跑，嘴里大叫道："杀人了！杀人了！"

刘克庄、辛铁柱、真德秀等人都是一惊，原本朝着圣驾下跪的他们，回头望向惊慌奔来的祝学海。围观百姓的注意力原本都在拦驾的众学子身上，这下全都扭头向祝学海望去。

祝学海没在前洋街上跑出多远，便被护驾的甲士拦下，就地擒住了。他嘴里仍是叫个不停："杀人了，宋慈杀人了！快去，快去呀……"

刘克庄惊声道："你说谁杀人了？"一惊之下试图起身，却被好几个甲士按住，怎么也起不来。

"是宋慈……是宋慈杀人了！"祝学海回头东望，"快去，就在锦绣客舍，就在行香子房……"

宋慈洗冤笔记 3

作者 _ 巫童

产品经理 _ 杨霞　　装帧设计 _ 邵飞　　产品总监 _ 程峰
技术编辑 _ 谢彬　　责任印制 _ 刘世乐　　出品人 _ 程峰

鸣谢（排名不分先后）

大七　凌梦辰　郑为理　采薇　水净陈桉

果麦
www.guomai.cn

以 微 小 的 力 量 推 动 文 明

图书在版编目（CIP）数据

宋慈洗冤笔记.3 / 巫童著. -- 成都：四川文艺出版社，2024.4（2024.7重印）
ISBN 978-7-5411-6917-5

Ⅰ.①宋… Ⅱ.①巫… Ⅲ.①长篇小说—中国—当代 Ⅳ.①I247.5

中国国家版本馆CIP数据核字(2024)第053153号

SONGCI XIYUAN BIJI.3
宋慈洗冤笔记.3
巫童 著

出 品 人	冯　静
特约编辑	杨　霞　左妍雯
责任编辑	王思鈜
封面设计	邵　飞
责任校对	段　敏
出版发行	四川文艺出版社　（成都市锦江区三色路238号）
网　　址	www.scwys.com
电　　话	021-64386496（发行部）　028-86361781（编辑部）
印　　刷	嘉业印刷（天津）有限公司
成品尺寸	145mm×210mm
开　　本	32开
印　　张	9
字　　数	200千
印　　数	23,001-28,000
版　　次	2024年4月第一版
印　　次	2024年7月第四次印刷
书　　号	ISBN 978-7-5411-6917-5
定　　价	58.00元

版权所有　侵权必究。如发现印装质量问题影响阅读，请联系021-64386496调换。